講談社文庫

Play《プレイ》 推理遊戯

ミステリー傑作選

日本推理作家協会 編

講談社

目次

薔薇の色

今野《こんの》　敏《びん》

1955年、北海道生まれ。'78年、上智大学在学中に「怪物が街にやってくる」で第４回問題小説新人賞を受賞し、デビュー。レコード会社勤務を経て執筆活動に入る。2006年、『隠蔽捜査』で第27回吉川英治文学新人賞を受賞。'08年、『果断　隠蔽捜査２』で第21回山本周五郎賞と第61回日本推理作家協会賞長編及び連作短編集部門を受賞。SFからバイオレンス、伝奇ものまで多彩なジャンルの書き手であると同時に、警察小説の第一人者として高い評価を得ている。「空手道今野塾」を主宰し、空手、棒術を指導するという一面も持つ。他の著書に、「ST　警視庁科学特捜班」シリーズなどがある。

新橋の駅からそれほど遠くない細い路地に、カウンターだけの小さなバーがある。カウンターは重厚な一枚板で、グラスを置いてもほとんど音がしない。照明は適度に仄暗《ほのぐら》く、店内には会話を邪魔しない程度の音量で音楽がかかっている。クラシックのこともあれば、ジャズのこともある。有線ではなく、バーテンダーがかけるＣＤだ。

安積剛志警部補は、一杯目のウイスキーの酔いがゆっくりと全身の血管に回りはじめるのを味わっていた。

安積の右隣には、須田三郎部長刑事がいる。その向こうには、村雨秋彦部長刑事がいた。左隣には、交機隊の速水直樹小隊長がいた。

こんな日があってもいい。安積は思っていた。

たまたま、二つの事件が解決した。須田は、倉庫街の放火事件を追っていたし、村雨は若者の傷害事件を追っていた。

誰が言い出すともなく飲みに出かけることにした。東京湾臨海署の玄関を出たところで速水に会ったのだ。今日は日勤の当番で、上がりだという。

ここにいる全員がこのバーの馴染《なじ》みの客だが、こうして顔をそろえることは滅多にない。刑事は、常に何かの事件をかかえているし、交機隊は三交代制なので、なかなか予定が合わない。

刑事としては明らかに太りすぎの須田は、村雨を相手に話しつづけている。村雨は、真剣な表情でそれを聞いている。はたから見ると、大事件の話をしているように見えるが、須田の話の内容は、芸能界のゴシップだった。

速水は、カウンターに肘《ひじ》をついて、静かに酒を味わっている。安積も速水同様に、ウイスキーの水割りを楽しんでいた。

グラスに氷は入っていない。ウイスキーと水を半々にした水割りだ。これはれっきとしたカクテルなのだと聞いたことがある。

カウンターの中には、初老のバーテンダーが一人。昔ながらに蝶ネクタイをしている。シノさんと呼ばれている。白髪をいつもきちんとオールバックにまとめている。

安積は、速水が何かをじっと見つめているのに気づいた。その視線を追った。

カウンターの脇に出窓があり、そこに金属製の一輪挿しがあった。たぶん銀製だろうと思った。

その一輪挿しに黄色い薔薇《ばら》が活けてあった。速水はそれを見つめているのだ。横顔を見ると、どこか面白がっているような表情だ。何かを企《たくら》んでいるな、と思っていると、速水が言った。

「ここに三人の刑事がいる」

須田が話をやめて、速水のほうを見た。村雨も速水の次の言葉を待っている。

「おまえたちがどれだけ優秀か、ちょっとテストしてやろう」

安積は、顔をしかめた。

「今日の仕事は終わりだ」

「酒場の余興だよ。いいか、あそこに一輪挿しがある。実は、銀無垢のなかなかの値打ちものだ」

「へえ……」

須田が大げさに目を丸くした。「知らなかったな」

須田は常に何かに驚いているようだ。これでよく刑事がつとまると、周囲から思われている節があるが、実は誰よりも思慮深いのだ。大げさに反応するのは演技かもしれないと、安積は時々思う。

「一輪挿しのことはどうでもいい」

速水の話が続いた。「問題は、挿してある花だ。今日は黄色の薔薇が活けてある」

須田が言う。

「誰が見てもそうですね」

「おまえたちも、この店にはたまに来るだろう。何か気づくことはないか？」

速水は、カウンターに身を乗り出すようにして、安積、須田、村雨の三人の顔を順に見た。

村雨が言った。

「いつもは、赤い薔薇が挿してありますね」

村雨らしい発言だ。優秀な刑事だ。観察力があり、滅多なことで失敗をしない。だが、その刑事らしさがときに鼻につく。

速水は満足げにうなずいた。

「そう。たいていは赤い薔薇だ。だが、時折、こうして黄色い薔薇が活けてあることがある。なぜだと思う？」

そんなことに何か意味があるのだろうか。速水の単なる思いつきではないのか。そう思って、安積はシノさんの顔を見た。白髪のバーテンダーは、無言でかすかにほほえんでいる。

須田は、真剣に考えはじめた。村雨は、どこか付き合いきれないという態度だったが、それでも思案顔になっている。

「おい」

安積は速水に言った。「おまえは、こたえを知っているのか？」

「いや。だが、以前から気になっていたことだ」

「ならば、おまえも推理に参加すべきだな」

「交機隊の俺が正解を言い当てたら、シャレにならんだろう」

「酒の席の余興だろう。俺は気にしない」

「おそらく、俺がこの店に一番長く通っている。シノさんとの付き合いも長い。俺が参加すると不公平になる」

このバーとの付き合いは、安積も速水もそう変わらない。要するに、速水は刑事たちに推理を競わせて、自分は高見の見物をしたいだけなのだ。こいつはそういうやつだ。

「じゃあ……」

須田が言った。「正解はシノさんだけが知っているんですね」

「この中ではそうだ。だが、古い馴染みの客はその意味を知っているらしい」

安積は、再びシノさんを見た。相変わらずかすかにほほえんでいるだけだ。否定をしないところをみると、速水が言っているとおりなのだろう。

限られた馴染みの客だけが知っている、薔薇の花の秘密だ。

「何かヒントはないんですか？」

須田が速水に尋ねた。すでに興味をそそられている様子だ。

速水が皮肉な口調で言った。

「おまえ、捜査のときに、関係者にそんなことを訊くのか？」

「直接そんな訊き方はしませんよ。でもね、実際の捜査のときは、いろいろな人がヒントをくれます。目撃証言とか、鑑識の結果とか……」

「ヒントは、すべてこの店の中にあるはずだ」

速水は言った。「そうだな、シノさん」

シノさんはうなずいて、あくまでも上品に言った。

「そう。すべてこの店の中にございます」

速水が言う。

「さあ、刑事の本領発揮だ。観察力と推理力を駆使してこの謎を解いてくれ。現場到着《ゲンチャク》したときのことを考えればいいんだ。現場で、まずおまえたちは何をする？」

「現場の保存。先着の捜査員からの情報収集、そして、観察です」

村雨がこたえると、速水は満足げにうなずいた。

「じゃあ、同じことをすればいい」

とたんに、須田と村雨の気配が変わった。それまで飲み屋の客でしかなかった彼らがにわかに捜査員の顔つきになったのだ。

安積はその雰囲気の変化に驚いた。緊張感すら伝わってくる。それは、彼らの態度や目つきによるものだった。

「おい」

安積は言った。「本気になるなよ。酒場の余興だと言っただろう」

村雨が生真面目な顔でこたえた。

「優秀な刑事かどうかテストしてやると言われて、手を抜くわけにはいきません」

二人の部長刑事は、店内の隅々を観察している様子だ。全体から部分へ、そしてまた、部分から全体へ。完全に、刑事のやり方だ。

安積は、どこかばかばかしい思いだったが、村雨の言い分もわからないではない。さりげなく店内の観察を始めた。

古いバーだ。いつごろからここにあるのかは知らない。だが、少なくとも二十年前にはあった。安積もその頃から、それほど頻繁にではないが、この店で飲んでいる。

出窓にはいつもあの一輪挿しが置いてあり、薔薇が活けてある。たしかに、速水が言ったとおり、いつもは赤い薔薇だが、ときには今日のように黄色い薔薇だった記憶がある。

「ねえ、シノさん」

須田が尋ねた。「赤い薔薇だったり黄色い薔薇だったりするのに、何か規則性はあるの？」

「おっと」

速水が遮った。「シノさんに対する質問はなしだ」

「取り調べも捜査の大切な手段だよ」

「今日は推理力のテストだ。観察し、推理するんだ」

シノさんがにこやかに言った。

「よろしいじゃないですか、速水さん。今の質問にだけおこたえしましょう。規則性はありません」

安積は、さらに店の観察を続けていた。厚い一枚板のカウンターの向こうには、壁に作り付けの棚があり、おびただしい数の酒瓶が並んでいる。

おそらく世界のあらゆる酒が並んでいるのだろう。その種類は、百や二百ではきかない。店の奥には、小さなワインセラーもあり、ワインもそれなりにそろえているはずだ。

装飾はほとんどない。唯一の装飾が出窓の薔薇の花だと言ってもいい。

店の中を見回している須田と村雨に尋ねた。

「刑事は人を見るんだろう」

村雨がこたえた。

「はい。どんな犯罪も人が起こすものです。人の心理を考えないと捜査はできません」

「店だけじゃなくて、シノさんのことも考えるべきだろう」

村雨は、まるで上司に小言を言われたような顔をした。

「もちろん、そうしますよ」

「ここが何かの取引に使われているとしたら……」

須田が言った。「あの花で何かを合図しているということも考えられますね。つまり、外にいる誰かに合図を送っているんです」

「ほう……」

速水が須田を見た。「どんな合図だ？」

「この店の中が今、安全かどうか。ヤバイやつがいるかいないかとか……」

「シノさんが、何かの取引をしているというのか？」

速水にそう言われて、須田は申し訳なさそうにちらりとシノさんを見た。シノさんは、上品にほほえんでいるだけだ。

「いや、それはあり得ないな」

村雨が須田に言った。

「どうしてだよ？」

「あの出窓は、本当の窓じゃない。ただの飾りだ。外からは見えないんだ」

須田は、あらためて出窓を見た。

村雨の言うとおり、出窓のようにガラスをはめ込んでいるが、窓の向こうはネオンサインになっていて、外から薔薇の花は見えないはずだった。

「あの花をシノさんが活けているとは限らない」

村雨が言った。「誰か外部の人間が、開店前にやってきて、活けるのかもしれない。つまり、シノさんの意思表示ではなく、誰かのシノさんに対する意思表示なのかもしれないですね」

速水が村雨に尋ねる。

「ほう、ずばり言うとどういうことだ？」

「男女関係ですね。それも、こうした他人に知られない連絡方法を取るということで、考えられるのは不倫関係です」

速水はうれしそうにうなずいた。

「それがおまえの結論か？」

村雨はあっさりと首を横に振った。

「いいえ。これは単なる仮説であって、そういう可能性もあるというだけのことです」

「いいだろう。それを村雨の第一の説としておこう。不倫の合図だ。ほかに可能性は？」

「須田チョウと同じく、花がシノさんの何らかの意思表示の場合。この店で流れる音楽は、大きく分けて二種類。クラシックとモダンジャズです。たいていはジャズが流れています。だが、ときおり、クラシックも流れている。つまり、それが薔薇の色に対応しているのかもしれない。赤い薔薇のときはジャズを流し、黄色い薔薇のときはクラシックを流す……」

「なるほど……」

村雨は論理的だ。彼は、証拠を一つ一つ積み上げて筋を読むタイプだ。決して冒険はしない。

だが、実際の仕事においては、そのほうがずっと役に立つのだ。捜査に突飛な推理は必要ない。村雨のような実証主義こそが重要なのだ。

だが、安積はたいてい須田の洞察に興味を覚えてしまう。同じ材料を村雨と須田に与えても、出てくる結果がおおいに違うことがある。村雨は材料を積み上げる。だが、須田は材料を混ぜ合わせ発酵させるのだ。

安積のグラスがあいた。

シノさんが、近づいてくる。

「何になさいますか？」

安積は、ふとその質問の仕方が気になった。いつもは別な訊き方をされるような気がした。安積は、たいていは同じものを頼む。

がする。

だから、シノさんも、いつもは「同じものになさいますか」と尋ねているような気

速水が妙な推理ゲームを始めたので、気になるだけかもしれない。これまで、シノ

さんの注文の取り方など気にしたことはなかったのだ。

「同じものをもう一杯ください」

シノさんは穏やかにうなずいてグラスを下げた。

「須田は、シノさんの取引説だけか？」

速水に尋ねられて、須田は、宙を睨んだ。仏像のような顔に見える。これは、須田

が本気になった証拠だ。

「シノさんの性格を分析してみたんですよ。客のことを第一に考える。バーテンダー

の中のバーテンダーですよね。おそらく、自分のことより他人を大切にする人です。

そんなシノさんが、花屋に薔薇を買いに行ったとする……」

須田は、頭の中で展開するドラマをそのまま言葉にしているらしい。

安積は、そのドラマに引き込まれた。新たなウイスキー・アンド・ウォーターがや

ってきて、安積はそれを口に含み、豊かな香りを楽しんだ。

「つまみやらペーパーナプキンやらの買い出しの途中に花屋に寄る。おそらく、買い

物を終えて店に戻る途中に花屋を覗くんでしょう。当然、花も残り少なくなっている。シノさんは薔薇を買おうと決めている。でも、どんな薔薇を買うか決めているわけじゃない。花屋で薔薇を眺めていると、売れ残っている花が眼につくわけです。それが、ときには赤い薔薇だったり、黄色い薔薇だったりするわけですが、シノさんの性格からして、どうしても売れ残りそうな薔薇を買ってやりたくなるんです」

須田は見た目よりずっとセンチメンタリストだ。そして、時折、須田のセンチメンタリズムは伝染する。

心優しいバーテンダーと売れ残りそうな薔薇の花のちょっとしたエピソードだ。だが、速水はそんな話では納得しようとしなかった。

「花屋で売れ残りそうな薔薇が、いつも赤か黄色とは限らない。白い薔薇だってあるだろうし、ピンクの薔薇だってあるだろう」

須田は、現実に戻ったような表情になって言った。

「シノさんは、赤と黄色が好きなんですよ、きっと」

「いいだろう。須田は、取引説と売れ残り説だ。村雨は不倫の合図説と、ＢＧＭ説だな」

「ちょっと待ってください」

村雨が言った。「捜査の筋ってのは、そうはっきり決められるものじゃない。須田チョウの説と、俺の説の折衷が正解ということもあるじゃないですか」

須田が言った。

「えーと、俺もそう思いますね。捜査ってのは、いろいろな線を追ううちに次第に一つにまとまっていくもんなんです」

「言い訳がましいな」

速水はにやりと笑った。「自分の観察眼と推理力で、これだっていう説を出してくれ。こいつは勝負なんだ」

速水はシノさんを見た。「なあ、シノさん、正解者には何か賞品を出してもいいよな」

シノさんはほほえみながらうなずいた。

「さようですね」

「賞品がかかってるの?」

須田が言った。「何をもらえるの?」

「それは、あとのお楽しみということで……」

須田と村雨は、さらに真剣に考えはじめた。二人とも賞品がほしいわけではないだろう。勝負だと言われたことが問題なのだ。こんなゲームで刑事の資質を測れるわけではない。だが、現職の刑事としてつい意地になる気持ちもわかる。

「赤の薔薇の花言葉は、たしか情熱とか愛情だったたな……」

須田が記憶をまさぐるようにつぶやく。「そして、黄色の薔薇の花言葉は、友情や恋のほかに別れというのがあったはずだ」

速水が驚いた顔をした。

「須田、おまえ、薔薇の花言葉なんて知っているのか？」

安積は驚かなかった。須田がどんなことを知っていても驚かなくなっている。おそらくもっとずっと意外なことだって知っているはずだ。須田というのはそういう男だ。

須田は、速水に言った。

「何だって知らないより知っていたほうがいいでしょう。どんなことでも捜査に役立つんですよ」

「それで、花言葉がどうした？」

「活ける花の色が、もしシノさんのメッセージなんだとしたら、花言葉に関係あるのかもしれないと思ったんです。赤い薔薇は情熱を表し、黄色い薔薇は別れを表す……。そこに何かヒントがあるかもしれない」

「それじゃこたえになってないな」

須田はまたしばらく考えていた。まるで本当に捜査をしているときのように真剣だ。その様子を、速水は面白そうに眺めている。

「そうですね。赤い薔薇を飾る日のほうが圧倒的に多いわけですよね。黄色い薔薇の日は稀《まれ》だということはわかっています。そして、黄色い薔薇には、別れの意味がある……。シノさんが大切な人と別れた日なんじゃないでしょうかね。そして、黄色い薔薇には友情の意味があります。亡くなった友人たちのために特別に黄色い薔薇を飾っている……」

やはり、須田の推理はどこかセンチメンタルだ。

「須田は、取引説、売れ残り説、そして、花言葉説だ。どれが本命だ？」

須田は、またしばらく考えてから言った。

「どれも可能性がある気がします。三つとも捨てがたいですね」

「わかった。じゃあ、須田はその三つだ。村雨の二つの説を合わせて合計五つの筋が立った。さて、いよいよ真打ちの登場だ。ハンチョウ、おまえの推理を聞かせてくれ」

安積は面倒くさかった。

「遊びもいいが、ゆっくり酒を飲ませてもらえるとありがたいんだがな」

「ハンチョウが話をまとめてくれれば、遊びは終わりだ。さあ、部下たちがいろいろな推理を披露した。おまえはどうだ？」

速水だけではなく、須田が興味津々という顔で安積を見ていた。

しかたがない。速水の遊びに付き合ってやるか……。

もう一度、店内の観察だ。花と呼応するように変化しているものはないか……。その点に眼を付けたのが、村雨のＢＧＭ説だった。

たしかに飾り気のない店だが、シノさんが店内の雰囲気に気をつかっているのは明らかだ。花と音楽をコーディネートするという村雨の推理にはうなずける。

安積が観察した限りでは、薔薇の色と呼応するように何かを変えているとは思えなかった。ＢＧＭが村雨のいうとおりに変わっているかどうかはまったく記憶にない。

「シノさんの気分次第じゃないのか」

安積は言った。「薔薇の色が変わることにそれほどの意味はないかもしれない」

「なるほど……」

速水が言った。「気分次第ね……。それもあり得る。だとしたら、どうしてほかの色がないんだ？」

「ほかの色だって？」

「そう。須田の売れ残り説のときも言ったが、薔薇にはいろいろな色がある。気分次第だったら、赤と黄色だけじゃなくて、もっと別の色があってもいいじゃないか」

「須田が言ったように、シノさんは黄色と赤の薔薇が好きなのかもしれない」

「いいだろう。ハンチョウは、シノさんの気分説だな」

そう言われて、なんだか中途半端な気がしてきた。ようやく本気で考える気になった。

「待て。今のは時間稼ぎだ」

速水は、面白がるような笑顔を向けてきた。

まったく、こいつは……。

安積は、シノさんの人柄や行動パターンなどを思い描いた。

「シノさんが、薔薇の色を変えることで、誰かに何かのメッセージを送っているというのは、須田や村雨も考えたことだ。俺もそうだと思う」

速水が言った。

「さて、それがどういうメッセージか、だ……」

「この店に、ほかに装飾らしいものはない。唯一の飾り付けがこの銀の一輪挿しと薔薇の花だ。つまり、たいていの客はこの花に眼をやる。だから、特定の誰かにメッセージを送るという類のものではない」

「どうしてそう言える？」

「俺が特定の誰かに、特別なメッセージを送るのなら、ほかの人に気づかれないようにやる。たとえば、棚の酒瓶の位置だとか、棚の特定の場所に、特定の酒を置く、とか……。そうすれば、ほかの誰にも気づかれずに合図を送れる」

「なるほど。つまり、あの花は、特定の誰かに、ではなく、不特定多数に送られるメッセージだということか？」

「不特定多数ではありえない。なぜなら、俺たちもそうだが、薔薇の色の意味に気づいていないからだ。つまり、特定の何人かの人に向けられたメッセージということになる」

「どういうことだ？」

「おまえが言ったことだ。長い間この店に通っている常連客も薔薇の色の意味を知っている」

「俺たちは、二十年近くこの店に通っている。だが、意味を知らない」

「俺もおまえも、それほど頻繁にこの店に来ているわけじゃない。もっと足繁く通ってくる古い常連さんがいるはずだ。おそらく、そういう人たちへの合図だ」

速水は、ちらりとシノさんのほうを見た。

「だとしたら、今夜から俺たちはその秘密を知っている常連の仲間入りができるかもしれないな」

シノさんは、相変わらず穏やかにほほえんでいる。

「さて、ここからが難しい」

安積は言った。「まずは、シノさんの性格や店の経営方針から考えていかなければならない。この店の売り物はなんといっても酒だ。酒の種類もさることながら、シノさんの酒の知識や酒への愛着がこの店の一番の魅力だ。シノさんもそれをちゃんと意識しているに違いない」

シノさんは、かすかに会釈した。

「恐れ入ります」

「それで……？」

速水が急《せ》かすように言った。

須田も真剣な表情だ。いまや村雨までが身を乗り出している。

安積は言った。

「そして、シノさんは、ひかえめな人だ。もともとの性格なのか、この仕事のためにそう努力しているのかはわからない。だが、決して客に何かを押しつけたりしないのはたしかだ」

速水はうなずいた。

「要点を言ってくれ」

「あの薔薇は、酒に関する何かのメッセージだ」

「どんなメッセージだ？」

「この先は、手がかりがないと難しい」

「なんだ、そこまでか？」

「いや、実は手がかりがあった。シノさんが手がかりをくれたんだ」

シノさんは驚いた顔になった。

「私がですか……？」

「そう、無意識だったのかもしれない。でも、シノさんは、お代わりを作るときに、俺にこう尋ねた。『何になさいますか』と。いつもは違う。シノさんは必ず『同じものになさいますか』と尋ねるんだ。俺がいつも同じものを飲むことを知っているからな」

「それが手がかりか？」

「そう。シノさんは、何かを期待していたのかもしれない」

「何か？　何を期待していたというんだ」

「俺が何か別なものを注文したいと言い出すことをだ」

「何のために？」

「それが、あの黄色い薔薇の意味のこたえだ」

「ちゃんと説明してくれ」

「あの薔薇は、誰か特定の人に向けるメッセージではなく、かといって不特定多数に向けられたメッセージでもない。ある限られた一部の人たちに向けられたメッセージだ。ここまではいいな？」

「ああ」

速水といっしょに、須田と村雨もうなずいた。

「この店の売りは、酒だ。そして、シノさんは並々ならぬ情熱を酒に注ぎ込んでいる。だからこそ、俺たちはシノさんを信頼してここで楽しめる」

「そういうことだ」

「そして、この店の装飾はあの一輪挿しと薔薇の花だけ。つまり、あの薔薇はこの店のもっとも大切なものに関するメッセージと考えていい。それは何だ？」

「酒だ」

「そう。それもただの酒じゃない。シノさんが、つい客に勧めたくなる特別の酒だ。今日、何か特別な酒が手に入った。だから、いつも同じものしか飲まない俺にも、つい勧めたくなった。だが、シノさんは決して客に何かを押しつけたりはしない。だから、お代わりの注文を取るときに、ああいう訊き方になってしまったんだ」

「つまり、おまえのこたえは……？」

「普段は赤い薔薇を飾る。だが、シノさんのこだわりの酒が手に入ったようなときには、黄色い薔薇を飾る。常連はそれを知っているので、シノさんにそれを注文することができる。大勢の人に飲ませたいが、貴重な酒だろうから、量は限られている。だから、黄色い薔薇の意味を知っているような常連だけの密かな楽しみにしているというわけだ」

速水は、シノさんを見て言った。

「さて、シノさん、推理は出そろった。正解者はいるか？」

「はい。いらっしゃいます」

「誰だ？」

シノさんは、何も言わずに棚のほうを向いた。奥の方から何かを取り出した。酒の瓶だ。ウイスキーのようだ。シノさんは、布巾《ふきん》でその瓶を丁寧にぬぐった。安積だけではなく、速水も須田も村雨も、その一挙一動を無言で見つめている。

次にシノさんは、棚からショットグラスを取り出した。カウンターに戻ってくると、安積の前にショットグラスを置いた。

そして、さきほどのボトルの中の液体をそのショットグラスに注いだ。

「滅多に手に入らない、珠玉のシングルモルトです。味わってみてください」

速水がシノさんに言った。

「……ということは？」

シノさんがうなずいた。

「はい。安積さんが正解です。さすがでございますね。このウイスキーのバージンショットが、正解の賞品です」

ありがたくいただくことにした。

口のそばに持ってくるだけで、豊かに匂い立つ。一口含む。まったく尖《とが》っていない。まろやかで温かい。

熟成した果実のような芳醇な香りの奥に、かすかにスモークが香る。

それを味わうのは至福の瞬間だった。

「うまい」

それしか言葉が出てこない。

シノさんは、カウンターにいる四人全員に言った。

「みなさま、ようこそ、イエローローズ・クラブへ」


（『東京湾臨海署安積班　花水木』）

退出ゲーム

初野《はつの》　晴《せい》

1973年、静岡県生まれ。2002年、『水の時計』で第22回横溝正史ミステリ大賞を受賞し、デビュー。他の著書に、『漆黒の王子』、『１／２の騎士』、『トワイライト・ミュージアム』などがある。本作は、廃部寸前の吹奏楽部に所属する二人の高校生、ホルン奏者の上条春太と、フルート奏者の穂村千夏が事件を解決していく「ハルチカ」シリーズの一篇。同シリーズには他に、『初恋ソムリエ』、『空想オルガン』がある。独特のファンタジックな世界観と緻密なトリックで、高い評価を得ている。

1

「きれいはきたない。きたないはきれい」

演劇部の部長が僕に貸してくれた戯曲の中で妙に心に残ったものがいくつかある。シェークスピアの悲劇「マクベス」で、三人の魔女が声をそろえて語るこの台詞もそのひとつだ。

深く考えようとする僕に、演劇部の部長は「魔女の価値観は俺たちと違うんだ」の一言で切り捨てた。価値観なんて高尚な言葉、あの部長にはとても似合わないけれど、彼の反応は僕の中でひとつの真理を示してくれた気がした。

嫌な出来事、つらい思い出、悩んでもこたえがでそうもないとき、僕は都合よく切り捨てて生きてきた。切り捨てることなんて簡単にできるの？　そう疑うひとはきっと弱者のことを知らないし、接したこともないだろう。

ヘイハイズ。

戸籍のない子供。日本人がきいたらびっくりする。僕の育った村にはよく鼻の高い白人の夫婦が訪れた。ときにはゲイのカップルも訪れる。彼らは値踏みするように僕や仲間を眺め、ひとりまたひとりと手をつないで村から去っていった。ひどい話？ぜんぜん違う。白人はアジア系のひとたちと違って障害をもった僕の仲間も差別しなかった。みんな分け隔てなく幸せそうに「両親」と一緒に「故郷」に帰っていく光景を見た。

僕も足が悪くて歩くのが大変だったけれど、「両親」が迎えにきてくれて一緒に「故郷」のアメリカに帰ることができた。僕はたまたまあの村で迷子になっただけなんだ。「両親」は五年かけて僕をさがしてくれたんだ。そんな空想と想像の世界が僕を支えた。だからあのころの記憶なんて必要ない。あのころの名前なんて知る必要もない。

それからの生活はどこを切り取っても幸せに包まれていた気がする。パパとママは僕を祝福し、家族の温もりを与えてくれた。足も根気よく治療してくれて、いまでは日常生活に支障はなくなっている。そしてもうひとつ僕に大きな喜びを与えてくれた。アメリカに帰って間もないころ、僕はあるメロディーをよく口ずさんでいた。パパは驚き、それが僕にサックスを教えてくれるきっかけになった。パパの趣味はアルトサックスで、息子とセッションをするのが夢だったと熱っぽく語ってくれた。もちろん息子の僕は努力した。ずいぶんあとから知ったことだけど、僕が口ずさんでいたメロディーはケニーGの楽曲で、実は僕の生まれた場所ではそればかり流れていたのだ。そのことはパパには黙っていた。あのころの記憶なんて必要ない。あのころの名前なんて知る必要もない。

アメリカに住んで四年目、パパの仕事の都合で急遽日本に移住することが決まった。

日本の学校は小学校を卒業するまではインターナショナルスクール、中学からは普通学校に通うことにした。イジメや偏見や仲間外れは心配したほどではなく、吹奏楽部に居場所を見つけた僕は、友だちにも恵まれて満足に値する学校生活を送ることができた。

そうして志望高校への入学が決まり、新生活を待ちわびていたある日の晩の出来事だった。僕はテレビ番組を観た。その番組は僕と同じ境遇のひとが自分に兄弟がいることを成人になって知って、その兄弟をさがしに行くというドキュメンタリーだった。ルーツやアイデンティティーを考えさせる内容が延々と放映されていたが、僕にはまったく理解できなかった。ルーツやアイデンティティーを血という物差しでしか測れない？　なんて自分勝手なひとなんだと心の底から憤慨した。

しかし一緒に観ていたパパとママはとても悲しそうな顔をしていた。翌日、意を決したように僕に一通の手紙を渡してくれた。半年前の消印の手紙……

あのときの血の気が引く感覚、いまでも忘れない。

その手紙は僕の弟と名乗る人物からだった。

弟？　これは切り捨てたほうがいい現実なのか？　頭の中で警報ベルが鳴った。手紙を読まずに破こうとするとパパとママにとめられ、読んでほしいと懇願された。

手紙は英語で書かれていた。

弟はいま、中国の蘇州にいるという。

一緒に住んでいる「本当の両親」の話、不自由のない暮らしの話、通っている学校の様子、サックスを習っていること、そして血のつながった僕に切実に会いたいという内容が書かれていた。「本当の故郷」を一度見にきてほしいとも。

僕は動揺した。弟……

僕は手紙に何度も目を走らせた。弟は「本当の両親」に内緒で手紙を送っている。

それはいったいなぜなんだ？

パパとママは僕に小さなジュラルミンケースも渡してくれた。長年使い古したようにあちこち傷んだケースには、ダイヤル錠で鍵がかけられていた。

四桁の暗証番号は九〇八九。

中からでてきたのは子供服と壊れた玩具だった。僕があの村にいたころの唯一の持ちものだったという。どれも中国語っぽい文字が書かれている。

足もとがゆらいだ。気持ちの悪い汗もにじんでくる。違う。僕はいった。自分であげた語勢の激しさに、自分で戸惑う。

それから何度か弟と名乗る人物から手紙が送られてきたが、僕は読まずに破り捨てた。部屋の隅にあるサックスケースには埃がたまっていった。「本当の両親」と一緒に暮らす弟も習っていると思うと耐えられなかった。

あのころの記憶なんて必要ない。あのころの名前なんて知る必要もない……

僕を支えてきたものが……崩れて……

ひとりで考える時間が増えた。

やりたいことのいっぱいあった高校の新生活は、なにをしたらいいのかわからない膨大な時間に変わった。僕のまわりから友だちは離れた。ただひとり僕から離れない友だちがいた。高校になってクラスが替わってしまったけれど、彼だけ僕にいろいろとお節介を焼いてくれる。

廃部になった演劇部を復活させた彼は「幽霊部員でもいいから」と、帰宅部であることがなかった僕を半ば強引に入部させた。彼は僕が演劇をやるべきではないことも、演劇になんの興味も持っていないことも知っている。それなのに入部させたのは、自分の目が届くところに僕を置きたかったからだろう。

そんなたったひとりの大切な友だちを失う前にこたえをだしたかった。

僕が踏みだすべき一歩はどこにあるんだろう？

なにを選んで、どこへ向かえばいいんだろう？

僕の「両親」は？　そして「故郷」は？

こたえをだせないまま二月になり——

僕は、僕をめぐる演劇部と吹奏楽部の奇妙な争いに巻き込まれる羽目になった。

2

わたしの名前は穂村千夏。高校一年の恋多き乙女だ。ごめんなさい。嘘です。片想いまっしぐらなんです。でもかまってほしいの。かまってガールと呼んでほしい。

わたしはいま、フルートのケースを肩にかけて半べそになりながら商店街のアーケードをとぼとぼと歩いている。週三回、吹奏楽部の練習が終わってからフルート教室に通うことになったのだ。地味な練習を飽きずに妥協せずにをモットーに、今日もフルートの先生にとことん駄目出しされた。よってわたしはへこんでいる。

わたしが所属する吹奏楽部は十名。少人数でも他校の大所帯の吹奏楽部に負けないぞ、という意気込みだけではどうにもならないことがある。パート練習がそのひとつだ。部員不足は悩みのタネで、先輩たちはみんなそれで苦しんだ。

その状況がわたしたちの代から変わった。少人数なのは変わらないけど、指導者が交代したのだ。草壁信二郎先生。二十六歳。学生時代に東京国際音楽コンクール指揮部門で二位の受賞歴があり、国際的な指揮者として将来を嘱望されていたひとだ。そんなすごい経歴を捨ててまで普通高校の教職についた理由はわからない。ただひとつはっきりしていることは、わたしたち吹奏楽部のやさしい顧問であることだ。

草壁先生は昔かかわっていた楽団員からの人望が厚く、そのコネクションを活かして、校外へ積極的にでて様々な団体や学校とジョイントしながら演奏できる機会をつくってくれた。

そうして平日は基礎練習、土曜日は合同練習というサイクルができあがった。日曜日は基本的にオフだけど、自主的に学校にきて練習している部員は多い。指導者ひとりでこうも変わるのかと教頭先生が感嘆したほどだ。でもね、それはすこし違う。わたしたちはまだ変わる途中なのだ。草壁先生のような指導者の注意をよくきいて、実践できるほどの部員に成長しなければならない。

普門館常連校との合同練習会に参加する機会があると、とくにそれを感じてしまう。部員数、各パートの息の合った演奏、間の取り方、吹奏楽としての全体力、そしてアンサンブル……どれをとっても差が歴然として、帰り道はいつも口数が減ってしまう。

そんな中、去年の暮れから成島さんという全国レベルのオーボエ奏者がわたしたち吹奏楽部に加わった。彼女は中学時代に二十三人の編成で普門館に出場し、銀賞の大金星をあげた実力を持っている。

彼女の入部はわたしたちを勇気づけ、待望のオーボエを編成に加えた本番形式の合奏をやろうという話になった。楽曲は草壁先生が少人数用にアレンジしてスコアをつくってくれた。

張り切るみんなを尻目に、わたしひとりだけ複雑な気分になった。高校からフルートをはじめたわたしは、みんなの足を引っぱるのではないのかと不安になったのだ。いまさらと思われるかもしれないけれど、わたしひとりのせいで成島さんをがっかりさせたくなかった。

そこで集中的な個人レッスンを草壁先生にお願いしようとした。我ながらいいアイデアだと思った。草壁先生は海外からお呼びがかかるほどの指揮者だったこともあって、楽器の知識やその奏法は相当詳しい。リズム感や音感も、成島さんがしきりにうなずくほどずば抜けている。わたしが抱えている問題点なんてすぐ克服できるに違いない！　……白状します。下心がちょっぴりありました。放課後の校舎でふたりきり。草壁先生のピアノ伴奏。必死にフルートでついていく健気なわたし。バレンタインデーの伏線にもなるんじゃない？　頑張ってきたご褒美にそれくらいいいでしょ？

そんなわたしのささやかな希望は、幼なじみでホルン奏者の上条春太に全力で阻止された。

「穂村さんに必要なのは、草壁先生の個人レッスンじゃないと思います」

まずこれがひと言め。

「環境と指導者を変えて、もう一度基礎をかためたほうがいいと思います」

これがふた言め。音楽室で黙ってきいていた草壁先生は携帯電話を取りだした。忘れていた。先生には強大なネットワークがあるのだ。フルート教室を経営する知り合いに一ヵ月の限定で、一万円の破格の授業料で話をつけてくれた。しかもその一万円

も部費で負担してくれるという。……文句をいえない。そしてハルタは先生から通話中の携帯電話を受け取り、唾を飛ばす勢いで、

「ぼくたちは本気で普門館を目指すので、厳しいレッスンでお願いします！」

これが三言め。携帯電話を静かに切ったハルタは満足そうに白い歯を見せた。抜け駆けはよくないよ。ハルタの目がいっていた。

もちろん草壁先生が音楽室をでて行ったあと、わたしはハルタの背中を蹴った。

ふう。

今日も厳しいレッスンが終わり、わたしにはフルートじゃなくてビール瓶でも吹いていたほうが似合うんじゃないかと自虐的な気分に浸りながら帰路につく。

土曜日の五時半となると商店街のアーケード通りは買い物帰りの家族客であふれ、デート帰りの中高校生カップルともたくさんすれ違う。ちょっとだけ自分が寂しく感じた。ドーナツカフェ「なっちゃん」から揚げたてドーナツとシナモンのいい匂いがした。わたしは寂しさを忘れて店内をのぞく。今月はもうお小遣いが底をついていることを思いだし、まわれ右した。お腹空いたな、晩御飯なんだろな、と心の中でつぶやき、やがてそれがリズムに乗って唄になるころ、冷たい風が待ち受けるアーケードの外にでた。

児童公園を抜けて、市民会館の建物が見えたところでふと足をとめる。

演劇部の部員たちがいたからだった。市民会館の玄関とトラックの間を行ったりきたりしている。自分の身体より大きなベニヤ板や照明機材を器用に担ぐ様は、働きアリが一生懸命エサを運ぶ光景に似ていた。

「おーらい、おーらい」

うん？　この声……

ハルタがなぜか演劇部の部員たちに混じっていた。ちょこまかと走りまわってトラックの荷台に誘導し、衣装ケースをうんしょと受け取っている。

「ああっ、もうっ、重くて腕が抜けちゃう」

む？　この声は……

成島さんだった。腰まで届く髪を後ろでまとめあげ、体育で使うジャージ姿で段ボール箱を運んでいる。

ふたりとも練習が終わってまっすぐ家に帰ったと思ったのに、なにやっているんだろ？　わたしはすぐそばにあった雑居ビルの陰から様子をうかがうことにした。演劇部だって文化祭公演とクリスマス公演がつづいたから、しばらく公演活動はないはずだった。荷物を運び終えたみんなはふらふらと疲れきった足どりで市民会館の玄関に消えていく。

気になってあとを尾けた。

自動ドアが開くと心地よいエアコンの暖気に包まれた。郊外にある文化会館ほど大きくないけれど、多目的の小ホールと会議室、研修室がある。たぶんみんながいるのは小ホールだなと思って奥に進むと、長椅子にぽつんとひとりですわる男子生徒がいた。

学生服を着た彼はダッフルコートを膝の上で抱えていた。演劇部の公演や部室でたまに見かけるひとだった。艶のある黒髪が印象的で、顔の右半分をほとんど覆い隠すように垂らしている。

彼と目が合った。彼はすぐ目を逸らしてどこか遠くを向いてしまった。そういえば、このひとが笑っているところや喋っているところを見たことがない。

観葉植物が並ぶ廊下をまっすぐ歩いたわたしは、両開きの扉の前に立つ。中から話し声がした。扉に隙間をつくってのぞいてみる。

「――よし、今日はみんなご苦労だった」

とくに大きな声ではないのによく響く声。客席で演劇部の部員たちが輪をつくり、その中心で妙に尊大な態度の同級生がねぎらいの言葉をかけていた。隣のクラスの名《な》越俊也だった。廃部になった演劇部を復活させた彼は部長を務めている。つまり部員は一年生のみで構成されていて、やりたい放題の部活動ライフを満喫している。

わたしは名越が苦手だ。あれは去年の四月、部活動の勧誘が盛んに行われていた時期だった。全身に白粉、赤ふんどし姿で校舎を疾走する名越と校舎の渡り廊下でぶつかった。尻餅をついたわたしはあわわと酸欠寸前の金魚のように口をぱくぱくさせた。逆に名越は落ち着いていて、しっかりわたしの目を見すえて立ち上がると手を差しだしてきた。てっきり謝ってくるのかと思ったら、「お前、演劇部に入れ」とぽつりといった。「は?」とわたし。「その表情、その身体のバネ。十年にひとりの逸材だ」いい終わらないうちに彼は生活指導部の先生に羽交い締めにされて連れ去られていった。「表現の自由をぉぉぉぉ」という叫びが校舎に響き渡った。そして「すみません。部長が馬鹿で」と彼の手下のような同級生がやってきて演劇部勧誘のビラを渡してくれた。以来、赤ふんどし姿の名越は姿形を変えてわたしの悪夢の中にでてくる。

「――恒例のビデオ反省会は月曜日の放課後に行う」

ホールの客席で名越が指示し、手を叩く。

「じゃあ後始末は俺たちがやるから、今日は解散。みんなお疲れ」

演劇部の部員たちからどっと息がもれ、わらわらとわたしのいる扉に向かってきた。わたしは忍者みたいにとっさに隠れてやり過ごす。客席には名越とハルタと成島さんの三人が残された。ハルタも成島さんも椅子に腰を沈めてぐったりしている。

「ねえハルタ、成島さんも、こんなところでなにやってるの？」

わたしは客席の間を縫って近づいた。名越の目が向き、わたしの頭からつま先まで眺めてくる。

「だれだっけ？　お前」

「十年にひとりの逸材よ！」

わたしは本気でつかみかかりそうになった。

「……穂村千夏。同じ吹奏楽部でクラスメイトだよ」

疲れた声でハルタがいう。名越はぽんと拳で手のひらを叩く。いちいちジェスチャーが大袈裟なやつだ。

「ああ。思いだした。球技大会のバレーボールで水を得た魚のように球を拾いまくっていた女子か。おかげでうちのクラスは負けたぞ」

「元バレーボール部なの」わたしははっと我にかえる。「頭の中のテープをもっと巻きもどしなさいよ！」

「なかなか反応がいいな」名越が感心したように顎に手を添えてわたしを見つめる。

「五年にひとりの逸材だ。演劇部はきみを歓迎する」

もう名越は無視して、わたしは成島さんの肩をゆすった。

「ねえ、ねえ、成島さんまでどうしたの？」

成島さんもハルタと同様に疲れて口がきけない様子だった。眼鏡の位置が完全にずれている。彼女は一年以上のブランクを取りもどすため、平日は朝練に参加し、休日は十時間の練習時間を確保しているはずだ。こんなところで荷物運びをやって指を痛めたらどうするの？

そのとき、わたしたちの背後にだれかが近づく気配がした。

「僕も、帰って、いいかな？」

静かな声。それでいて一句一句丁寧に区切る喋り方。ふり向くと、長椅子にすわっていたあの男子生徒が立っていた。手足は長くて身長はわたしより頭ふたつ分くらい高い。前髪から繊細で涼しげな目がのぞいている。

名越は彼を見て、なにかいいたげな表情をした。それを押し殺すようにいったん口をつぐむと、真面目な顔をかえした。

「ああ。悪かったな。無理やり付き合わせて」

彼は軽く手をふって去っていく。両開きの扉が閉まる音がしてから、成島さんがため息とともに泣きだしそうな声をもらした。

「……どうして吹奏楽部にマレンがいなくて、演劇部にいるの？」

（マレン？）わたしはきょとんと彼がいなくなった方向を眺める。

「チカちゃん、マレンを知らないの？」ハルタの気だるそうな声がつづく。

「……さっきのひとが」

「マレン・セイ。中国系アメリカ人。正しくはセイ（名前）・マレン（姓）だけど、彼は日本人のぼくたちに合わせているんだよ」

わたしはまたきょとんとしてハルタと成島さんを見つめる。なぜふたりが演劇部の雑用なんかを手伝っているのか、そしてさっきの成島さんの言葉の意味……

（どういうことなのよ）名越に目で訴える。

「え？　詳しくききたい？　話せば長くなるよ。長すぎて呆れるほどつまらない話になるけど」

「じゃきかない」

「待て」

名越がわたしの肩をつかむ。なんなのよ、このひと。

「はふはふは《悪いわね》、はふはふはふほふふ《奢ってもらっちゃって》！」

ドーナツカフェ「なっちゃん」でわたしはシナモンドーナツを頬張り、喉につまりかけたところをアイスカフェオレで流し込む。

「俺の財布のことは気にするな」

テーブル席の正面で名越がレモンティーをすすった。すんなりと長い指がカップを支え、常に他人の目を意識しているのか姿勢がいい。一緒にテーブルを囲むハルタと成島さんはちびちびとドーナツをかじっている。

「……教室どうだった？」

わたしが落ち着いてから、成島さんが口を開いた。

「正直、きつい」

わたしはストローをグラスから抜いて唇にあてた。最近は管状のものがあるとなんでも吹いてしまいそうになる。わたしが通うフルート教室のレッスンはロングトーンからはじまる。先生の演奏のあとにつづいて吹くこの時間がわたしにとって一番つらかった。生徒も上手い社会人ばかりで肩身が狭い。迷惑そうな目を向けられることもある。

「指練とコード練は？」とハルタ。

「家でみっちりやる習慣がついた」

「そう」成島さんが自分のドーナツをナプキンに包んでわたしの皿に移してくれる。

「吹奏楽部はやさしいひとばかりだから、教室でうんと傷ついて、人間関係に強くなったほうがいいわよ」

「そういえばここ最近、上条たちは練習がハードだな」

名越が会話に入る。

「まあね。二週間後にオーボエを加えた本番形式の合奏をすることになったんだ。うまくいけばレパートリーを増やして新入生の歓迎式典で演奏する」

「楽曲は決めたのか？」

「トム・ソーヤ組曲」

「へえ。そういう系統なら、俺としては『ムーンリバー』や『美女と野獣』のほうが好きだな」

「テンポが遅い楽曲って難しいのよ」成島さんも加わった。「音の抑揚や鳴りも誤魔化せないし、パートの間を取るのもひと苦労なの」

「なるほど」と名越がカップを置く。「十人程度の吹奏楽団だとたいした楽曲を演奏するのは望めない。しかしながら部員に自信をつけさせるためなら、テンポが平均以上の楽曲で、スケールが大きくてやさしいやつが望ましい。そんなところか」

成島さんが感心する目を名越に向けた。

「なにより演奏できると上手くなった気がするからね」と頰杖をつくハルタ。

「そう。上手くなった気になるのはすごく重要」と成島さん。

「高校演劇でもそうだよ」

名越がうなずき、「だよね」と三人で口をそろえる。

わたしは食べかけたドーナツを口からぽろっと落とした。わたしもこの会話に参加せねば。大縄跳びで、まわる縄が怖くてなかなか入れない子供の心境を味わうことができた。

成島さんがホットココアの入ったカップを持ち上げる。「演奏する楽曲はみんなで選んだのよ」

「他に候補はあったのか？」と名越。

「チック・コリアのスペインと、ノーズウッド」

「スペインは上条の趣味だな。吹奏楽でやったらおしゃれだろうけど」

「みんなに却下されたよ」いつにもまして元気がないハルタ。

「ノーズウッドは私の趣味」と成島さん。

「それも反対されたのか？」

成島さんは首を静かに横にふる。「できないの」

「できない？　どうせ少人数でアレンジするんだろう？」

成島さんはまた首を横にふり、名越を見すえた。

「ノーズウッドはね、前半のサックスがどうしても外せないの」

名越の表情が濁るのを、わたしは見た。沈黙があった。彼の口からふっと乾いた息がもれる。

「――わかったか？　穂村。このふたりはうちの部員のマレンを欲しがっているんだよ」

「欲しがるだなんて」成島さんの声のトーンが落ちた。「本人の人格を無視したようないい方はしないでほしいわ」

そばできいていたわたしとハルタは縮こまる。すみません。かつて成島さんの人格を無視していた時期がありました。つきまとって家に上がりこんで夕食をご馳走になったこともありました。

「だったらどんないい方があるんだ？」

名越はまっすぐ成島さんを見る。瞬きもなく、凝視と呼ぶのが相応《ふさわ》しい見つめ方に、成島さんが先に目を逸らした。

さすがにわたしは緊張して、「あの」と口を挟む。「……成島さん、マレンってひとと知り合いなの？」どことなく彼女の雰囲気からそう感じさせるものがあった。

「知り合い？　そうね。中学のころの私の学校って、いまと同じように部員がすくなかったから、夏は四、五校集まる合同合宿に参加していたの。マレンはそこで目立っていたわ。父親が元サックス奏者だから技術はずば抜けていて、まわりとのコミュニケーションにも長けていた」

「コミュニケーションに長ける？　抽象的だな」名越がいちいち茶々を入れる。「マレンと付き合いの長い俺にもわかるように説明してくれ」

「彼って日本語は流暢じゃなかったけれど、的確な言葉を選んでゆっくり話してくれるから逆に話しすぎるひとよりも伝わりやすいのよ。まわりは私もふくめて理論や理屈に偏ったひとばかりだったけど、彼のアドバイスは不思議と耳に残ったわ」

「……確かにあいつのいいところだな」名越がしみじみといった。「で？」

「で？」ハルタが鸚鵡返しにする。

「結局、マレンを吹奏楽部に誘いたいんだろ？」

「それをいっちゃあ……」

身も蓋もない、といいかけたハルタを成島さんが制した。

「どうしてマレンはサックスをやめたの？　さっきだって私を無視していた。彼になにがあったのよ？」

「俺はあいつのカウンセラーじゃないぜ」

「さっき、付き合いが長いっていったじゃん」

むきになる成島さんをわたしは見つめる。名越も両目を見開いていた。

「もしかして特別な感情でもあるのか？」

「なによそれ」

「好きになっちゃったとか」

「えっ、うそ」わたしは目を輝かせる。いま一番関心のある話題だ。

成島さんのあまりの静けさに、名越もわたしもだんだん恐ろしくなってきた。

「オーボエはソプラノサックスに恋をしているんだ」針のむしろみたいな沈黙を払ったのはハルタだった。「ホルンだって恋をしている。高音域の旋律を担当するトランペットやソプラノサックスが上手くないと、肉声を担当するオーボエやホルンは活きないんだ。成島さんの中学の吹奏楽部が抱えていたジレンマがそこ。ぼくらの吹奏楽部の抱える問題点もそこ」

「つまりオーボエとホルンのラブコールか」名越はちらと成島さんを見る。そういうことにしてやる。そんな目だった。「で、フルートは?」

わたしはウエイトレスにドーナツのおかわりを注文した。「え。何か用?」

「まあいいや」達観したように名越は椅子の背に深くもたれた。「まず最初にいっておくが、俺は高校に入学してすぐマレンに吹奏楽部の入部を勧めたんだぜ」

「そのへんをもうすこし詳しく」ハルタがいった。

「あいつがおかしくなったのは、中学の卒業式が終わって春休みに入ってからだ。ネガとポジのような変わりようだったな。普段持ち歩いていたサックスも見なくなった」

「だからなにがあったのよ?」成島さんが苛立たしげにいう。

「さあな。俺はマレンの両親に電話で呼ばれて何度も家に行っている。『七面鳥の丸焼きを食べたくないか、ナゴエ?』とか、『でかいハンバーガーをつくったんだが頬張りたくないか、ナゴエ?』ってな。そういう大人は嫌いじゃない。両親は心配している。マレンはなにもいわない。俺にもさっぱりわからない」

成島さんが大きなため息をつき、名越はつづける。

「マレンを演劇部に誘ったのは俺だ。あいつは背が高いから、帰宅部になってもバレーボール部のしつこい勧誘を受けていたんだ」

「わかるわかる」わたしはドーナツをもぐもぐさせながらいった。「背の高いひとなら初心者でも喜んでシゴいて育てるからね」

「そうだ。俺はマレンの親友であると同時に、恩人でもある」

「へえ」ハルタが疑わしそうに声をもらす。「ぼくはてっきりマレンを流行りのアジア系二枚目俳優みたいに仕立てあげて、安易な集客力をあてにする腹づもりだと思ったよ」

名越が動揺した。図星だ、この顔は。

「やる気がないマレンの扱いに困っているんだろう?」とハルタ。

「俺は構わないぜ」

「それじゃあ他の演劇部の部員にしめしがつかない」

名越は黙った。

「頼むよ」ハルタがテーブルの上で頭を下げた。「もう一度、高校に入学したときと同じようにマレンの背中を吹奏楽部に押してやってくれないかな。サックスは吹かなくたっていい。いまの名越の代わりになれるようぼくたちは努める」

わたしも成島さんも固唾を呑んで名越を見つめる。

名越はしばらく考えてから、口を開いた。

「無理だな」

「どうして？」ハルタが顔を上げる。

「それであいつが抱えている問題が解決できるとは思えない」

「もっともだ。でも環境を変えるだけでも意味があると思わないかい？」

「思うよ。俺だってマレンは吹奏楽部にいたほうがいいと思っている。だがいまは演劇部の一員だ。たとえお荷物と陰でささやかれようが、演劇の魅力を伝えられず、一度も舞台に立たせてあげられないまま背中を押すのは無責任だ。たった十ヵ月でも俺たちと一緒にいた軌跡をちゃんと残してあげたい」

「そんなの、あなたの自分勝手なエゴじゃないの？」

我慢できないように成島さんが声を荒らげた。でも、わたしには名越が間違ったことをいっているとは思えなかった。いらないからあげる、と名越はいわなかった。わたしは名越が不快になるのを予想した。その予想は外れた。名越は静かな目の色をかえすだけだった。

「成島。これは俺のエゴじゃないぜ。高校を卒業しても俺たちの人生はつづくんだ」

「……どのくらい待てばいいんだい？」とハルタ。

「わからない。だが努力はしている。今日、上条と成島に手伝ってもらったのはアマチュア劇団の舞台片づけだ。雑用を引き受ける代わりに前座にださせてもらっている。十五分のショートだがオリジナルの戯曲でやっているよ」

成島さんはうつむいている。テーブルの上に載せた手をかたくにぎりしめていた。見ていてかわいそうだった。

「あのさ」わたしは小さく手を上げた。「演劇部も吹奏楽部もマレンも、みんながハッピーになれる公演を演出できればいいんでしょ？」

ハルタも名越もきょとんとわたしを見かえす。

「穂村。お前、たまにはいいことをいうな」名越はわたしに、ドーナツでも食うか？と皿を寄せてきた。「俺はそういう前向きな意見をききたかったんだ。吹奏楽部も演劇部の活動に、できる範囲で参加してみたらどうだ？　一緒に力を合わせれば、マレンの気持ちもどこかで変わるかもしれない」

「いいアイデアだ」ハルタがうなずいた。「いいだしっぺのチカちゃんに代わって、ぼくが戯曲をつくろう」

「できるのか？　上条。劇作家の道のりは険しいぞ」

「できるよ。来週の金曜日までに」

わたしも成島さんも驚いてハルタを見た。いったいなにを考えているの？　そんな自信、どこから湧いてくるのよ？

「ほお」名越が顎に手を添え、興味深そうにハルタを見やる。

「マレンが出演できるような戯曲だ。マレンがいつまでたっても演劇に興味が湧かないのは、きっと名越の演劇に対する愛情が足りないからだ。ぼくらのマレンに対する愛情が勝っていることを証明するいい機会だ」

「ほおほお」名越の頰が引きつっている。「それは楽しみだ」

「ちょっと」成島さんが尖り声を上げた。「上条くん、そんなこといってだいじょうぶなの？」

「心配ない。ぼくだったら名越と違って最高傑作をつくることができる」

「ほおほおほお」名越は一匹の梟《ふくろう》と化していた。そのままほーほーとどこかに飛んでいきそうだった。「実に楽しみだ。そうと決まったら時間を無駄にできないな」と伝票を取り上げる。

ハルタと成島さんは思いだしたようにはあと疲れた息をもらした。

「……みんな、これからなにをするの？」

お腹がいっぱいになったわたしも帰り支度をはじめていった。

「まだステージの掃除が残っているんだ。四人もいれば一時間で終わるよ」名越が上着を羽織りながらこたえる。

「四人だったらすぐ終わるな」ハルタの声がほんのすこし明るくなる。

「そうね。四人で力を合わせれば……」成島さんも元気がでてきた。

え？　わたしは自分を指さした。なんなのよ、みんな！

3

どうやら本気らしい。

授業の休み時間、昼休み、そして部活がはじまる前まで、音楽室の隣にある準備室にハルタが閉じこもっているときは、「戯曲を創作中。決して中に入っちゃいけません」という注意書きがドアに貼られた。もちろん吹奏楽部のみんなには事情を話してある。

水曜日までは我慢できたけど、木曜日にはうずうずして、金曜日の放課後にはわたしも先輩たちも、準備室の貼り紙を見ながらドアを開けたい衝動に駆られていた。

「木下順二の『夕鶴』みたいね。生まれるわよ、傑作が」

成島さんがオーボエのケースを抱えて背後に立っていた。わたしの耳に口を寄せてささやく。

「協力者がいるみたいよ。昨日、中から三人の話し声をきいたひとがいるの」

「三人……？」

「時間だな」部長の片桐さんが腕時計に目を落としてドアをノックした。「おーい、上条。そろそろ練習をはじめるけどいいかー」

ドアが内側から開き、ハルタが一枚のルーズリーフを手にしてあらわれた。

「つ、ついにできたのね！」

みんなでハルタを囲んだ。いまにも胴上げをしそうな勢いだ。ハルタが一歩進んで部長の片桐さんを見上げる。

「部長、これから演劇部の部室に行ってきてもいいですか？」

片桐さんは腕組みをして困った顔をした。ハルタが持つルーズリーフに目をとめる。

「上条、それでみんながハッピーになれるのか？」

「……たぶん」ハルタがこたえる。

「そうか」片桐さんは薄く目を閉じた。「じゃ行ってこい。先生にはおれからいっておく」

ハルタが頭を下げて廊下を走っていった。「さあ練習だ」と片桐さんの声とともに部員たちはぞろぞろと音楽室に入っていく。成島さんはハルタのいなくなった方向をしばらく見つめていたが、やがてその目を落として踵をかえした。

(みんながハッピーに……)

その言葉を反芻した。素敵な言葉だ。わたしは我慢できなくなって片桐さんの腕をつかむと、上目遣いでお願いした。

「あの。わたしもお目付役で一緒に行っていいですか?」

演劇部の部室は旧校舎にある空き教室のひとつだった。両端に机が寄せられ、ジャージ姿の部員たちが車座にすわって談笑している。

マレンはいなかった。

名越の正面でハルタがふんぞりかえっていた。名越は例のルーズリーフを真剣な顔で読んでいる。

「失礼します」と教室に入ると、「ああ、チカちゃん。いいところにきた」とハルタが反応した。

「……どう？」

「どうもなにも、これが没になるわけがないよ。だけど念を入れて、今回の戯曲には日本中の大人や子供に愛されているキャラクターを採用させてもらった。はっきりいって隙がないね」

「へえ」

わたしは名越の背後にまわり込み、ルーズリーフを一緒に眺めることにした。

『彼女がガチャピンをはねた日』

携帯電話のみのシチュエーションコメディ。あるカップルの物語。彼氏役と彼女役にスポットライトがあたる。彼氏のもとに彼女から携帯電話で連絡が入る。動揺している彼女を落ち着かせて話をきくと、どうやら自転車でなにかをはねてしまったらしい。被害者の状態をきくと……

・緑色の服を着ている。

・挙動不審。

・だいぶ太っている。なれなれしい。
・近くの電信柱から赤い服を着たひとが見ている。なんか目が飛びでて毛深い。
以上を総合するとどう考えても被害者は「ガチャピン」しかありえないと判断した彼氏は、彼女に適切な指示をはじめる。

保健所に通報する前にアニコム（動物保険）に加入しているかと問いただす彼氏。

遠慮がちに中に人間が入っているんじゃないか、だから総合病院に連れて行くと彼女。

馬鹿なことをいうな。船長が南の島からタマゴを持ってきてそこから孵化したのがガチャピンなんだ、みんな知っているぞ、と急に怒りだす彼氏。

だったらその船長を連れてきてよ、と彼女。

ムックは実はイエティだから無理！　とわけのわからないことを叫ぶ彼氏。

実は一番動揺しているのは彼氏ではないかと疑いだす彼女。

そこへ船長と名乗る謎の中年男が彼氏サイドに登場！　彼女サイドには、近くの小学校から地球環境保護倶楽部の子供たちが乱入！　そして明かされる衝撃の

真実！
ガチャピンはいつになったら病院に連れて行かれるのか？
……中のひとはだいじょうぶなのか？

わたしはハルタを見た。「あんた馬鹿でしょ」その言葉が喉からでかかった。顔の筋肉を総動員して笑顔をつくると、「うわあ。すごく面白い」と棒読みでいった。「そう思わない？　名越」

名越は蠟《ろう》人形のようにかたまっていた。その顔からはどんな表情も読み取れない。唖然としているのか、怒りをためているのか、実は内心ちょっとだけウケているのか、さっぱりわからない。

「面白いよねー、名越」

わたしは犬をなでなでするみたいに、名越の頭をつかんでゆさぶった。名越がはっと我にかえる表情をした。「ひとつきく」低い声だった。「……マレンはいったいどの役で？」泣きだしそうな声にもきこえた。

ハルタは腕組みをして考え込む。大作家にでもなったような妙な貫禄をかもしだしていた。

「地球環境保護倶楽部の子供役はどうだろう？　鼻下に青っ洟《ぱな》、頰に赤丸、もちろんゼッケンをつけた体操着姿がいい」

名越はルーズリーフに両手をかけると、びりびりと破り捨てた。

「ああっ、ぼくの一週間の智慧と汗の結晶が……」

ハルタが四つん這いになって、破れた紙片をかき集める。

名越が立ち上がった。「お前、演劇を舐めているだろ？」

「舐めているのは名越じゃないか。すくなくとも文化祭公演の脚本よりも、こっちのほうが断然面白いぞ。だいたいなんだ、あのぐたぐたの全共闘コメディは。アングラなんてただの自己満足で娯楽じゃない」

「なにを……」名越がはっと気づく表情をする。「まさかアンケートで長文の酷評を書いてきたのはお前か」

「批判と一緒に代案をだしたはずだ」

「あれを酷評っていうんだよっ」

「だいたい元ネタの戯曲をこっそり登場人物から筋書きまでなにからなにまで改変するなんて、著作権侵害で劇作家に訴えられるぞ」

「これを書いたお前にいわれたくないぞ！」

名越もハルタも頭に血がのぼり、目を剝いていい争っていた。ちょっと、ちょっと……。わたしはおろおろしてまわりの演劇部員を見る。また部長が熱くなっていますよ、はは、と、お互い顔を見合わせて乾ききった笑みをもらしていた。

「まだぼくやチカちゃんのほうが、名越より役者として素質がある」

ハルタが吐き捨てる。え？　いまなんていった？

「……ほお」

名越が口を閉ざす。わたしは人の顔から血の気が失せる様をはじめて見た。

「前からいおうと思ってたけど、部室をアトリエと呼ぶその言語感覚が気に食わなかった」ハルタははあはあと息を切らして立ち上がると、両手を広げて目測をはじめた。「ほら、この教室は吹奏楽のパート練習をするにはもってこいだよ、チカちゃん！」

なんてことを。わたしはいい加減にハルタをとめようとした。苦労してつくった戯曲を破られたからといってやりすぎだ。

「俺も前々から、吹奏楽部が騒音をたてている駐輪場の広場が、演劇の発声練習に使えないかと思っていた」

名越のつぶやきにふり向く。ごめん。いまハルタを謝らせるからね。

「とくにフルートが耳障りだった。俺の妹のリコーダーのほうが千倍は上手い」

「……なんですって？」

「俺の親父の鼾のほうが、穂村のフルートより美しいメロディーを奏でる」

「……ちょっと。なによそれ」

ハルタがぽんとわたしの肩に手をおく。「ほら、こういうやつなんだよ。いまのうちにハエのように叩き潰したほうが吹奏楽部のためになるんだ」

名越の目が血走った。「奇遇だな。俺もそれを考えていたところだ」

「どうする？」鼻先を近づけるハルタ。

「お前らと演劇勝負だ。俺より役者の素質があるんだろう？」と名越。

「待ってよ」わたしはふたりの間に入った。「演劇勝負だなんて、演劇部に勝てるわけないじゃないの。やっぱりやめようよ、こんなの」

「……穂村、別に演技技術なんて特別なものじゃないぜ」

「は？」

「お前だって日常で演じているだろう。好きなひとにどうやって好かれるかということばかり考えていないか？　彼に好かれ、彼のお気に入りになることが、最大の関心ごとじゃないのか？」

わたしはかっと熱くなった。ハルタがわたしの前にでる。

「面白いね。名越はだれと組むんだい？」

「うちの看板女優を紹介しよう」

名越の目配せで立ち上がる女子がいた。厚い眼鏡、おさげにした髪。わたしがいうのもなんだけど、看板女優と呼ばれるほど冴えた容姿ではない気がする。

「藤間弥生子《ふじまやえこ》。マヤと呼んでやってくれ。家はラーメン屋だ」そして名越はわたしたちに顔を近づけて声を潜める。「……こいつは本物だ」

隣でハルタが笑いを堪えるのに必死になっている。

彼女は無言でぺこりと頭を下げた。まともな部員に思えた。見た目の印象だけで偏見を抱きそうになったわたしは自分を恥じた。

「藤間さん、わたしたちで、ふたりの喧嘩をとめましょうよ」

わたしが差しだした手を彼女は払いのけた。なに？　なんなの？

「ああ」と名越は思いだすようにいった。「いま藤間は部長命令で『半年前に保護されたばかりのオオカミ少女』になりきっているんだったな」そしてぱんと手を叩いた。「おい藤間、目を覚ませ」

わたしは名越を押し退け、藤間さんと向き合い、彼女の小柄な両肩をゆすって必死に訴えた。

「いいの？　貴重な青春時代をこんな部長に支配されても？　ね？　やめようよ、こんなの」

なにが面白いのか、わははと名越は笑っている。「おい藤間。青春なんぞを純化しているその小娘になにかいいかえしてやれ」

藤間さんは真顔ですこし考えていた。やがてなにかを断ち切ったように顔を上げると、か細い声でいった。

「……安定は役者の敵です」

頭のおかしな同級生がまたわたしのまわりに増えた。

「上条。勝負の日時は明日の土曜の放課後、場所は体育館のステージでいいか？」

「望むところだ」とハルタ。「負けるつもりはない」

「内容は即興劇《フリーエチュード》。ただしお前らのハンデとして心理ゲームにしてやる。演技を競うのではなくて、こちらが提示した条件を先にクリアしたほうが勝ちだ。マレンをふくめて観客を集めておくぜ」

え？　わたしは名越を見つめる。名越の目がわたしたちを通り越し、教室の引き戸を向いていたからだった。

「――いいですよね？　草壁先生」

わたしはふり向く。教室の半分開いた引き戸に、草壁先生がコピーしたスコアを片手に寄りかかっていた。

「受けて立つよ」

草壁先生は挑発的な笑みを浮かべていた。

4

土曜日の放課後、わたしは体育館のステージの上で茫然と立っていた。客席には折りたたみの椅子が四十脚くらい並べられ、吹奏楽部のみんな、演劇部の部員とＯＢ、そして名越のクラスの友だちでほとんど埋まっていた。練習前の女子バスケットボール部やバドミントン部の部員まで興味深そうに遠くから眺めている。心なしかどんどんギャラリーが増えていく気がする……。

演劇部と吹奏楽部の代表がそれぞれの威信をかけて演劇対決を行う。朝からそんな触れ込みが学校中の生徒に広まっていた。

いったいなんでこうなっちゃったの？

ふと見ると客席の一番後ろにマレンがすわっていた。名越に強引に誘われたのか、居心地の悪そうな雰囲気を漂わせている。離れてすわる成島さんが気にかけている様子だった。

「じゃあはじめようか」

ステージの袖から名越と藤間さんが颯爽《さっそう》とあらわれ、ハルタが客席からステージに上がってきた。演劇部の部員たちが拍手し、それは客席全体に広がった。

名越が両手を上げ、よく通る声でわたしたちに説明する。

「内容は簡単な即興劇だ。設定されたシチュエーションでそれに合った役柄になりきる。そして制限時間内にこのステージから退出すればいいだけの話。名づけて『退出ゲーム』」

「……退出って、このステージから下りればいいの？」わたしはたずねた。

「そうだ。簡単だろ？　最初のお題は『恩師の送別会において、最後の別れの挨拶の前に退出する』だ。どんな理由をでっちあげてもいい。相手のチームはそれを阻止する。想像力を駆使して退出方法を考えてくれ」

わたしはハルタを肘で突つく。「もっと難しいことをやらされるかと思った。簡単そうで良かったね」

「想像力には自信がないけどなあ」とハルタがいった。

「まあ恩師はだれを設定してもいいけど、きみらの場合は草壁先生を想定してもいいんじゃないの？」

わたしはむっとしたが、ハルタを見ると素でかたまっていた。きっとひとより長けた想像力に押し潰されそうになっているのだろう。

名越がにやにやと笑う。「そうそうその表情……。真に迫るね。でもこれは芝居だからね？　そこを忘れないでほしい。ちなみに前半戦は四人でやるわけだけど、観客のみんなを楽しませて退出してくれないと困るよ？　本当はこのゲームは奥が深いんだけど、やってみればわかるさ。基本的に発言に対して否定をする場合、はじめに肯定をしてから否定しないと、話がうまくつながらなくなるから気をつけてね」

「え？」

わたしの当惑をよそに名越が合図をした。ステージに設置された巨大なホワイトボードが裏返る。そこにはマジックで次のように大きく書かれていた。

演劇部VS.吹奏楽部　即興劇対決　前半戦

お題『恩師の送別会において、最後の別れの挨拶の前に退出する』

出演
名越俊也（演劇部部長）
藤間弥生子（演劇部女子。看板女優）
上条春太（吹奏楽部下っ端）
穂村千夏（右に同じく下っ端）
以上四名。制限時間十分。

「下っ端か……」ハルタが憎々しげにつぶやく。

「それじゃあスタート！」

名越の声とともに客席からぱちぱちと拍手が湧いた。

わたしは深呼吸をして拍手がやむのを待つ。こんなゲームに長々と付き合うわけにはいかない。拍手が完全にやんでから挙手して、ステージの中央に進んだ。

「ト、トイレに行ってもいいですか？」

名越も藤間さんも呆気に取られる。観客はしんとして、演劇部の部員からため息がもれた。それはないよな、という小声がした。やがてそれはぶーぶーというブーイングに変わった。

わたしはゆっくりと首をまわした。みんなわたしを不満そうに見つめている。改めて観客の存在に気づいた。

名越がステージの中央に歩いてきて、わたしと観客に向かっていった。

「いきなり生理現象ですか？　まあいいけどさ。きみは恩師の挨拶の前にトイレに行きたいといった。それは仕方がない。しかしこのシチュエーションからの退出理由になっていないことはわかるよね？　それは途中退出であり、もどってくることを前提としているからさ」

なるほど、と客席から納得する声がした。それはなんと吹奏楽部の片桐部長だった。完全に楽しんでいる。裏切り者め。

ハルタはうなずいている。わたしもだんだんとわかりかけてきた。

「じゃあ試しにこういうのはどうだろう？」

ハルタがつぶやき、携帯電話を取り上げた。いきなり飛び上がって叫びだす。

「えっ、父さんが交通事故？　病院はどこ？　すぐ行く！　みんなごめん！」

観客が騒然とした。ハルタは勝ち誇った表情で携帯電話をしまう。確かにこの状況なら退出しないわけにはいかない。客席の吹奏楽部のみんながガッツポーズをする。

すかさず名越が携帯電話を取りだした。

「母さん？　上条くんのお父さんをはねた？　それで……はねたショックでちょっぴり上条くんのお父さんの頭がよくなったみたいだって？　それでお父さん、走って逃げた？」

爆弾が落ちたみたいな笑い声が観客から湧いた。二の句が継げずにいるハルタの肩に、名越が腕をまわす。

「バカボンのパパみたいなこともあるんだな。よかったじゃん。明日から賑やかになりそうで」

体育館が盛大な拍手で埋まった。そうだそうだー。明日から上条家は面白くなりそうだー。遊びに行くぞー。客席から楽しそうに同調する声が飛び交う中、ハルタがすごすごとわたしのそばにもどってきた。この負け犬め。

「お前ら、本当になにもわかってないな」

名越のあきれる声。客席にも届く声がつづいた。

「いいか？　このゲームは、いかに退出を阻止するかがポイントになるんだ。両者の言い分を観客が審査する。頭の回転が速くて優秀な『退出を阻止する側《ブロッカー》』がいれば、場をしらけさせるような退出理由なんて、いくらでもブロックされることを肝に銘じておくんだな」

わたしとハルタは生唾を呑む。

「それじゃあ仕切り直しだ」

名越が宣言すると、突然藤間さんが膝を崩して泣きはじめた。小柄な身体を震わせ、込みあげる嗚咽と全力で戦っている……ように見える。名越が近づいて藤間さんの肩に手をのせた。藤間さんは嫌々をするようにその手をふり払った。名越は困惑し、「俺はお前のことをずっと――」と声をつまらせている。

わたしはハルタに耳打ちした。

「なにがはじまってるの？　笑っちゃうんだけど」

「退出ゲームといったって、これは芝居だろう？　彼らの中では即興劇がはじまっているんだよ。恩師にずっと片想いしている女子生徒と、その子にずっと片想いをしていた男子生徒ってところだね。ほら、あそこを見てごらん」

ハルタはステージに設置された別のホワイトボードを指さした。そこに演劇部の部員のひとりがマーカーでなにかを書き込み、わたしたちと観客に見えるように動かしている。

・藤間は恩師に片想いをしている。そんな藤間に名越が片想いをしている

「……ひとつ設定が加わったわけだ」

ハルタがわたしにささやきかえし、わたしは苦い顔をかえした。

「ほらチカちゃん、あいつらのペースになる前に阻止するんだ」

ハルタがわたしの背中を押し、仕方なくわたしは藤間さんに近づいていく。手を上げて観客と藤間さんの注意を引いた。

「藤間さん。想いをちゃんと伝えなきゃ駄目よ。先生が持っている新幹線のチケット、最後の挨拶が終わってすぐ教室をでて行かなければ間に合わないんだったよね。なんとかするわ。すくなくとも新幹線が一本以上遅れるようにする。その代わり、わたしはもうもどれなくなるかもしれない。それでもいいの。藤間さん、そこにいる名越に惑わされちゃ駄目！　じゃあわたし、行ってくる！」

踵をかえすわたしを、案の定名越がとめた。

「おい、どこへ行くつもりだ？」

「ばばば、爆破予告の電話をしに行くのよ、この身と引き換えにね！　すぐつかまらないように街の公衆電話からかけてくるの。学校から一番近い公衆電話はここから走って十分以上かかるわ」

おおっ、と客席からまばらに拍手が湧く。

「それじゃ、はい」と名越がわたしに携帯電話を渡した。

「携帯電話じゃ駄目なの！　すぐ身元がわかっちゃうじゃない！」

そうだよな。客席からぽつりと声がもれる。いいぞー、穂村ー。そのまま行けー。吹奏楽部のみんなが応援してくれる。みんなありがとう。代わりのフルート奏者は見つけるからなー。うるさい。

「それプリペイドだからだいじょうぶ」

名越がいって、わたしは立ちどまる。観客も静まりかえった。

「――へ？」

「爆破予告の電話、楽しみだなあ」

わたしは思わず喉をつまらせた。恐る恐る客席に首をまわす。吹奏楽部のみんなは青い顔をして、演劇部の部員や名越のクラスメイトがくすくすと笑い、期待を込めた目で見つめている。

わたしは赤面し、顔を両手で包んですわり込んだ。「……駄目。やっぱりできない。犯罪はよくないっ」

だよな、と客席からぱちぱちぱちと拍手が湧いた。なんなのよ。

ステージのホワイトボードに新たな設定が加わった。
・最後の挨拶が終わったら、先生は赴任先に移動するために教室から出て行く

ハルタがわたしのそばにきて耳打ちした。「チカちゃん、次はチームワークでいこう」観客を意識してステージの中央まで大股で歩き、くるりと身体を翻して名越と向き合った。「そういえば名越、最後の挨拶が終わったら先生をみんなで胴上げするんだったよな？」

「……ああ、そうだったな」

ステージのホワイトボードにまた新たな設定が加わった。

・最後の挨拶が終わったら、先生を胴上げ

わたしは機転を利かせる。「藤間さんっ、胴上げのときに先生に想いをぶつけちゃいなよ？」

藤間さんがはっと顔を上げ、また伏せる。「みんな見ているし……恥ずかしい」

「心配はいらないよ」ハルタが藤間さんの前で屈み、安心させるように肩に手をおく。「胴上げのとき、そこにいる名越のアイデアで、先生との思い出の音楽発表会の演奏——第九を放送室から流す予定になったんだ。な？　名越」

「……ああ、そんなこといったかな」

名越が合わせてくれる。

「そうよ！」わたしもハルタと並んで藤間さんの前に立つ。「わたしが放送室に行ってボリウムを上げてくる。だから藤間さんは胴上げのとき、先生の耳元ではっきりきこえる声で想いをぶつけちゃって。だいじょうぶ。たとえ他のクラスから苦情がきても、わたしが放送室に籠城して、だれにも藤間さんの邪魔はさせないから！」

「チカちゃん、行ってきてくれるのかい？」とハルタ。

「うん。行ってくるね！」とわたし。

わたしとハルタは同時に客席をうかがう。拍手がどっと湧いた。いいぞー。藤間さーん、第九と一緒に想いをぶつけちゃえー。よし。確かな感触をつかんだ。わたしとハルタが連携すればこんなものよ。わたしは急いでステージ端まで走り、階段に足を伸ばした。決してふり向かない。名越と藤間さんの静けさが無気味に思えたからだった。

「ああ、そのことだが」

と名越がわたしをとめる。やっぱりきた。

名越は制服のポケットから、体育の授業で先生が使うようなホイッスルを取りだした。

「……実はその演奏を、急遽この『ホイッスル』ですることに決まったんだ」

観客がざわめいた。

「どうやって一個のホイッスルで演奏するんだ！　それにそれは楽器じゃないし、音程がつけられないだろう？」ハルタが嚙みついた。

するとさっきまで泣きじゃくっていた藤間さんが、静かにポケットからもう一個のホイッスルを取りだした。観客が爆笑した。さすがマヤだ。ぬかりない。名越がホイッスルを口にくわえて叫ぶ。

「ホイッスルの連奏だ！」

なんとなく第九のようにきこえる演奏をふたりで交互にピーッ、ポーッ吹きはじめた。観客の笑いはとまらない。成島さんや草壁先生まで笑いを堪えている姿を見て、負けたと思った。

「連奏ならぬ、連吹か。ある意味感動的だね、チカちゃん」

ハルタが膝を折り、わたしもへたりとすわり込む。

そのときジリリリリと目覚まし時計のようなベルが鳴った。終了時間の十分だった。客席から大きな拍手が湧いた。中には立ち上がって、まだ学校に残っている友だちを呼びに行く生徒もあらわれる。

え？　嘘でしょ？　これからまだギャラリーが増えるの？

名越と藤間さんはステージの中央で不敵な笑みを浮かべていた。

「……チカちゃん、よくない状況だよ」ハルタがひそひそとつぶやく。

「……どうして？」わたしは疲れきった声をかえす。

「名越たちはまだ一度も退出側にまわっていないんだ。後半戦で一気に勝負をかけるつもりで、ぼくたちを弄んでいたんだよ」

「そんな」力の差を見せつけられた気がした。

名越がわたしたちの前で仁王立ちをする。そんな目で見ないで。ヘビに睨まれたカエルの心境だ。名越は観客とわたしたちの反応を交互にうかがい、みんなにきこえる声で叫んだ。

「俺は弱い者いじめをする趣味はない。だから吹奏楽部にハンデを与えてやる」

「え」わたしとハルタは同時に声を上げる。

「後半戦はお互いの陣営に一名ずつ追加する。三人寄れば文殊の智慧というだろう？このピンチを切り抜けてみろ」

名越が片手を上げると、ステージのホワイトボードが裏返った。新たに書き込んでいた演劇部の部員が走り去っていく。

観客のみんながホワイトボードに注目する。信じられないように立ち上がるふたりの生徒がいた。

演劇部VS.吹奏楽部　即興劇対決　後半戦
お題『ニセ札犯、時効十五分前の状況で、潜伏場所から退出できるか？』
出演
名越俊也（演劇部部長）
藤間弥生子（演劇部女子。看板女優）
マレン・セイ（演劇部部員）
上条春太（吹奏楽部下っ端）
穂村千夏（右に同じく下っ端）
成島美代子（右に同じく下っ端）
以上六名。制限時間十五分。

5

「なんで私が、ステージの上で生き恥をさらさなきゃならないのよ！」

成島さんがステージの上でハルタの胸ぐらをつかみ、激しくゆらした。その光景に観客がくすくす笑っている。わたしはさっきまで生き恥をさらしていたかと思うと密かに落ち込んだ。

「ぜったいいや。いやよいやよいやよいやよいやよ」

振り子人形のように首をゆらすハルタは、「文句があるならあいつに」とステージの中央に立つ名越を指さした。

「成島、潔くあきらめろ」

「あんたねえ」いいかけた成島さんが口をつぐむ。

名越の背後にステージに上がってきたマレンが近づいたからだった。戸惑った表情を浮かべている。「……名越、僕には無理だよ」彼もまた、名越と同じようによく通る声をしていた。

「どうしてだ?」

マレンは薄く笑って首を横にふる。「僕、みんなのような才能がないよ。ただ立っているだけになるから、即興劇にはならないよ」

「そうよ、そうよ。私だってやる気のこれっぽっちもないからね!」

成島さんが人差し指と親指でつくる「これっぽっち」は本当に微塵もない。名越は観客にもわかるように大袈裟なため息をついてみせた。

「やれやれ。芝居を馬鹿にする者は芝居によって泣かされる。すこし趣向を変えることにしよう」

そういってホワイトボードの前に立ち、マジックペンで追記した。

勝利条件

・名越と藤間は成島を退出させる

・上条と穂村はマレンを退出させる

名越は満足そうにマジックペンのキャップをしめる。

「これで全員参加の即興劇になる。いいぞ？　別に黙って突っ立っていても」

「なに？　私、この悪魔のような演劇部のふたりにいじられるわけ？」

成島さんが泣きそうな顔になる。芝居を馬鹿にする者が芝居によって泣かされる瞬間だった。

「ふうん」名越と同じように、観客にもきこえる声で反応したのはハルタだった。

「たとえマレンにやる気がなくて、黙って立っているだけでも、あの手この手を使って彼を退出させればいいわけだ」

マレンがきょとんとする。その目をゆっくりとハルタに向けた。涼しげな目に一瞬興味深い光が宿った気がした。「そんなこと、できるの？」

「やらなければ、ぼくたちは勝てないじゃないか」よせばいいのにハルタがムキになる。

「——よし。じゃあはじめようか」

名越が両手を広げて観客の拍手を誘った。客席から大きな拍手が湧いた。わたしは息を吞む。立ち見客もいて、さっきの倍近くの人数に膨れ上がっている。後半戦の『ニセ札犯、時効十五分前の状況で、潜伏場所から退出できるか？』という即興劇がはじまった。

演劇部の部員たちがステージの袖から素早くやってきて、わたしたちひとりずつに毛布を配っていく。

「なに、これ？」わたしは毛布を抱えて名越にたずねる。

「小道具だ。うちの看板女優を見ろ」

名越が指をさした方向に、毛布にくるまって身体をがちがちと震わせる藤間さんがいた。追いつめられたように親指の爪を嚙み、ひとり言をくりかえしている。ふうん。潜伏場所には暖房がないんですね。名越が毛布をかぶって丸まり、マレンもそれに倣ってあぐらをかいた。ただし毛布はそばに置き、静かな目をしている。

わたしたちも頭から毛布をかぶり、三人でくっつき合う。

「……名越を相手に勝てるの？」成島さんが小声でいう。

「なるほど。認めているんだね。その方法を考えた」ハルタがささやきかえす。

「え」と成島さんとわたし。

「冷静に考えれば、この退出ゲームは詰め将棋と同じだ。駆け引きと状況の組み立てで、名越たちがマレンを退出させざるを得ない状況に持っていけばいい」

「そんなことできるの？」わたしは声を潜めていった。

ハルタが名越を見てにやっと笑う。「芝居に溺れる者は芝居に泣いてもらおうか」

そして意味のわからない言葉をつぶやいた。「つれづれのながめに増《ま》さる涙河袖のみぬれて逢ふよしもなし」

「なんなの？」成島さんが不思議そうにたずねる。

「この退出ゲームに勝つための魔法の言葉さ」

とハルタがわたしと成島さんの耳に口を寄せてきた。ハルタはこの芝居で、『いってはいけない言葉』を教えてくれた。

「――おい、上条」

苛立つ声がステージに響き渡った。名越だった。「もう芝居ははじまっているんだぜ」

ぶーぶーと客席からブーイングが湧いた。そうだった。忘れていた。

「違うのよ。名越」わたしは勢いよく立ち上がり、毛布をかぶったままステージの中央に移動した。「ハルタがこのアジトにいないの」

「え」と名越が虚をつかれる。

「どんなにさがしてもいないのよ！」わたしは涙ながらに訴えるふりをした。

「ど、どど、どこに行ったんだ、あいつ？」名越が動揺している。

そのときハルタが、毛布をかぶったままステージの中央にやってきた。なにかを抱えるしぐさをしている。

「なにやってたのよ、ハルタっ」わたしはハルタをなじる。

「……上条くん、その濡れたワンちゃんは？」成島さんも毛布をかぶって近づいてきた。

ハルタは息を切らしている。「外はどうやら台風が近づいているらしい、人通りがすくないところで震えていたから連れてきたんだ」

「犬だと？　時効十五分前のニセ札犯に、犬なんてかわいがる余裕があるか！」

「待ってよ、名越」わたしは名越をいましめた。「この緊張がつづいた状態で、かわいいワンちゃんを必要としているメンバーがいるじゃないの」

わたしとハルタと成島さんの目が、さっきから毛布をかぶって震えている藤間さんに向く。

藤間さんは目をうるませて、両手を伸ばしてきた。

「ワ、ワンちゃん……」

この看板女優はノリがいい。

「ちっ。余計な小道具を増やしやがって」

名越が毒づき、ステージのホワイトボードに設定が加わった。
・ニセ札犯のアジトに拾ってきたワンちゃんがいる
「とにかくあと十五分隠れていればいいんだ」ハルタが毛布をかぶり直した。「それにぼくたちは全員整形手術を受けているから、だいじょうぶだよ。ただ……」

「……ただ？」とくりかえす名越。

「心配ごとは、この六人の犯行メンバーに中国人がひとり交じっていることだ。彼がなにかドジを踏んでいなければいいけど」

ハルタを除く全員がはっとした。黙ってすわるマレンに視線が集中する。マレンの顔が青ざめた。

「おい。マレンはアメリカ人だ。訂正しろ」

名越がハルタにつめ寄り、あわてて立ち上がったマレンにとめられる。わたしも成島さんも緊張した。

「いいよ、中国人で」マレンがつぶやく。なんの感情もこもっていない声だった。

「設定追加だ」ハルタが冷酷とも思える声で演劇部の部員に指示をした。

ステージのホワイトボードに新たな設定が加わる。

・メンバーは全員整形手術を受けている

・六人の犯行メンバーに中国人がひとり交じっている

「……あのさ、名越」

わたしは手を上げる。ステージの端では成島さんがハルタの首をしめていた。観客がくすくす笑っている。

「なんだ？」

「このアジトはいったいどんな場所なの？」

「ああ。実は……」

名越が藤間さんに憐れむ目を向けた。藤間さんは見えないワンちゃんを両手で抱えて頬ずりをしている。

「藤間がこんなふうに犬に癒しを求めるようになったのは、ふたつ理由があるんだ。

ここは裸電球と水道だけがかろうじて使えるボロアパートの一室なんだよ。電話もラジオもテレビもない」

「なんだって？」首を押さえたハルタが苦しそうな声を上げた。「じゃあどうやって、時効日の零時十五分前という時間を計っているんだ？」

「俺の腕時計がある」

「それが正しい時間だって、どうやって証明するんだ？」

「俺様の腕時計は高級電波時計なんだよ！」名越が目を剝いた。「メイド・イン・ジャパンだ。このどこよりも正確で緻密な電波時計がある限り、時間でインチキなんてできないからな。俺は演劇を馬鹿にした上条を許さない。めたくそにしてやる、ばーかばーか」

「わかったから、わかったから」現代の高校生とは思えない罵声を吐く名越を、わたしはなだめることにする。お母さんになった気分だった。「で、藤間さんがおかしくなっちゃったもうひとつの理由ってなんなのよ？」

「ああ。実はな。このボロアパートは共有玄関を持つ木造二階建てで、この部屋の真上にはひとり暮らしの住人がいるんだ。俺たち以外はその住人しか住んでいない。で、毎晩十一時に帰ってくるその住人の足音に耳を澄ますのが、藤間の唯一の楽しみであったわけだ」

「……暗いわね」わたしは素直な感想をいった。

ステージのホワイトボードに設定が加わった。
・アジトの真上の部屋にはひとり暮らしの住人がいる
・その住人は毎晩十一時に帰ってくる
「よくもまあ、こまごまと」成島さんが客席に届く声でつぶやき捨てる。

「お前ら吹奏楽部にいわれたくないぞ！」

名越がホワイトボードに羅列された文字を指し、観客がくすっと笑う。

「ここからが重要だ」名越は怪訝な面持ちになってつづける。「真上の部屋の住人が、今日に限ってまだ帰宅していないんだ。俺たちの時効日になぜそんなことが起こるのだろうか？」

「たまたまよ」成島さんが一蹴した。

「そうね、たまたま」わたしも同意する。

「お前ら、馬鹿か！　いまごろ警官たちが外で張っているから、こんな事態になっているかも知れないんだぞ。見ろ！　この藤間の怯えようを！」

藤間さんが生まれたての鹿の赤ちゃんのように手足を痙攣させていた。本当に看板女優なのだろうか。しかし観客が笑っていた。わたしは横目で見て、しまったと思った。名越は観客を味方につけはじめている。

「……このメンバーに警察と内通した裏切り者がいるかもしれないんだ」

「時効直前に内通してもメリットはないよ」ハルタが流れをとめようとする。

「そうだ。もしかしたら整形手術を受けたとき、入れ替わった潜入官がいるんじゃないのか？　そいつはメンバーのふりをして、今日まで俺たちを騙してきたんじゃないのか？」

ハルタがちっと舌打ちした。

「偽者？」わたしはハルタ、成島さん、名越、藤間さん、マレンを順に見まわした。

「俺の目は節穴じゃない」

「この中のだれが偽者っていうのよ？」

「お前だ、成島」

名越に指をさされた成島さんが「は？」という表情を浮かべる。

「俺にはわかる。お前の眼鏡は伊達眼鏡だ。本物の成島なら度が入った眼鏡をしているはずだ」

「度は入っているわよ」成島さんは平然としている。

「そうか?」名越が首をかしげた。「じゃあ俺に確認させてくれ」

成島さんは疑わしそうに眼鏡を外して名越に渡した。名越はしばらく成島さんの眼鏡を観察し、いつの間にか落ち着いて正座している藤間さんに渡した。藤間さんは毛布にくるまった状態でごそごそと調べ、名越に眼鏡をかえした。

「悪かった」名越が眼鏡のフレームを広げて成島さんにかえす。成島さんは眼鏡に手をふれ、「なによ、これ!」と叫んで投げ捨てた。それはパーティーグッズであるようなフレームだけの伊達眼鏡だった。顔からはみでるくらいに大きい。

名越が投げ捨てられた伊達眼鏡の前でひざまずき、聖杯を恭しく掲げる恰好で取り上げた。

「おおぅ。これこそ、まごうことなき伊達眼鏡だ」

「かえせ! 私の眼鏡!」

成島さんが藤間さんの背中をぽかぽかと叩いている。毛布を頭からかぶった藤間さんは、手足を引っ込めた亀のように丸まっていた。

名越が興奮する成島さんの肩を後ろから指で突つく。ふり向いた顔に「はい」と伊達眼鏡をかけた。意外と似合う。「いやあああ」成島さんの悲鳴が響いた。

その光景をわたしとハルタは呆気に取られて見つめた。しかし観客は爆笑している。面白がっている。確かに……楽しい光景に違いない。こういうのを観たかったんだろうな……

名越が成島さんの腕を取る。

「上条、わかったか？　成島は偽者の可能性が高いんだ。このままアジトに隠れていても警官が突入してくるかもしれないんだぞ。だからこれから成島を人質にしてこのアジトからでて行く。もし警官がいれば立場は逆転だ。時効まであと五分。五分くらいなら俺が犠牲になって、お前らのためになんとか時間を稼いでみせる」

観客からおおっという声と、ぱちぱちぱちぱちと拍手が湧いた。あと五分だ。名越くーん、みんなのためにがんばってー。応援する観客もいる。名越は観客に向かって「俺の自己犠牲はプライスレス」といって親指を立てた。

「いや、いや、私、偽者じゃないもん」

「黙れ、この偽者め！」

大きな伊達眼鏡をかけた成島さんが、名越に力ずくで引きずられていく。

「助けてよ、上条くん、穂村さん」

助けないと……。動きかけたわたしの目に、それまでステージの端で黙ってすわりつづけていたマレンの姿が映った。名越を睨みつけている。そんな表情に思えた。

ハルタが両手を上げて観客の注意を引く。拍手がやみ、名越も気づいてふりかえる。

「スマートじゃないな。退出は自らすすんで行わせるべきだ。そう思っているんだろう、マレン？」

名越が成島さんの腕を引いたままステージの中央にもどってくる。名越とハルタが対峙する形になった。

「なんだ、上条。俺が成島を退出させることに問題はないはずだ。観客だって支持してくれているぞ」

「名越の勘違いが、成島さんを偽者に仕立て上げているんだ。アジトの真上にある部屋の住人が帰ってこないのは、まだ十一時になっていないからだよ。だから別に今日はおかしな状況じゃない」

「……なに？」

「ぼくの腕時計はまだ十時五十五分だ。名越の論理で考えると、成島さんを疑うのは十一時を過ぎてからでも遅くない」

名越が馬鹿にしたように笑った。

「お前の時計が壊れているんじゃないのか？　俺の時計はどんな時計よりも正確な電波時計だ。仮にだれかが時計の針をいじったとしても、すぐに自動補正してくれる賢い時計なんだ。悪いが上条、時間を一時間遅らせたかったのだろうが相手が悪かったな」

「遅れている？　ぼくの時計も名越の時計も正確に時を刻みつづけているよ。だってアジトのある場所は……中国の蘇州じゃないか」

観客が騒然とした。ここは中国？　わたしは目を丸くしてハルタを見る。成島さんも藤間さんもぽかんとしていた。

「ぼくたちは最終的に中国の蘇州に密航してきたんだ。九州から千キロほどの距離だから、名越の電波時計が補正したんだよ、日本の時刻にね。つまりアジトのある現地時間は十時五十五分。名越の電波時計がさす日本時刻は十一時五十五分になる」

観客がざわついている。どういうこと？　そんな声がもれた。草壁先生が立ち上がって、みんなに説明をはじめたのでわたしはきき耳を立てた。電波時計の修正距離は関東と九州にある電波送信局から千～千五百キロメートル以内。近隣の国に国内用の電波時計を持っていった場合、現地の標準時に時刻を合わせても時計が元の国の送信局信号を拾って、元の国の標準時刻に修正してしまう場合がある。カナダやアメリカといった補正範囲外のところでも、日本時刻に修正されてしまったケースもあるという。

名越の顔がゆがんだ。

「ぐっ……そうだった。ここは中国だったな」

潜伏しているアジトの場所がハルタの一言で変わった！　観客から大きな拍手が湧く。

「ここは中国なんだ。そして時間はまだ十一時前」ハルタがいった。「だから真上の部屋の住人が帰ってこないからといって、成島さんを疑うのはまだ早いんだ」

そのとき、ハルタの背後から肩をつかむ大きな手があった。マレンだった。

「なぜ……中国の蘇州なんだ？　時差が一時間ある場所は、他にもあるじゃないか。広州や、北京や、上海。……なぜ蘇州なんだ？」

「意味はあるよ」ハルタがマレンの手をもどす。「それよりみんな、ぼくたちはもっと大きな問題に直面しているんだ。そのことに気づいていないのかい？」

「ど、どういうことだ？」うろたえながら名越がかえす。

「時効延長だよ。ぼくたちが国外の中国にいる限り、時効期間はカウントされないんだ。いまこの瞬間を切り取った場合、ぼくたちは永遠に終わらない時効十五分前の世界にいる」

「な、なな、なんだって！」

「そう。ぼくたちの罪は消えない。ぼくたちが偽造したお金でたくさんのひとが不幸になった。時間がそれらの悲しみを消してくれるなんてただの思い上がりでしかない。ぼくたちはこの中国で一生罪を抱えながら生きていく。そう決めたんだ」

名越が言葉を失っている。ハルタはつづけた。

「ただここには、六人の犯行メンバーの他に、もうひとりの人間が交じっている。その人間は無関係だから解放してあげたい」

「六人の他に、ひとり？」名越が動揺した。「ちょっと待て。このアジトには、俺と藤間とマレンと上条と穂村と成島の六人しかいないだろう？」

「七人いるよ」

ハルタは微笑むと、わたしたちには見えない人間を招くジェスチャーをした。

「紹介しよう。中国人メンバーの王《ワン》ちゃんだ」

観客が静まった。草壁先生がなぜかひとりで笑っている。次第に意味がわかってきたのか、笑いは全体に広がった。

「犬がワン？　ワンが……。そんなはずはない、ワンは犬だ！」

名越が唾を飛ばして叫ぶ。

わたしは理解した。事前にハルタが決めた『いってはいけない言葉』とは『犬』だった。最初に連れてきたのは犬じゃなかった。一言も犬なんていっていない。みんなでワンちゃんと合わせた。勝手に間違えたのは名越たち演劇部のほうだ。くだらないけれどハルタらしい。確かに王って中国人の名前にはある。客席に目を向けた。盛大な拍手。観客はわたしたちを支持してくれている！

「ちなみに中国人メンバーの王ちゃんの協力のおかげで、ぼくらは中国に密航できたんだ。ありがとう、王ちゃん」

観客はまだ楽しそうに笑っていた。そしてハルタは静かにマレンと対峙した。名越も成島さんも黙って見つめる。笑い声がやんだ。

「マレン、六人の犯行メンバーの中に中国人はふたりもいないんだ。つまりどちらかが無関係の人間になる。最初を思いだしてほしい。ぼくが口にしていた中国人メンバーとは王ちゃんのことなんだよ。この状況で外にでるうっかり者だから、ぼくはドジといったんだ」

「あ……」

マレンが後ずさった。

「きみは自分のことを『いいよ、中国人で』と認めた。つまり六人の犯行メンバーと無関係な人間はきみになる。だからきみをこの蘇州の地で解放する。一生犯罪者でいるぼくたちと陽のあたらない場所で過ごしたければ、納得のいく理由を話してほしい。きみに会いたいひとや叶えたい希望があるのなら、自分の家に帰るべきだ」

「帰る家って……どこに？」

マレンの口から震える声がもれた。

「このアジトの外は蘇州だ」

マレンはなにかをいおうとした。喋ろうとしているのだが、なにかが込み上げてきて言葉にできない。そんな顔をしていた。きょろきょろと首をまわし、助けを求める目を名越に向ける。しかしなぜか名越は助け船をだそうとしない。

「――そうか、マレン。手ぶらで蘇州に放りだされることを心配しているんだね。きみには当面の生活資金を入れたジュラルミンケースを用意してある。ダイヤル錠で鍵がかかっているんだ。いまからきみにその暗証番号を教える」

ハルタはマレンに近づくと、観客にはきこえない声でささやいた。わたしはその言葉を耳にすることができた。

「四桁の暗証番号は九〇八九。中国語綴りで読むと『求你別走』。『行かないでほしい』という意味だ。きみはいらないものとしてこの世に生まれてきたわけじゃない。ふたつの故郷、ふた組の両親を、大切に思ってほしい。名越とぼくの願いだ」

ぐっとマレンの喉が鳴った。表情を崩すまいとして顔が悲しくゆがみ、再び名越のほうを向いた。名越が目を逸らしてつぶやく。

「家に帰って確かめてこい」

マレンは退出した。


「確かに中国では不思議とケニーGの曲をきく機会が多いね。サックスは日本と比べてはるかにポピュラーな楽器になるんだ」

体育館で折りたたみ椅子を片付けながら草壁先生が話してくれた。

「あの」と成島さんが近づき、わたししかそばにいないことを確認してから口を開いた。『ふた組の両親』って上条くんがいったのを耳にしました。……先生はなにか知っているんですか？」

草壁先生は薄く笑ってこたえる。「そういうことは、いつか本人の口からきいたほうがいいよ」

成島さんは頬を赤らめてうつむく。

わたしはハルタから断片的にきいていた。

ひとりしか子供を産んじゃ駄目。現代では実質のないような制度。でも、ひとり目しか戸籍を与えられないその制度は、十五年くらい前、ある田舎のある一族で悲しい歪みを起こした。跡継ぎの長男の存在は絶対。もし長男がなにかの病気や障害をもって産まれた場合は……。ごく一部のケースで不幸が存在した。

マレンは――

わたしは折りたたんだ椅子を持って、ステージ下の収納スペースに向かう。退出ゲームのシナリオを考えた三人は、わたしがいわなくてもわかるでしょ？

スライド式の台車を押すハルタと名越を見つけた。

「いいのか？　マレンが演劇部から去ることになっても」

ハルタが遠慮がちにいうと、名越が手をとめた。天井を仰ぎ、見つめている。

「俺か？　俺は満足しているよ。あいつの最初で最後の舞台を演出できたんだからな」

6

蘇州の風は冷たい。

あれから僕は学校を休んで三泊四日の旅行にきていた。

旅行の最終日、パパとママに頼んで僕はひとりで行動した。弟の家は比較的簡単に見つけることができた。郊外にある裕福そうな家。遠くからしばらく眺め、記憶に焼きつけてから踵をかえした。

それから僕は苦労して一番近い郵便ポストをさがした。弟に宛てた一通の手紙を投函するためだ。とりあえず僕は「故郷」に帰ってきた。そのことを知ってもらいたかった。

お互い「両親」は違う。

しかしお前の兄であることはこれからもずっと変わらない。いつかふたりが自立して、お互い自由に会えるようになったとき、サックスの共演も悪くないね。手紙にはそう書いた。


（野性時代　5月号）

人事マン

沢村《さわむら》　凜《りん》

1963年、広島県生まれ。'92年、『リフレイン』が日本ファンタジーノベル大賞の最終候補作として刊行され、デビュー。'98年、『ヤンのいた島』で第10回日本ファンタジーノベル大賞優秀賞受賞。他の著書に、『あやまち』、『カタブツ』、『さざなみ』、『タソガレ』や、『瞳の中の大河』、『笑うヤシュ・クック・モ』、本作を含む『脇役スタンド・バイ・ミー』などがある。ミステリー、歴史ロマン、ファンタジー、恋愛小説、とさまざまなジャンルで才能を発揮している。

1

大畑さんが殺された。殺されるような人とは思っていなかったので、知らせを聞いて驚いた。

だが、それでは「殺されるような人」とはどんな類《たぐい》の人物なのか、考えてみるとわからない。どうやらこの殴られたような衝撃は、身近で殺人事件が起こったことへの反応のようだ。

最初の驚きからさめると、飯田亮《とおる》は、実務的なことに頭がいった。

「おとなりさんは、大変だな」

電話の相手、このニュースを伝えてくれた同僚の小川礼二は、飯田のつぶやきにすぐさま応じた。

「まったくだ。退職金の計算だって、やり直しだ」

卑近な例だが、気持ちはわかる。大畑さんは定年を一ヵ月後に控えていた。すでに退職金の計算も終わり、あとは振り込むだけになっていたはずだ。それがこの事態で、在職期間が変わり、退職事由が「定年退職」から「死亡退職」へと変更になった。支払いも、給与の口座に振り込めばよかったものが、受け取るべき遺族を確認して、その口座を聞いて、と手続きが必要になる。ひとつひとつはささいな手間でも、こうした雑務が、人事部人事課には山ほどふりかかってくることだろう。衝立《パーティション》を挟んだとなりで執務する者として、同情を禁じえない。

「犯人は、捕まったのか」

「おいおい、発見されたのは、ついさっきだぜ。まだ、誰がやったのかもわかっていない」

「そうだったな」

発見者は、大畑さんと住所の近い部下だった。連絡なく出勤しなかったのを心配して、会社帰りに寄ってみたところ、頭を割られて死んでいたのだ。辰野夏雄というこの部下は、一一〇番につづいて会社にも一報を入れた。それを残業中の小川が漏れ聞いて、飯田に電話してきたのだ。

「それにしても、あの大畑さんが殺されるなんてなあ」

飯田の気持ちを代弁するように、小川があらためて嘆息した。

「ああ。世の中、何が起こるかわからないものだな」

考えてみればふたりとも、大畑さんと個人的なつきあいがあったわけではない。知っているのは、会社での顔と、定年目前まで積み上げられてきた人事情報だけなのだが、大畑さんの世代の大半にとって、会社イクォール人生だ。大畑さんも例外でなく、会社での顔が本人の顔そのものだったと、人事マンの彼らには断言できる。そうでなければ、四十数年分の人事情報のどこかに、〝別の顔〟の気配がにじみ出てくるものだからだ。

そして、会社での大畑さんはといえば、仕事は可もなく不可もなく。温厚で人とぶつかることがない。人畜無害を絵に描いたような人だった。

「殺人の理由ってのはたいがい、金か怨恨《えんこん》か痴情のもつれだろ。大畑さんは、資産家ってわけじゃないし、恨まれるような人でもない。奥さんは亡くなっている。いったい何があったんだろうな」

「まあ、数万円のために、人を殺す人間だっているわけだし」

飯田が一般論を口にすると、小川は少しの沈黙のあと、声をひそめるようにして言った。

「社内にいなきゃいいな」

一拍おいて、その意味を理解した。

——犯人が、会社の人間でなければいい。

会社イクォール人生だった人だ、そういうこともありえるのだと、初めて気がつき、ぞっとした。

「撲殺だったんだろ。通り魔的な犯行じゃないのか」

希望的観測を述べると、即座に否定された。

「それはないな。リビングで、らしいから」

さっきから、小川はやたらとことばを省略する。話題がそうさせるのだろう。

「そうか。社内にいなきゃいいな」

小川のことばをそのまま返して、電話を切った。

翌日、人事部は一日騒然としていた。部長はぴりぴりして、どうでもいいことにまで厳しい声で指示をとばし、人事課員たちは、ある者は忙しそうにパソコンにかじりつき、ある者は応接室に陣取っている刑事らに呼ばれ、また、総務や広報、大畑さんが所属していた資材部との間でせわしく行き来があった。

けれども、同じ人事部でも衝立のこちら側、飯田らのいる人財開発課では、無駄口をたけない雰囲気におおわれていたこと以外、いつもと同じ一日が過ぎていった。

警察に呼ばれる者はおらず、事件に関しては、一度、部長から飯田に内線が入っただけだった。

「おい。大畑さんは、再雇用対象者だったよな」

「はい」

「そうか」

正味それだけの会話。大畑さんが定年後に属託《しょくたく》として再雇用される予定であったことは、数度のクリックで確認できるし、だいたい飯田は手続き担当ではない。おそらく担当者が席にいないので、次に詳しそうな飯田に尋ねたのだろうが、ふだんの部長らしからぬことだ。

「部長、入社したときの最初の上司が、大畑さんだったんだぜ」

小川が飯田の耳にささやいた。

「ああ、それで」

人事部長の栗栖貴《くりすたかし》は、中途採用だった。といっても、いまの第二新卒のような、前の会社が合わなくての転職ではない。役職《ポスト》を約束されてのヘッドハンティングだ。だから大畑さんの下にいたのはほんの一時期で、すぐに管理職になったはずだが、最初の上司は忘れがたいものだ。

飯田は、部長の胸中を忖度《そんたく》した。知っている人が殺されたという驚きは、飯田のものより遥かに大きいことだろう。そこに、入社したての頃のさまざまな思い出が去来し、仕事の面はさておき人格的に尊敬できたであろう人物が亡くなったことへの悔しさ、怒りが渦巻く――。

人格的にはさておき、仕事の面では尊敬している上司を想って、飯田の胸は痛んだ。


通夜は翌晩とのことだった。遺体が解剖から戻るのを待って遅れているのかと思ったが、アメリカ在住のひとり息子の帰国待ちでもあるらしい。

(アメリカにいたのでは、息子は犯人じゃないな)

犯人が社内の者ではない有力な可能性がひとつ消えたと、我知らず気落ちしたが、すぐに思い直した。

(いや、息子じゃなくてよかったんだ。それじゃあ大畑さんも浮かばれないからな)

飯田は総務の人間に、通夜式の場所と時間を聞いた。動員されているわけでなく、参列する義務や義理もなかったが、大畑さんが殺されたと聞いたときの驚きが、ぐずぐずと胸にいすわっていて、落ち着かない。きちんと弔いに行きたくなった。

（どうしてかな、個人的なつきあいはなかったのに）

もしかしたら、大畑さんが、去年の四月に導入された「定年退職者再雇用制度」の対象者だったからかもしれない。

この制度は、人事部所属八年目の飯田が、初めて責任者として設計したものだった。

人事部というと、給料の計算や社会保険の手続きばかりしているイメージが強いようだが、いまやそうした雑務は機械《コンピュータ》任せで人手をとらない。もちろん、人が対処しなければならないイレギュラーはどうしても起こる。「おとなりさん」の人事課は、社員の会社生活に起こったそうした不測の事態に親身に対応しては、感謝されていた。

だが、飯田が配属されている人財開発課は、研修の企画・運営と人事制度の設計が主な役目だ。一般社員との日常のつながりが薄く、感謝されるより恨まれることのほうが多い。

まず、研修というものは、部門長に嫌われる。「このクソ忙しい時に、つまらない座学に貴重な戦力を引っ張り出しやがって」というわけだ。研修の効果はすぐ出るものでないうえに、部門長にとって自部門はいつだって「クソ忙しい」ので、これはまあ、仕方ない。

飯田が釈然としないのは、人事の制度を新しくするたびに、冷たい視線が浴びせられることだった。人財開発課に勤務して彼は、人間とは基本的に、とことん保守的なのだと知らされた。

制度の改正や新設は、従業員に利益になる点のほうが多い。だが人は、新品でふかふかの毛布を与えられるとしても、いま自分を包んでいる、体温のうつった毛布にしがみつきたがるものらしい。人事制度を手直ししたり新しくしたりするたびに、前とあそこが違うのが不都合だ、あの点で不便になった、不利益を被ったとの声が聞こえてくる。

たとえば、「介護休業制度」。法律で導入が定められ、法律が要求するとおりの内容──つまり、たいがいの会社と同じ内容──なのに、簡単に長期休暇をとられては仕事がまわらないとか、介護休暇をとる者のしわ寄せが来そうで心配だといった不平にあう。そして、家族を介護しなければならなくなってこの制度の恩恵を受ける社員の感謝は、手続きの窓口となる人事課のほうへ行ってしまう。

こんな損な役回りの人財開発課だが、飯田は望んで配属された。ルーティンでない、何かを一から作り上げる仕事ができるところに魅《ひ》かれたのだ。

そして、飯田が責任者として初めて制度設計をなしとげたのが、「定年退職者再雇用制度」だった。「介護休業制度」と同じく、法律によりしかたなしに導入されたものだし、法律が求める以上の内容は盛り込まれていないのだが、それでも、自分がひとつの制度を創り出したのだと思うと、達成感に胸がしびれた。アーティストが作品を仕上げたときには、こんな感慨をおぼえるのだろうか、などと想像してみたりもした。

そんな飯田にとって、この制度の初年度の対象者は、譬《たと》えていうと、念願かなって自分の店をオープンしたシェフにとっての初日の客だった。大畑さんは、導入二年目の対象者なので、オープン一週間目くらいの客——いや、ついに客にはならなかった。表のメニューをながめて、破顔して入店しようとしたとたん、開いた自動ドアの手前で倒れて、帰らぬ人となった。だからこそ格別に、その死が飯田には痛ましく思えるのだ。

2

翌日は、昼前から雲が厚くなった。

「涙雨が降るのかな」

小川がいかにもなことを言った。

栗栖部長は、あいかわらず機嫌が悪かった。飯田が昼食をとりに出ようと、人事課の領域《エリア》を横切ったときにも、大声で誰かを叱責《しっせき》していた。

「何度言わせるんだ。悪い報告ほど早く上げろ。でないと、傷は深くなるばっかりだ。隠したって、いいことは何もないんだぞ。悪い報告はな、探し出してでも急いで上げろ。可能性を見つけたら、蓋《ふた》をするんじゃなくて、ほじくり出せ。抱え込むのは、もってのほかだ」

なぜか、耳に残った。

定食屋までの道のりで、飯田は考えた。もしも、大畑さんを殺した犯人が社内の人間だとしたら、さっさと明るみに出たほうがいいのかもしれない。

社員のひとりが殺されたことは、それだけでけっこうなスキャンダルだ。その騒動がおさまって、それからまた、社員のひとりが殺人者というスキャンダルが起こるのでは、会社の悪印象がより深く人々の記憶に刻まれる。こういうことは、一度ですんでしまうほうがいい。不祥事によるダメージの大きさは、問題の深刻さだけでなく、回数にも左右されるのだということを、飯田は経験から知っていた。

（社内の士気低下《モラールダウン》も、一度ですむほうが少ないはずだ）

心の中でつぶやいてから、苦笑した。

（こんな心配をするなんて、俺も根っからの人事マンになったものだな）

おまけに、知らないうちに、会社を第一に考える日本的〝愛社精神〟も、ずいぶん染みついてしまっている。

（めざしていたのは藤沼さんなのに、どこで間違ったかな）

飯田は、多くの社員が憧れる、生産技術部の藤沼隆平の顔を思い浮かべた。

藤沼さんは、やはり今年で定年なので「会社イクォール人生」の世代だが、〈ワークライフ・バランス〉などということばのなかった時代から、それをスマートに実践していた。

家庭を大切にしながら、給料分以上の仕事をきっちりこなす。藤沼さんの場合、子供はいないので、家庭とはすなわち奥さんのことで、そこがまたダンディな印象を与えていた。

しかも、藤沼さんはけっして、自分の生活を大切にするだけの人ではなかった。義に厚く、曲がったことが嫌いだが、石部金吉《きんきち》ではない。部下の情状酌量の余地のある失敗には寛大で、上役の無理難題は毅然としてはねつける。保身から、部下に失敗の責任をかぶせる上司が多いなか、自分の出世に響いても、下をかばえる希有《けう》な人だった。

かつて藤沼さんのことを、「孔子の言う〈剛毅《ごうき》木訥《ぼくとつ》、仁に近し〉の人間だな」と言った管理職がいた。「まっ正直で勇敢で質実で寡黙」ということだそうだ。

藤沼さんは、まさにそういう人だった。だから、藤沼さんが誰かをかばったり助けたりしたというのは全部、そうされたほうから伝わった話だ。そのいくつかは、社内伝説となって、新入社員にまで語り継がれている。

飯田の勤める機械製造メーカーI社は、この手の英雄を人事考課で評価できないという点で、極めて普通の会社だった。当然、仕事の優秀さと裏腹に、藤沼さんの昇格・昇給スピードは中の下レベル。だが当人は、もともと確信犯だけに、いっさい気にしていなかった。寡黙で、自分のことをほとんど語らない藤沼さんだが、珍しくその胸中を漏らして、「きちんと食べていけるだけの給料がもらえれば、それでいい。余分を求めれば、それ以上のものを失ってしまう」と言ったことがあったとか、なかったとか。こちらも伝説なので真偽は不明だ。

けれども、これだけはいえる。藤沼さんの〈ワークライフ・バランス〉は、時間の面で、仕事と私生活のバランスをとり、どちらも大切にするというだけではない。組織人としての精神《こころ》と、個人としての正義感《こころ》をバランスさせ、両者をきちんと保っていられることでもあった。だからこそ、飯田をはじめ多くの社員が憧れ、憧れながらも真似《まね》できずにいるのだ。

（そういえば、藤沼さんも今年で定年だけど、再雇用はないんだよな）

飯田はまた、自分がつくった制度から、社内の人間のことを考えた。再雇用されるためにはいくつかの基準をクリアーしなければならないのだが、藤沼さんは、「懲戒処分を受けたことがないこと」という項目に引っかかる。ずいぶん前に一度だけ、懲戒処分のなかではもっとも軽い「譴責《けんせき》」を受けたことがあったのだ。

（たぶん、あの人らしい正義感が、若い頃はまわりとぶつかる形で出ていたんだろうな）

飯田は、選別基準設計のとき、数年内に定年を迎える人の該当の可否をチェックしていてその事実を知ったのだが、その件がなくても藤沼さんは、再雇用対象者にならなかっただろうと思う。基準には「再雇用を希望する者」という条項もあり、定年予定者が「再雇用申請書」を出さなければ、そもそも手続きが始まらないのだ。藤沼さんが、定年後も組織にしがみつきたがるとは思えない。

（きっとあの人は、颯爽《さっそう》とサラリーマン生活を卒業して、充実した定年後ライフを送るんだろうな）

そんなふうに道々藤沼さんのことを考えていたので、通夜式の会場で、姿を見かけて驚いた。

（どうして、藤沼さんがここに？　通夜に来るほどの親交はなかったよな）

大畑さんも藤沼さんも、今年が定年。つまり、同い年だが、大畑さんはこの世代では珍しくない高卒の入社。藤沼さんは大卒で、同期ではない。部署も、大畑さんは事務系で、藤沼さんは生産技術の専門職。業務上のつながりも考えにくい。

それに飯田は、社内の交遊関係を、それなりにつかんでいるつもりだった。Ｉ社は工場や営業所が各地にちらばっているため、研修が、かつて親しかった人と顔を合わせるいい機会となっていて、休憩時間に誰と誰がいっしょにいるかを見ていると、社内の人間模様がよくわかるのだ。以前の上司にそのことを教わって以来、研修のたびに、しっかり観察してきたが、大畑さんと藤沼さんを結ぶ線を見たことはない。しかも、四年前に担当した「ライフプラン・セミナー」に、たしかふたりとも出席していたが、特に近寄って口をきいたりはしていなかったと記憶している。

飯田は、少しオカルトめいた薄気味の悪さをおぼえた。自分が藤沼さんのことを熱心に考えていたために、その念が、本人をここまで呼び出してしまったように感じたのだ。

もちろん、そんな妄想はすぐに消えた。落ち着いて考えてみれば、飯田だって、大畑さんと個人的つきあいがなかったのに来ているのだ。同じ会社に勤務していたということは、それだけで、通夜に足を運ぶじゅうぶんな理由になるではないか。

結局、雨は降らなかった。


一週間が経った。大畑さんを殺した犯人は、まだ捕まらない。

この一週間で飯田の耳に入ってきた事件の詳細は、こうだった。

大畑さんは、奥さんが亡くなり子供も独立したため、4DKの戸建て住宅にひとりで住んでいた。事件発覚の日、大畑さんは無断欠勤をした。かつてないことに心配した部下の辰野が、帰宅途中に家に寄ってみると、呼び鈴に応答がなく、玄関の鍵《かぎ》が開いていた。胸騒ぎがして、声をかけながら家に入ると、大畑さんはリビングで、テーブルにつっぷし、頭から血を流して死んでいた。かたわらには大きなガラスの灰皿が落ちており、それで殴り殺されたに違いないと辰野は語っているらしい。また、テーブルの上にはコーヒーカップが一客だけのっていて、中身はほとんど空だったという。

警察に事情聴取された者たちが漏れ聞いたところによると、死亡推定時刻は事件発覚のほぼ一日前。邸内に物色された跡はなく、灰皿からも、椅子《いす》やテーブルからも、指紋はまったく検出されなかった。さらに、食器棚の中にあったテーブルのと対《つい》のカップにも、大畑さんの指紋すらついていなかったそうだ。

「間違いなく、犯人は顔見知りだな。何かの用事で訪問してきて、何かの拍子で衝動的に殺してしまったんだ。あわてて自分のカップを洗って片づけ、指紋がついたとおぼしきところを拭《ふ》いて、逃げたんだろう。大畑さんのアドレス帳に並ぶ名前のほとんどは、会社関係者のものだったというが、誰が、どんな用事で訪問していたんだろうな」

小川が、ドラマに出てくる探偵のような口ぶりで、挑発的に問いかけた。

「訪問販売とか、宗教勧誘とかの人かもしれないぜ」

わざと社外に疑惑の目を向けると、小川はあきれた顔をした。

「そんな相手に、コーヒーを出すか？」

「出すさ。大畑さんなら」

小川はちょっと考える顔つきになってから、さびしそうに笑った。

「それもそうだな」

飯田は、現実的な心配事に話を向けた。

「資材の辰野が、ずいぶん絞られているようだな」

発見者の辰野夏雄は、連日刑事の訪問を受けているという話だった。

「そりゃあ、第一発見者を疑えというからな」

小川が、探偵ごっこの口調に戻って言った。

「だけど、辰野が行ったとき、殺されてもう一日は経っていたんだろう」

「犯人は現場に舞い戻るというからな」

小川が茶化してばかりいるので、飯田はこの話を打ち切った。

(冗談事ではないんだ。もしもほんとうに、大畑さんを殺したのが社内の人間だったら……)

広報や人事課は、てんやわんやになるだろう。人財開発課も他人事《ひとごと》ではない。社長あたりから、「二度とこのような不祥事が起きないよう、研修で徹底しろ」などという無茶な要求が下りてこないともかぎらない。

「研修で殺人が防げるなら、警察はいらないよな」

飯田は、空想上の社長命令をぼやいた。

I社の社長は、法令遵守《コンプライアンス》を座右の銘にしている人間だった。倫理観からのことではない。人に後ろ指をさされるのが大嫌いなのだ。トップがそういう小心者だからこそI社は、バブル崩壊のときに痛手を被るような浮かれ方もしていなかったが、その後のビジネス環境激変の時代に、大きく舵《かじ》を切ることができず、ここ数年、赤字転落ぎりぎりの経営が続いている。社長の意地で、何とか人員整理をせずにしのいでいるが、ほんとうは早期退職制度でも導入したい状況だった。

それなのに、その反対の「定年退職者再雇用制度」を新設することになったのは、国の年金財政が、I社の懐以上に厳しくなったためだった。厚生年金がこのままでは破綻《はたん》することがわかり、支給開始年齢が引き上げられた。その結果、企業の定年が従来どおりの六十歳だと、退職者は年金が支給されるまで無収入になってしまう。それはまずいということで、「改正高年齢者雇用安定法」により、定年が六十五歳未満の会社は、平成十八年四月以降、次のいずれかの措置をとることが義務づけられたのだ。

一、定年を引き上げる

二、継続雇用制度を導入する
三、定年の定めを廃止する

つまり、国が年金を払えなくなった期間を、民間企業が雇いつづけて給料を払うことで肩代わりしろ、というわけだ。

この規定に違反しても、いまのところ罰則はない。しかし、だからといって知らんぷりをする社長ではなかった。法の施行が確定的になった時点で、人財開発課長から飯田に、対応する制度をつくるよう指示が下った。そのときに、こう釘《くぎ》を刺された。

「とにかく、法令だけでなく、厚労省の指針や通達もよく調べて、違反のないようにな。そのうえで、できうるかぎり人件費が少なくなる方向で」

飯田も人事部の心得として経営数字の概略はつかんでいたので、後半の要請がかなり切実なものだと知っていた。

――違反なく、人件費を少なく。

このふたつの絶対条件を満たすべく、制度設計主任初体験の飯田は奮闘した。といっても、条件がはっきりしているだけに、進路に迷うことはなかった。

まず、三つの選択肢のうちどれを選ぶかは明々白々。なぜなら、一や三に人件費を節約できる余地はほとんどない。二ならば、「客観的で公正な」基準をつくることで、対象者の選別をすることが許されていた。他社の動向を見ても、ほとんどの企業が二を選んでいる。I社ももちろん、その例に倣った。

そこで、「継続雇用制度」なるものを設計することになったわけだが、こちらも、厚労省発表の資料や先行企業の動向から、標準形ができていたので、それをほぼそのまま取り入れた。

名称は「定年退職者再雇用制度」。基準に適合する退職者は、退職後すぐに一年契約の属託として再雇用し、法律で雇用継続が義務づけられている年齢まで契約を更新する。勤務時間と日数は定年前と同じで、給与は七十パーセント。賞与は寸志——というものだ。

標準形どおりだからといって、楽々設計できたわけではない。いくつものパターンで総額人件費を試算したり、他の法令に引っかかる点はないかをチェックしたりしながらの細部設計は、神経をすり減らすような作業だった。

もっとも苦心したのは、再雇用対象者を選ぶ基準を決める部分だった。法の趣旨は「希望者全員の継続雇用が原則」なので、ふるい落とそうとの意図が見え見えの条件は入れられない。「上司の推薦がある者」などという恣《し》意《い》的な選別になりかねないものもNGだ。安全策をとって、厚労省のホームページに掲載されていた「継続雇用制度の対象者に係る基準事例集」から、確実に自社に適用できそうなものだけを選ぶことにした。

そうしてできた基準は、

・本人が再雇用を希望していること。

・過去五年間の病欠以外の欠勤率が、十パーセントを超えないこと。

・就業規則に定める懲戒処分を受けたことがないこと。

・直近の健康診断の結果、業務遂行に問題がないこと。

の四つだった。このほか、考課の成績からもふるい落としが可能なのだが、その場合には、評価の客観性やフィードバックの適切性が問われてしまう。そのあたりに自信がなかったので、やめておいた。

この無難な基準に、組合も難色を示すことなく同意して、「定年退職者再雇用制度」は昨年四月に無事、導入された。飯田はいま、この制度設計のときに明らかになった評価制度の欠陥を修正すべく、再構築作業を進めている。

3

手がけている研修が近いので、その日は残業になった。人財開発課が空になった午後八時半、研修講師からのメール待ちで、時間が空いた。一息入れようとコーヒーメーカーのところに行ったが、すでに片づけられている。ロビーの販売機まで買いに行くのも面倒なので、インターネットで時間を潰《つぶ》すことにした。といっても、遊びではない。人事コンサルタントのホームページをのぞいてまわり、情報収集するのだ。

だが飯田は、マウスを握ったとたん気が変わった。インターネットに接続する代わりに、データベースを呼び出す。役員と人事部員のみがアクセスできる、人事情報のデータベースだ。

——悪い報告はな、探し出してでも急いで上げろ。可能性を見つけたら、蓋をするんじゃなくて、ほじくり出せ。

耳朶《みみ》に残っていた部長の声が、そうさせた。

(しかし俺は、いったい何を調べたいんだ。どんな〈悪い報告〉の可能性を見つけたというんだ)

はっきりと形になる何かがあるわけではなかった。漠然とした落ち着きのなさがあるだけだった。だが、それを、「気のせい」で片づけてしまうことが、悪い報告に蓋をすることにつながるのではないのか。

(俺は、何が気になっているんだ)

自分の潜在意識に聞いてみた。なぜ、データベースを開いた。何を知りたかった。目を閉じて、大畑さんが殺されたと聞いてからの九日間を思い返し、その間に胸の中に引っかかってきたものごとを、ゆっくりと浮かび上がらせる。ブレーンストーミングの要領で、批判したり否定したりせず、ただ浮かび上がらせる。

(気になっているのは……大畑さんが殺されたということ、それ自体。それから、社内に犯人がいるのではという不安。ぴりぴりして怒りっぽくなっていた部長。通夜式で藤沼さんを見かけたこと。警察に絞られているらしい辰野のこと)

目を開いてマウスを握り、藤沼さん、栗栖部長、辰野夏雄の三人の人事情報を順に呼び出した。

(これは、ただの暇潰しだ)

飯田は自分に言い聞かせた。

彼の気がかりはどれもが、理屈で説明のつく、何ということもないものだ。しかも、万が一そこに何かがあるとしても、人事記録に見つけられるとはかぎらない。だが、彼は人事マンだ。気がかりがあれば、まず人事情報にあたる。これは、習性であり、必然だった。

I社では昔から、人事に関する情報がかなり精緻《せいち》に記録されていた。そのためさすがに藤沼さんのものは長い。プリントアウトしてあとで目を通すことにして、栗栖部長のページに移った。じっくりと読んでみたが、飯田がすでに知っている以上の情報はない。

（当たり前だ。何もないに決まっている場所を、ほじくり返しているだけなんだから）

それも、当の部長の忠告に従ってそうしている。この皮肉に、飯田はひとり苦笑した。

辰野のページには、気がかりな記述があった。前の上司が、彼にはメンタル的に弱い傾向があるとコメントしているのだ。

（このまま警察に絞られつづけたら、まいってしまうかもしれないな）

どうケアしたらいいだろうかと、人事の仕事モードに戻って思案しているうちに、研修講師からのメールが来た。これで帰れる。必要な処理をして、パソコンの電源を落とした。

帰る前に、藤沼さんの人事記録をながめてみた。このときにも、気がかりを追いたい気持ちより、人事マンの思考がまさっていたので、例の譴責処分の記録にまず目が行った。

(三十三年前のことか。藤沼さんが二十六歳のときだな)

つづいて処分の理由を読んで、飯田は眉《まゆ》をひそめた。

(「甚だしき私用長距離電話により、営業所の経費を増大せしめたこと」?)

私用電話だなんて、藤沼さんらしくないな、と思った。もしかしたら、当時の上司によほど嫌われていて、長距離電話中のちょっとした雑談に目をつけられでもしたのだろうか。I社には、どの社員にも二十代のうちに一度は営業を経験させるという伝統がある。技術系の藤沼さんが営業所にいたということは、その時期にあたるのだろう。そして、地方の営業所の所長というのはたいがい、がちがちの営業至上主義者だ。正義感旺盛な技術屋の藤沼さんと、ぶつかっても不思議はない。

(それにしても、たかが私用電話で「経費を増大せしめた」だなんて、大げさだな)

もう一度パソコンを立ち上げて、私用電話で譴責処分が下った例がほかにもあるのか調べてみると、二例見つかった。どちらも七〇年代のことだ。

（そういえば、昔は長距離電話が、びっくりするほど高かったんだっけ）

ある支社の古い内規に、「長距離電話は上長に申請してからかけること」とあるのを見つけ、驚いたことがある。聞けば七〇年代には、距離によって市内通話の七十倍以上の料金になることもあったとか。市内料金が三分七円の場合、三分五百円くらいということだ。そんな長距離電話で長話を何度かしたら、すぐに万単位の料金になるだろう。

しかし、だとするとよけい、「剛毅木訥」の藤沼さんが、そんな私用電話をしたとは、腑《ふ》に落ちない。

すっかり興味の方向が変わってしまっていたが、気になることをほじくり返したいという欲求は消えていない。飯田は、事情を聞ける相手はいないかと、当時その営業所に誰がいたかを調べてみた。

リストに並んだ名前は、藤沼さんを含めて八つきりだった。総勢それだけの小さな営業所だったのだ。しかも、すでに全員が退職している。そのうちのひとりは、つい最近の死亡退職だ。飯田は思わず、声に出してつぶやいた。

「大畑さん」

ふたりは、三十三年前に一年間、同じ営業所で働いていたのだ。藤沼さんが大畑さ新たな違和感は、これで消えた。だが、飯田の胸には、新たなしこりが生まれていた。

(藤沼さんの譴責が、この時期だということに、何か意味はあるんだろうか)

あるわけがない。しかし——。


悪い夢をみた。藤沼さんに殺されそうになる夢だ。藤沼さんの右手のナイフが、胸元まで迫ったところで、目が覚めた。

(ばかだな、俺は。剛毅木訥の藤沼さんが、人を殺したりするわけないじゃないか)

だが彼は、自分が心の奥底でその可能性を考えていたから、そんな夢をみたのだと知っていた。

——もしや、大畑さんを殺したのは、藤沼さんではないのか。

飯田がそう考えていることに気づいた藤沼さんが、口封じしようとしたというのが、夢の内容だった。

(藤沼さんが、私用電話で譴責処分を受けたとき、たまたま同じ部署に大畑さんがいた。それだけのことから人を疑うなんて、俺はどうかしているぞ)

歯を磨き、妻がいれてくれたコーヒーを飲み、新聞を取ってきた五歳の息子の頭をなでてから、考えた。

(とはいえ俺は、悪夢をみるくらい気にしているんだ。「どうかしている」で片づけずに、不安の正体を掘り下げてみたほうが、いいかもしれない)

会社に向かって車を走らせながら、自分に尋ねた。

(藤沼さんが大畑さんを殺したとしたら、その理由はなんだというんだ)

批判・否定をしないように気をつけながら、心の底の疑惑を浮かび上がらせる。

(……たとえば、あの譴責処分の裏には、何か重大な秘密があった。それを大畑さんだけが知っていた。ある事情から、今になって大畑さんが脅迫をはじめて……)

はっきりことばにしてみると、ずいぶんと荒唐無《む》稽《けい》な想像だった。いくら批判・否定禁止でも、ばかばかしくて、笑ってしまった。

(きっと俺は、自分が設計した制度に関係することだから、譴責処分に引っかかっただけなんだ。大畑さんといえば、再雇用制度の対象者。藤沼さんは非対象者。その角度からしか、ものが見られなくなっていたんだな)

これからまだ、いくつもの人事制度の設計を手がけることになるだろうに、いちいちこんな反応をしてしまうようでは先が思いやられる。

(まあ、いいさ。掘り下げてみたことで、不安に根拠がないことがわかった。これ

で、さっぱりしたじゃないか)

会社に着くと飯田は、資材部の辰野にメンタル面のケアをすることを、部長に進言した。

これでもう、事件のことは忘れるつもりだったのに、その日の午後、トイレで辰野と出くわして、つい声をかけた。

「辰野くん？　僕は人事の飯田だけど……」

そこまで言って、辰野のケアは部長に託したことを思い出した。辰野はけげんな顔をした。警戒心あらわな顔と言ったほうがいいかもしれない。

「いや、あの、ほら、あれだよ。ちょっと聞きたいことがあって」

場を取り繕うために、適当な質問をしようとして、自分でも意外な問いが口から出た。

「大畑さん、最近、三十三年前のことについて、何か言っていなかったかな」

辰野はますますけげんな顔になった。ただし今度は、狐《きつね》につままれたような顔だ。

「三十三年前？」

「あ、いや、いいんだ。忘れてくれ」

ところが辰野は、「そういえば」と切り出した。「そこまで具体的じゃないんですが、あの二、三日前だったかに、言ってました。『三十年以上前のことなんて、殺人罪だって時効だろ』とか、そんなことを」

「それは、どういう話から出てきたんだ」

飯田の語気が強すぎたのか、辰野の顔がひきつった。

「え？　いや、それは、覚えていません。すみません」

しだいに目がうつろになり、声に張りがなくなっていく。

「大事なことだったら、すみません。どうも僕は、ものおぼえが悪くて……」

やばいな、と飯田は思った。

「いや、こちらこそ、すまない。責めているわけじゃない。大したことじゃないんだ。覚えていないなら、別にかまわない」

辰野は弱々しい笑顔をみせると、少し張りの戻った声で説明した。

「たぶん、そのことばだけ、ぽつんと漏らされたんだと思います。一種の愚痴ですね。うちの奥さんがよく、そんなふうに脈絡なく愚痴をこぼすんで、その手のやつだろうと思って、特に相槌《あいづち》も打ちませんでした」

一度は吹っ切ったはずの小さな引っかかりは、嫌な予感にまで成長してしまった。こうなったらもう、しっかり掘り返してみるしかない。

飯田はまず、大畑さんが殺された日の藤沼さんの退社時刻を調べることにした。定年間近の藤沼さんは、もう大きな仕事を抱えていないはずだ。定時退社が多いだろう。けれども、もしも残業をしていてくれたなら、アリバイが成立する。飯田の疑惑は払拭《ふっしょく》される。

日々の出退勤管理は、まだIT化されていなかった。そこまで予算が回らないのだ。飯田は、本社に隣接している工場に足を運んだ。藤沼さんの所属する生技《せいぎ》の事務所はそこにある。入り口のタイムカードの棚から、藤沼さんのを抜き取って見てみると、問題の日は、残念ながら定時退社だ。調査をやめるわけにはいかなくなった。

人事部に戻って、人事課の牛島をさがした。再雇用制度の運用担当者だ。席にもコピー機の前にも姿がない。喫煙室をのぞいてみると、白い靄《もや》の中に牛島の丸顔があった。手招きをして、煙と他人の耳がない非常階段に連れ出した。

「聞きたいことがあるんだ。藤沼さんのことだけど」

「ああ、あれね」

牛島が、タールの苦みが舌に蘇《よみがえ》ったとでもいうように、顔をしかめた。

「再雇用の件だろ。嫌な仕事だったよ。六十過ぎて働く気はないってタイプの人だと思ってたのに、まさか藤沼さんから申請書が出るとはな。おかげで、基準に引っかかるんで無理だってことを言わなきゃならなくなった」

「藤沼さんは、何て？」

「血相を変えて、何とかならないのかって詰め寄ってきた。すごい形相だったよ」

「で、おまえは何て答えたんだ」

「決まってるだろ。『例外はなし』が社長命令だ。そしたら藤沼さん、青くなって、黙り込んじまった。こっちとしても、つらかったよ。あとで生技の部長に聞いたんだが、数年前に奥さんが脳梗塞《のうこうそく》で倒れて、それから具合がよくないらしい」

「だったら、属託で働くより、家で介護ができるほうがいいんじゃないのか」

「経済的に厳しいんだろう。奥さんの病気から先、社内預金を全部下ろしてるらしいぜ。うちは退職金、少ないしな」

そこまで言って牛島は、はっとした顔になって、早口で言い添えた。

「あ、だけど、しょうがないことだからな。おまえが気にすることじゃないぞ」

まったく、余計なことを言う奴だ。飯田が牛島の話に顔色を変えたのは、彼のつくった制度によって藤沼さんが困っていると知ったからではなかった。九百人の社員全員に良いことずくめの制度はない。どこかでドライに割り切らなければ、人事の仕事などできるものではない。人事部に八年もいれば、それくらいで動揺しない根性はついているつもりだ。

「ああ、ありがとう」

礼儀上そう言って、牛島を解放した。

4

藤沼さんは、再雇用を強く希望していた。しかし、三十三年前の譴責処分が原因で、その願いは叶《かな》わなかった。三十三年前に藤沼さんと同じ営業所にいた再雇用予定者の大畑さんは、「三十年以上前のことなんて、殺人罪だって時効だろ」とつぶやいた二、三日後に殺された。

もはや、これらの事実が無関係とは思えなかった。だが、具体的には、何がどうつながるのか。定年退職後の属託雇用は、定員制ではない。だから、大畑さんが死んだからといって、藤沼さんが職を得るわけではない。それは藤沼さんもわかっているはずだ。

（とにかく、この譴責処分について、少し調べてみたほうがいいな）

本音を言うと、調べたくはなかった。何もないはずのところをほじくり返してみたら、だんだんときな臭さが強くなってくる。この先は、できることなら見たくない。だが、蓋をしても、事実はいつか現れる。だったらそれは、早いほうがいいのだ。

飯田は、三十三年前に藤沼さんや大畑さんと同じ営業所にいた六人の連絡先を調べた。退職したときの連絡先なので、転居していたら意味のないデータだが、六人のうちひとりくらい捕まえられるかもしれない。

そしてまさしく、連絡がついたのはひとりだけだった。水田末吉、六十九歳。二十五年前に転職しているので、飯田の知らない人物だが、住居は親譲りの持ち家だとかで、ありがたいことに住所も電話番号も変わっていなかった。しかも、I社に悪い思い出はないらしい。突然電話した飯田の、昔の話を聞きたいという願いを快諾して、家に招いてくれた。

住宅街では駐車場所に困りそうなので、車は会社に置いて、バスで向かった。

水田の家は、小さいながらも造作のりっぱな日本家屋だった。水田は自らお茶をいれ、羊羹《ようかん》とともに飯田に勧めると、湯飲み茶碗の自慢をはじめた。骨董《こっとう》市で見つけた掘り出しものなのだそうだ。孤独な生活をしていて、話し相手に飢えているのかと思ったが、本棚横のカレンダーには、「町内会会合」「温泉旅行」「ウクレレ発表会」といった予定が、ぎっしりと書き込まれていた。

（六十九歳か。まともに年金がもらえている世代だな）

そんなことを考えた。

「それで今日は、何のお話でしたかな」

自慢話を三十分ほど続けてから、水田はようやく尋ねてくれた。

「はい。古い話で恐縮ですが」

三十三年前の営業所のことを覚えているかと、まず藤沼の名前を出してみた。

「藤沼くんね。よく覚えていますよ。快男児だったからねえ。懐かしいなあ。彼は元気ですか」

「はい。それから、藤沼さんと同い年で、大畑彰一という人もいたと思うんですが」

「大畑？」

こちらは印象が薄いようで、飯田がいろいろ説明しても、「そんな男がいたような気がする」程度の記憶だった。

「実は、今回お聞きしたいのは、藤沼さんが長距離の私用電話をしたとかで、譴責処分になった件についてなんです」

　そんなことを知りたがるのはなぜかと問われたら、「藤沼伝説」を社内報に載せるためといった苦しい嘘《うそ》をつくつもりだったが、水田はすぐに話にのってきてくれた。

「ああ、あれね。覚えてますよ。藤沼くんが、潔く名乗り出たんだ」

「名乗り出た？」

「電電公社の請求書が、とんでもない金額になっていてね、所長が激怒したんですよ。こんな金額、誰かが残業中にでも、こっそり私用の長距離電話をかけまくらなければ、請求されるはずがないって。なにしろ、営業所から長距離で電話をかける相手は、本社くらいのものでしたが、本社との連絡は、所長がとることになっていましたからね。そこで、犯人捜しがはじまったんです。最近残業したのは誰か、誰が何日ひとりで居残ったか」

「それで、藤沼さんが犯人ってことになったんですか」

「いや、調査の途中で、藤沼くんが名乗り出たんですよ。自分が電話をしました。すみませんでした。営業所に転勤になって、恋人と離れてしまい、連絡を取り合うのに会社からかけてしまいました、と。まあ、いまで言う遠恋《エンレン》てやつですよ」

「でも、その程度で譴責処分なんて、大げさじゃありませんか。藤沼さんは、所長に睨《にら》まれてでもいたんでしょうか」

「いいえ、その逆ですよ。ただ、金額も金額だったし、よその営業所でもそういう例では、きちんと処分を下していましたからね。けじめが必要だったんです。だけど、譴責処分なんて、始末書一枚書いて終わりでしょ。停職や減給がつくわけじゃなし、若気の至りというか、後になってみればいい思い出ってやつですよ」

水田が前歯を見せて笑顔をつくった。水田の時代にはそうだったのだと、飯田の胸に苦いものがわいてきた。

「それに藤沼くんは、そのときの彼女と結婚したんじゃなかったかな。ふたりの絆《きずな》が、この譴責で、いっそう強くなったのかもしれませんよ」

「ほんとうに、藤沼さんが長距離電話の犯人だったんでしょうか」

「どういう意味ですか」

「いくら恋人のためとはいえ、私用電話なんて、藤沼さんらしくない気がするんです」

「そう言われてみれば、そうですね」

水田は指でテーブルをとんとんと叩《たた》いた。それから、まるで飯田の頭の中を読みでもしたかのように、彼の考えていたのと同じことを口にした。

「もしかしたら藤沼くんは、誰かをかばったのかもしれませんね。うん、そのほうが、彼らしい」

「だとしたら、誰をでしょう」

「それは、わかりませんよ。何しろ私は、当時、営業所に誰がいたかも、ろくに覚えていないんですから。ひとつだけ言えるのは、私じゃないってことですね。何しろ私は、長距離電話の犯人じゃありませんから」

水田は、最高におもしろい冗談を言ったとでもいうように、高らかな笑い声をあげた。

(藤沼さんがかばったのは、間違いなく、大畑さんだ)

帰りのバスで、飯田は思った。証拠はない。だが、そう考えるとすべてがつながる。

三十三年前の譴責処分は、藤沼さんにとって覚悟のうえのこと。人事記録に小さなバッテンがつき、少しばかり賞与や出世に響くかもしれないが、「食べていければそれでいい」と考えていたのだろう。ところが、三十三年後、そのバッテンが大きな意味を持つことになった。定年退職から年金支給までの収入の道が閉ざされて、奥さんの大病で貯金を取り崩していた藤沼さんは、食べていけなくなった。一方で、大畑さんは当然のように再雇用される。藤沼さんはああいう性格だから、これまで大畑さんに対して、恩着せがましい態度をとりはしなかったのだろう。セミナーで顔を合わせても、軽く会釈をするくらいですませていたのだろう。だが、事態が変わり、藤沼さんは大畑さんに、三十三年前のことを、何か言ったのだ。それが、辰野が聞いた「三十年以上前のことなんて」につながる。さらに藤沼さんは、この件で大畑さんの家に行った。そこで話がこじれて、藤沼さんが激昂《げきこう》し……。

頭痛がした。こんな可能性は、掘り返したくなどなかった。

バスは市役所の近くまで来ていた。ここで乗り換えれば、家まですぐだ。会社に車を取りに行くのはやめて、バスを下りた。市役所の隣にそびえる威圧的な建物が目に入った。警察署だ。反射的に目をそらしてから、自分に言い聞かせた。

(別に、俺がやましさを感じる理由はない)

挑戦的な気持ちになって、近づいていった。宵闇《よいやみ》の中、正面入り口の明かりがまぶしかった。

飯田は、入り口に立つ人物の顔がはっきりする手前で左に折れた。それからしばらく先で、建物を回り込むように右折した。そのまままっすぐ進めば、警察署の裏を通る歩道に出る。少しだけ遠回りになったが、家へのバス停はそのすぐ先だ。

後ろから早足で近づいてくる足音が聞こえた。不審者として誰何《すいか》されるのだろうか。

ビジネス用の隙《すき》のない笑顔をつくって振り返ると、目の前に藤沼さんがいた。

「ここに何の用かな」

自分の唾《つば》を飲み込む音が、やけに大きく響いた。まわりを素早く見回したが、ほか
に人影はない。

「今日、私のタイムカードをのぞいていたね」

「僕は人事部の……」

仕事のうえで必要だったとごまかそうとしたのだが、藤沼さんはそれをさえぎり自
分の話を続けた。

「それから、退社後に、水田さんの家に行った」

この瞬間、飯田は自分の想像が正しかったことを確信した。殺人を犯した者でもな
ければ、身辺を探る動きに、これほど敏感に気づいたりしない。

「水田さんに、何を聞いた？」

飯田は覚悟を決めた。

「三十三年前の譴責処分の真実を。藤沼さんは、どうして大畑さんをかばったんですか」

藤沼さんは、業務上の報告をするような口調で、淡々と話しだした。

「当時彼は、経理部長の紹介で知り合った娘さんと交際していたんだ。ところが、以前の恋人とまだ、別れ話でもめていてね。あの長距離電話はそのためのものだった。本社の経理といえば、一年間の営業所勤務が終わったら、大畑が帰る予定の部署だ。しかも、経理部長は、気に食わない相手をとことんいじめるので有名な人物だった。だから大畑は、白状することができなかったんだよ。それで、かわいそうになってね」

そこまで言って、藤沼さんの顔がくしゅっと歪《ゆが》んだ。

「譴責処分なんて、なんてことはない。そう思っていたんだ。三十三年間」

(この人は、再雇用制度を設計したのが俺だと知っているんだろうか)

飯田は、横目を使って、ふたたびまわりをうかがった。あいかわらず、人影はない。すぐ脇《わき》の建物の中には警察官がいくらもいるのに、ここには飯田と藤沼さんのふたりしかいない。

「どうして、大畑さんの家に行ったんですか」

藤沼さんは、瞬きひとつせずに飯田の顔をじっと見た。目をそらしてはいけない気がして、飯田も藤沼さんを見返した。

「家内には、リハビリが必要なんだ」

「脳梗塞でお倒れになったことは、聞いています」

「右半身に麻痺《まひ》が残った。からだが不自由になったことより、そのことで、すっかりふさぎこんでしまったのが見ていられなくて、民間療法を試したり、いいリハビリの病院があると聞くと、遠方でも連れていったりした。そんなことで、すっかり貯《たくわ》えが底をついたが、その甲斐《かい》あって、家内に合うリハビリ施設が見つかった。ほんとうに少しずつだが、からだが動くようになってきたんだ」

「それと大畑さんと、どういう……」

「医療制度が変わって、長期のリハビリに保険がきかなくなった。金がかかるんだ。それなのに、私は定年で職がなくなる。年金はまだもらえない。この年では、そうそう再就職先は見つからない。退職金を取り崩し、最低賃金にしかならない単純労働の仕事でもいいからもぐりこめば、生活は何とかなるだろう。だがそれでは、家内のリハビリの費用が出ない。リハビリに行けなくなると、家内の心はまた、もとのようにふさいでしまう。それだけは、避けたかった。だから大畑に、再雇用後の給料の半分を要求した」

「藤沼さん、それは無茶です」

「無茶か。大畑もそう言った。鼻で笑った」

「だから、殺したんですか」

「どうかしていた。頭に血がのぼってしまったんだ。だがな、三十三年前、私がかばわなければ、大畑が譴責処分を受けていた。そしていま、再雇用を拒否されるのは大畑で、私は働きつづけることができたんだ。それなのに、あいつは笑った」

それは、大畑さんらしくないことだと思った。少し考えて、疑問をぶつけた。

「藤沼さんは、奥さんのリハビリで金が必要だという事情を、大畑さんに話しましたか」

案の定、藤沼さんは、首を左右に振った。

(寡黙にもほどがある)

この世代の悪い習性だ。男は自分の弱みにつながる話を、軽々しく口にするものではないと信じている。コミュニケーション研修で、そんなことはないのだと徹底できていれば——。

こんな場面で飯田は、そんなことを考えていた。

そのとき、藤沼さんが血走った目で、ふたたび飯田を見据えた。

「きみ、名前は」

「飯田です」

「飯田くん」

そう言いながら藤沼さんは、夢のシーンそっくりに、右手を背広の内ポケットに入れた。逃げなければと思ったが、膝《ひざ》が震えて足が動かない。何とか動くのは、口だけだった。

「藤沼さん。社員の多くが、あなたに憧れています。どうかこれ以上、見苦しい真似は」

「飯田くん。私も知らなかったのだよ。自分がこんな人間だとは。誓って、大畑をかばったとき、私は何の見返りも期待していなかった」

「わかっています」

「そして、あの日、大畑に要求したのは、見返りじゃない。家内とふたりの、当たり前の生活だ」

「でもそれは、大畑さんの責任じゃない」

「わかっている」

藤沼さんの右手が何かを握ったまま、内ポケットを出ようとした。夢のシーンが頭の中に蘇る。

(俺は、殺されるのか。警察署のすぐ脇で)

「お話し中すみません」

突然横から声がした。いつのまにか、すぐそばに若い男が立っていた。男はまるで、道でも尋ねるみたいなのんびりとした調子で言った。

「私は、ここに勤めている脇田という者ですが、すみません、おふたりのお話を聞いてしまいました」

「ここ」と言うとき、男はあごをかすかに動かして、警察署の建物を指した。飯田は膝が崩れそうになるほど安堵《あんど》した。

「藤沼さんとおっしゃいましたね。いまのお話を聞くと、あなたは後悔していらっしゃるようだ。それなら、ぜひ、出頭なさってください」

藤沼さんは無言だった。目が泳いでいる。どうやって逃げようか思案しているのだろうか。

脇田と名乗った男は、藤沼さんの左腕に、やさしく手を置いた。

「もしもあなたが自殺を考えていらっしゃるなら、それは罪の償いになりません。奥さんにとっても、リハビリができなくなる以上の打撃ですよ。出頭なさったら、あなたは人生をやり直すことができます。奥さんには、あなたを待つという仕事ができます。ふさぎこんでばかりはいられなくなります」

この説得に耳を貸す気になったのか、それとも逃げられないと観念したのか、藤沼さんは脇田の方を向いて、「わかりました、自首します」と頭を下げた。

「ただし、お願いですから、一時間だけ待ってもらえませんか」

「一時間が必要な理由を、教えていただけますか」

藤沼さんの右手がポケットを出た。その手に握られていたのは、白い封筒だった。表に「辞表」と書かれたその封筒は、飯田の前に差し出された。

「飯田くん。一時間以内に処理してもらえないだろうか」

その意味は、すぐに理解できた。

このまま出頭すれば、藤沼さんは懲戒解雇となり、退職金はゼロになる。しかし、自首する前に退職手続きをとってしまえば、その後に逮捕されても、会社は規定通りの退職金を払わざるをえない。藤沼さんは奥さんに、最低限の生活費を残せることになる。

「できうるかぎり人件費が少なくなる方向で」動くなら、この辞表は受け取るべきでない。だが、「再雇用制度」の選別基準にあの項目がなかったなら、この殺人は起こらなかった。

法律的には許される基準だ。誰がつくってもああいう制度になったはずだ。それでも、飯田には、藤沼さんの願いを拒否することはできなかった。

(これは俺が、一個人《にんげん》として、やるべきことだ)

右手を出しながら、きっぱりと言った。

「わかりました。脇田さん、僕からもお願いします。一時間、待ってください」

だが飯田は、同時に頭の片隅で、こんなことも考えていた。

——会社にとって、殺人罪で逮捕されるのが、「社員」ではなく「元社員」になるのはありがたい。これは、退職金を払ってもおつりがくるメリットだ。

こんなときにこんな計算をしてしまう自分を、どうとらえていいかわからないまま受け取った白い封筒は、藤沼さんの体温がうつって、ほんのりと温かかった。

(小説新潮　10月号)

初鰹

柴田《しばた》哲孝《てつたか》

1957年、東京都生まれ。大学中退後カメラマンとなり、やがて文筆業へ。豪州で祖父の友人を探した経験を綴った『私のサンタよ　オーストラリア大砂漠4WDの旅』で、'84年にデビュー。2006年、『下山事件　最後の証言』で第59回日本推理作家協会賞評論その他の部門及び第24回日本冒険小説協会大賞評論・実録部門賞を受賞。'07年、『TENGU』で第9回大藪春彦賞受賞。フィクションとノンフィクションの両分野で活躍している。他の著書に、『KAPPA』、『GEQ』、『THE WAR 異聞太平洋戦記』などがある。本作は、流れ板の銀次と女房の町子が繰り広げる「味六屋」シリーズの一篇。

1

麻布十番の『味六屋』は、今宵も繁昌していた。

昭和の初期に建てられたものか、和洋の建築を趣味よく折衷させた民家を改築した店である。元は英国の某外交官の私邸だったという噂も聞くが、主人の久田銀次はあまり多くを語らない。

浮草稼業の流れ板だった男が、なぜこれほどの物件を手に入れることができたのかも謎である。それとなく訊くと、「家内の実家が京都の呉服屋で……」などとおっとりとした答えが返ってくる。その女房の町子は三十路を過ぎたばかりの若女将で、話し言葉の折々に確かに京の訛が顔を出す。呉服屋の娘というだけあって着物の着こなしも玄人で、この日も季節に合わせた大島紬の品の良さが目を引いた。だがその身ごなしの柔らかさは呉服屋の娘というよりも、どちらかといえば花街の出の色香を漂わせる。

以前は居間か何かだったのだろうか。二〇畳はあろうかという広い洋間に、古木の一枚板を使った長いカウンターを備えている。だがそこに座れるのはせいぜい一〇人、詰めてもあと二人か三人という程度の店である。

客はほとんどが政財界や一部の芸能人などの一廉《ひとかど》の人物で、建前としては予約制となっている。もっとも、目立たない店構えと「一見様御断わり申し上げ候」と書かれた入口の簡《ふだ》を見れば、よほどのことがない限り一見の客が迷い込むこともない。

「どうでもいいけど銀次さんよ。このカウンターの板、楓の一枚板じゃないか。よくこんなものが手に入ったな」

常連客の松永幸誠が渋で黒く沈んだカウンターの表面を撫でながら言った。松永は保守党の代議士で、何事においても目利きを気取りたがる癖がある。

「さすがは松永さんだ。よく楓とわかりましたね」

銀次が板場で包丁を引きながら応じた。

「高かったんじゃないのかい」

「いえ、それほどでも。たまたま家内の実家が名のある材木商だったもので……」

「おやおや、またこれだ。先だっては、奥方の実家は京都の呉服屋だと言っていたじゃないか。銀次さんはすぐ人を担ぐ」

そう言って松永が振り返ると、後ろで話を聞いていた町子が娘のように笑った。

銀次は人を担ぐが、料理の腕に嘘はない。この店に通う常連の誰もが「銀次ほどの腕を持つ料理人は他には知らぬ」と声を揃える。

味六屋には品書きのようなものは一切ない。カウンターに座れば、黙って懐石風の小料理が六品ほど並ぶ。

この日はまず突き出しとして土佐地鶏の皮の照り煮、アスパラと天豆のラグー、干鮑と海鼠のソテーの小鉢三点盛りを出した。すでにこの中に和、洋、中華の三種の料理だけでなく、食の五味とされる甘、酸、鹹、苦、辛のすべてが絶妙に隠されている。

次に作法どおりにお造をはさみ、焼き物は車蝦の鬼殻焼。これは味付に塩海胆を用いた逸品である。煮物は基本的には鴨と筍の治部煮だが、ワインを好む客には牛バラ肉とマッシュルームの赤ワイン煮も用意してある。

皐月、水無月は初鰹の季節である。五月も中旬を過ぎたこの日、銀次は策を弄することなくお造に初鰹を選んだ。

目には青葉　山ほととぎす　初鰹

元より鰹は黒潮に棲む回遊魚である。これが山野に新緑が萌える頃になると、暖流に乗り、日本列島に沿って北上する。つまり、旅をする魚である。

初鰹という言葉が庶民の間に浸透したのはそれほど古いことではなく、江戸時代に入ってからである。初夏になって鰹の群が千葉沖あたりに達し、江戸の魚河岸に出回りはじめた頃のものをそう呼んだ。江戸っ子はこの初鰹を食べることを粋の象徴として珍重したという。

俎板に　小判一枚　初鰹

だが銀次は、初鰹をそれほど上等な食材だと思ったことはない。タタキにするか。刺身にするか。手を加えるにしても限られているし、同じ鰹ならば脂の乗った戻り鰹の方がはるかに旨い。

あえて言うならば、縁起物である。だが味六の六は陸とも書き料理に対する心である。ならば、初夏の風情に流されてみるのも悪くはない。実際に味六屋の常連は、銀次が造る初鰹を楽しみにしている。

この日も千葉県沖で獲れた身振りのいい鰹を二本、勝浦から氷詰めにして送らせた。それぞれを五枚に下ろし、夕刻に藁《わら》を焚いてタタキに造っておいた。ポン酢は土佐の鰹節をふんだんに使って出しを取り、一〇年物の米酢とかぼすを合わせて冷やしておく。「鰹は手を加える余地がない」と言いながら、火加減も味も絶品である。だが、背と腹の部分の身二枚だけは刺身を好む客のために残してあった。

銀次は料理を作りながら、カウンターの客に目を配っていた。隅の席がひとつ、まだ空いている。町子が皿を下げてくるのを見計らい、裏に回ってそれとなく訊いた。

「木崎さんには声を掛けたのかい」

「もちろんですとも。あの方、初鰹の日を楽しみにしていらしたんですから。もうお見えになりますわよ」

町子が艶のある声で言った。

2

ほどなく格子戸が開き、木崎成夫が入ってきた。仕事帰りなのだろう。いつもながら地味だが、品のいいスーツを着こなしている。

確か、某商社の重役だと聞いたことがある。最初は他の客に連れられてきたが、その後はいつも一人で来てカウンターの隅に座る。なぜだかはわからないが、銀次の造る鰹の刺身を気に入っている。そんなこともあって、鰹を出す日には必ず声を掛けるようになった。

これもいつものことだが、木崎は八海山を冷やで注文した。少なくともこの店で、ビールや他の酒を頼んだことはない。穏やかな笑顔で突き出しに箸を伸ばし、薩摩切子のグラスから旨そうに酒をすする。還暦の声を聞く男には失礼だが、どことなく育ちの良さを感じさせる風情がある。

目当ての鰹の刺身を出すと、木崎は身に生姜をのせ醬油にたっぷりと浸し、待ちかねたように頰張った。そしてさも満足そうに頷いた。その表情を見ると、いつも銀次は不思議に思う。造った本人が言うのも何だが、鰹の刺身なんて新鮮ならばどれもさほど変わらないだろうに。

「木崎さんはまた刺身かい。一度、ここのタタキを試してみなよ。通は鰹をタタキで食うものだ」

たまたま隣に座っていた代議士の松永が、知ったようなことを横柄に言った。だが木崎は動じる様子もなく、それを軽く受け流した。

「そうですね。確かにタタキもいい。しかし私は、なぜか刺身が好きなんですよ」

「しかし、鰹の刺身なんかどこで食っても変わらんだろう」

松永も、なかなか引き下がらない。

「いえ、違うんです。私は素人なのでどこがどう違うのかまではわかりませんが、確かに銀次さんの造った鰹の刺身は味が違う。これより旨い刺身は……銀次さんには申し訳ないが……ほかにはたったひとつだけです」

「ほう……ここより旨い刺身って、どんな鰹なんですかね」

松永が、ちゃかすように訊いた。どうもこの男、行儀があまりよろしくない。人はいいのだが……。

木崎は酒を口に含み、噛みしめるようにゆっくりとした口調で言った。

「あえて言うなら、和歌山の鰹でしょうか。あそこの鰹は、本当に旨い……」

木崎は、遠くに思いを馳せるような目をしてそう呟いた。

他の客が引けても、木崎は一人、店に残っていた。酒はもう三杯目だ。中居が帰ってしばらくして、やっと重い腰を上げる気配になった。

「遅くまですみませんでした。そろそろ私も……」

席を立とうとする木崎を、銀次がさりげなく引き止めた。

「もう一杯いかがですか。粋狂で、こんな当てを作ってみたのですが……」

木崎の前に小鉢を置き、自分のグラスと八海山の瓶を持ってカウンターに座った。町子が二人のグラスに酒を注いだ。

「ほう……。これは懐かしい」

木崎が小鉢の中の物を口に含む。小さく頷きながら、かすかに笑みを浮かべた。当ては、鰹の胃袋の辛子酢味噌和えである。やはり、思ったとおりだ。木崎は「珍しい」ではなく、「懐かしい」と言った。

「木崎さんは、和歌山のお生まれですか」

「ああ、先程の和歌山の鰹の話ですか。いえ、私は東京です。女房が和歌山だったんですよ……」

元来は無口な男なのだろう。だが木崎は、ぽつりぽつりと話しはじめた。

木崎は今年で六〇になる。妻の淳子は会社の後輩で、ごくありきたりな社内恋愛の末に所帯を持った。

間もなく長男が生まれた。何の変哲もない、仕事に追われるだけの、平凡を絵に描いたような人生だった。その木崎にとって、唯一の楽しみが、結婚することによって田舎ができたことだった。

「毎年、五月の連休と正月には女房の故郷に帰省しました。女房は海辺の小さな港町の出身でしてね。実家は漁師でした。関西で初鰹と言うのもおかしなものですが、五月の連休に帰ると必ず親父さんが獲ってきた鰹の刺身が食卓に出たんです。漁師が造る刺身なんてぞんざいなものですが、これがとてつもなく旨かった……」

「なるほど、そういう訳ですか」

いつの間にか銀次の横に町子が座り、酒を付き合いながら木崎の話に耳を傾けていた。

「しかし、どうも私はわからない。鰹は海の魚、しかも回遊魚です。銀次さんはどう思いますか。和歌山の鰹と関東の鰹と、味が違うというようなことがあるのでしょうか」

確かに、そうだ。新鮮な鰹ならば、それほど味が違うとも思えない。

「ところで奥様は？」

銀次が訊いた。

「六年前に先立たれました。癌でした。それ以来、和歌山の鰹は食べていない。もう、あの味も忘れかけている。しかし、不思議なんです。この店の鰹を食べると、なぜか和歌山の鰹を思い出すんですよ」

木崎はグラスを空け、席を立った。

「さて、遅くなった。本当に失礼しないと。また鰹を出す時には、ぜひ声を掛けて下さい」

少し酒が過ぎたのか、出口に向かう木崎の足元が少し千鳥を踏んだように見えた。

銀次は町子と共に店の外まで送った。照れたように頭を下げ、木崎は初夏の夜風の中に歩き去った。

「奥様がいらっしゃらなかったのね……」

いつの間にか町子が、横で銀次の手を握っていた。

3

あれ以来、銀次の頭から鰹のことが離れなくなった。料理の仕込みをしながらも、いつの間にか上の空で鰹のことを考えている。

和歌山の鰹か……。

なぜあの木崎という男は、和歌山の鰹が一番旨いと感じたのだろう。亡くなった妻への郷愁がそう思わせたのか。それとも単に鮮度が高かっただけなのか。いや、そんなことはない。銀次も鰹を扱う時には、朝に締めたものを千葉の勝浦港からその日の内に氷詰めで運ばせる。鮮度ではけっして引けはとらない自信があった。

若い頃に、銀次も和歌山で板場の修業をしていたこともあった。もちろん鰹も捌いたし、日常的に食べてもいたが、当地の鰹が特別に旨いと思ったことはない。

普通、鰹は南海から黒潮に乗って上ってくる。だが希に、回遊せずに浅場に群がる鰹もいると聞く。俗に〝根つき〟と呼ばれる鰹だ。木崎の言う和歌山の鰹とは、その〝根つき〟のことなのか。

いや、それも違う。確かに四国から和歌山にかけては〝根つき〟が多いが、食べてみればそう味が変わるものでもない。

「あなた、何を考えていらっしゃるの」

包丁を持ったままぼんやりしている銀次の顔を、町子が横から覗き込んだ。

「ああ……鰹さ。この前、木崎さんという客が来ただろう。なぜ和歌山の鰹が旨いと言ったのか、それを考えていたのさ」

「おかしな人。だって、鰹は鰹でしょう。奥様のことがあったから、そう思い込んでるだけですよ」

「そうだろうか。何か理由《わけ》があるように思えてならないんだが……」

町子がちょっとあきれたような顔をした。

「殿方って本当に鰹が好きですのね。何でも初鰹は女房を質に入れても食べるとか。お刺身なんて新鮮な魚にお醬油をつけて食べるだけなんだから、何でも同じでしょうに」

「それはそうだが……」

その時、銀次はふと思い付くことがあった。

「木崎さんの奥さんの実家、和歌山のどこだと言ったかな」

「あら、聞きませんでしたよ。確か、海辺の小さな港町だとおっしゃってましたけど」

そうだった。実家は漁師だと言っていた。

「お前、木崎さんに訊いてみてくれないか。奥さんの実家の、町の名前を」

町子は、ちょっと困った顔をした。

「私が訊くんですか。でもお客様に突然に電話を掛けて奥さんの実家はどこですか、なんておかしいですよ。立ち入ったことを訊くならお食事でもお酒でも御一緒して、それなりの雰囲気でお話ししないと」

「それなりの雰囲気って、どんな雰囲気さ」

「内緒。鰹のために女房を質に入れる気があるなら、訊いてきてさし上げてよ」

町子が悪戯っぽく微笑んだ。

4

火曜日の夜、町子は中居にまかせて店を空けた。味六屋では麻衣と照子という二人の中居を雇っている。どちらも同じ音大の同級生で、自称音楽家だが、本業の合間に都合を申し合わせて店を手伝っている。

この日は町子が店を留守にするので、久し振りに二人が顔を合わせた。どちらもまだ子供だが、近頃は和服の着こなしも板についてきた。たまには若い娘に囲まれて店を切り盛りするのも、それはそれで華やいでいて悪くない。

「お、今日は女将は休みかい」

常連客はみんな町子のことを訊き、留守だと知ると残念そうな顔をする。この店の客は町子の艶姿も料理の一部と思っているらしい。

当の町子は夕方に、いつになく粧《めか》し込んで出掛けていった。木崎と夕食の約束をしてあるという。どうもあの男、同性にはわからないのだが、女の母性をくすぐる魅力があるのかもしれない。

「今夜は遅くなりますよ。先に寝ていらしてね」

町子は思わせ振りな言葉を残して出ていったが、銀次はどうせ店が終わる頃には戻るだろうと高を括っていた。ところが町子は本当に、夜明け近くになるまで帰らなかった。

銀次は町子が帯を解く衣摺れの音で目を覚ました。そこはかとなく、酒に酔った気配がある。暗がりの中で町子が寝衣に着換えて蒲団に入るのを待って、銀次はその横に体を滑り込ませた。後ろから手を添えると、柔らかい胸がかすかに汗ばんでいた。

「今日はだめ……」

「どうしてさ」

「他の男の人の匂いがしますもの……」

町子が含みのあるようなことを言う。だが銀次が腰の線に沿って指を滑らすと、町子は体の芯に熱を帯びていた。

「それで、どうだった」

「楽しかったですよ。木崎さん、とても優しくしてくださったもの……」

町子の体が、小さく反った。

「ばか、そうじゃない。和歌山の話だ。奥さんの実家は、どこだと言っていた？」

「まったくもう……。あなたはお魚の話ばかり。女房よりも料理の方が大事なんですか。和歌山の、西の方にある湯浅という町ですって。なぜそんなことを訊くのか、木崎さん不思議がっていましたわよ。そんなこと、どうでもいいじゃない……」

「湯浅町か……」

銀次は町子から体を離し、闇を見つめた。

なるほど、それならば一理ある……。

町子が体を返し、銀次の腕の中に潜り込んできた。

「途中でやめないで……」

唇を吸われると、ほのかに酒の匂いがした。

5

金曜の夜に店が引けると、銀次は思い立ったように言った。

「週末は天気も良さそうだな。気候も良くなってきたし、どうだ。たまには旅行でもするか」

　味六屋は土日と祝日は店を閉める。だが長年、流れ板として全国各地を歩いてきた反動なのか、銀次は出無精な性分である。その銀次から、町子を旅に誘うことはあまりない。

「あら珍しい。どこに連れて行って下さるの？」

「別に大した場所じゃない。ちょいと和歌山の鰹を探しに行こうと思ってさ」

「なんだ……。また鰹ですの……」

　そう言いながらも、町子はうれしそうな顔をした。

「まあいいじゃないか。たまには温泉にでも入ってゆっくりしよう」

　和歌山の鰹と聞いて、町子はすっかり勘違いしたらしい。翌日は朝早く起きて、遠出をするための身支度をすませていた。まだ床を離れずにうつらうつらする銀次を起こしにきて、「和服と洋服、どちらにしましょうか」などと呑気なことを訊く。

「もっと気楽な態《なり》でいい。ジーパンに、そうだな、歩きやすいようにスニーカーでも履いておけ」

　銀次が面倒臭そうに言うと、町子は合点がいかないように口をすぼめた。

「新幹線で和歌山に行くんじゃないんですか……」

「行けばわかるさ。そうだ、適当に弁当を作っておいてくれ」

それを聞いて、町子が小さく溜息をついた。

九時を過ぎてやっと起きてくると、銀次は朝飯も食わず、顔を洗っただけでメルセデスに乗り込んだ。やはりジーンズにポロシャツという軽装である。しかも着換は、小さなリュックの中に入れてある。荷物は他に、アイスボックスがひとつ。町子はそれを見て、本当に鰹を買って帰ってくるものと信じているようだ。

麻布から首都高に入り、午前中に都内を抜けた。そのまま銀次は外環自動車道から関越自動車道に入り、北へと向かった。

「あなた、こちらは海じゃなくて山ですよ。それとも日本海まで行くのかしら……」

町子はまだ納得がいかないようだ。しきりに首を傾げながら、助手席で長い足を組んでいる。

和服の町子は艶があるが、洋装の、特に無造作な服を着させるとかえって色気が映えることがある。豊かな体の線には、むしろ洋服の方が似合うのかもしれない。第一、若く見える。長い髪を下ろしていると、まったく別の女のようだ。

埼玉県の鶴ヶ島のインターで高速を降りて、銀次は国道を秩父の方に向かった。新緑の萌える山里の風景が、窓の外を流れていく。どう見ても鰹に縁のあるような土地ではない。しばらくすると銀次は橋のたもとで道を外れ、森の中の駐車場に車を停めた。

　この辺りは高麗川が大きく蛇行し、その内側が昔から水田になっていた。日和田山から望む地形がまるで巾着《きんちゃく》のように見えることから、巾着田と呼ばれている。車を降りると梢の先から、清流のせせらぎが聞こえてきた。

「きれいな川……。でも、こんな小さな川に鰹はいないでしょう？」

　町子の真剣な顔に、銀次は思わず吹き出しそうになった。

「こら、お前は何年料理屋の女将をやってるんだ。川に鰹がいるわけがないだろう。ほら、そんなことはいいから、飯にしよう」

　森を抜けて河原に降り、適当なところに茣蓙を広げた。「時間がなかったから」と言いながら、町子の手作りの弁当は色どりも華やかだった。握り飯に卵焼き、炒めたソーセージに筍の土佐煮も入っている。月並で味はほどほどだが、それでいい。料理人とは不思議なもので、普段は手の込んだ料理よりも、むしろ単純なものが食べたくなるものだ。

　腹が満たされると、また眠くなった。週末ということもあり、一週間分の疲れもたまっている。銀次は町子の膝枕に頭を預けて茣蓙の上に横になった。清流のせせらぎに応えるように、空高く雲雀《ひばり》が初夏の訪れを告げていた。

「散歩でもしない？」

町子が銀次の顔を撫でながら言った。

「そうだな。少し歩いて、鯉でも探すか」

銀次が言うと、町子が笑いながら頷いた。

森の中を歩いた。新緑の眩い木洩れ日の中に、静かな小道が続いている。巾着田は、花の里である。だが春の蓮華《れんげ》の季節はすでに終わり、秋の曼珠沙華の季節にはまだ早い。週末にもかかわらず、人影は少なかった。

町子は銀次の体に肩を寄せ、手を握っていた。時折、指を動かして銀次の手の平をくすぐる。辺りを見回し、誰もいないことを確かめると、町子は背伸びをして銀次の唇を吸った。どこかで二人を冷やかすように、鶯《うぐいす》が鳴いた。

森を抜けると、やがて開けた場所に出た。巾着田の先端にある鉄骨の見晴し台に登ると、眼下に箱庭のような田園風景が広がった。

誰もいない。銀次は町子の細い腰に手を回して引き寄せた。

何かを言おうとして、口元まで出かかった言葉を呑み込んだ。その気配を察したかのように、町子が銀次の表情を覗き込んだ。

「どうしたの」

「いや、何でもない……」

川の流れに沿ってさらに奥へと進んだ。しばらく行くと、渓谷に吊り橋が架かっていた。橋の袂《たもと》に牧場があり、三頭の馬がのんびりと草を食んでいた。

6

車で鎌北湖まで登り、早目に宿を取った。湖畔に建つ、何の変哲もない公共の温泉宿である。部屋に上がり、窓を開けると、目の前に蒼い湖面が広がっていた。岸際にヘラ師が並び、午後の穏やかな日射しの中で餌を打っていた。

「この湖にも鰹はいないでしょう」

「当り前だ。鰹は海の魚だ。川にも湖にもいない」

「わかってますよ、そんなこと。あなたに騙されている振りをしているだけ」

風呂は内湯だった。町子は混浴ではないことが不満らしく、浴衣に着換えながらすねたような顔をした。

ゆっくりと湯に浸かり、外に出ると、男湯の前で町子が待っていた。湯上りの汗がほのかに香り立つ。着くずれした白い胸元に、思わず目が行った。

宿も、風呂も、料理も、すべてがほどほどだった。食膳には、味噌仕立ての小さな鍋物が並んだ。町子が蓋を上げて中を覗き、銀次に訊いた。

「このお肉、何ですの」

「ああ、山鯨だよ」

「クジラ？　また嘘ばっかり。こんな山の中に鯨なんていないでしょう」

「そうじゃない。山鯨とは、猪のことさ。昔、江戸時代に、殺生を禁じられて獣の肉を食べることができなかった。それで庶民は猪を山の鯨と呼んで、魚だと偽って食べたのさ」

「でも、鯨は魚ではないでしょう」

「鯨には脚がない。だから魚だと信じられていたのだろう」

「それ、もしかしたら和歌山の鰹のヒントかしら」

銀次は笑った。町子はどうしても和歌山の鰹が頭から離れないようだ。

「そうとも言えるし、違うとも言えるな」

「益々わからなくなっちゃった……」

「人は他人を欺く前に、まず自分を欺くということさ」

二人で湯上りのビールを一本空け、その後は燗酒を頼んだ。仕事と久し振りの運転で疲れがたまっていたのだろう。ほどほどの酒で、ほどほどに酔いが回ってきた。

部屋に戻ると、すでに蒲団が敷かれていた。銀次は、その上に体を投げ出した。町子もその脇に横になり、片肘を突いて銀次の顔を見つめながら、指先で胸をなぞっている。

銀次が、さりげなく町子に訊いた。

「お前、本当にあの木崎という男と寝たのか？」

町子の口元が、かすかに微笑んだ。

「内緒。教えてあげない……」

「こら、気を持たすなよ。どっちなんだ」

「だって、本当のことを言ったら、叱られるもの……」

「怒らないさ。だから、言ってごらん」

町子はしばらく黙っていた。そのうちに、銀次を見つめる目が潤みはじめた。

「ごめんなさい。あの日、私、酔ってたし」

「こら」

銀次がそう言って、指先で町子の鼻を軽く突いた。

「怒らないって言ったじゃない。だって木崎さん、淋しそうだったんだもの……」

「別に、怒ってはいないさ」

町子が体を起こし、銀次の上になった。

「ごめんね……。今夜は私が抱いてあげるから」

町子はゆっくりと帯を解き、銀次を胸に抱き寄せた。

7

朝食の後、宿の周辺を散歩した。物見山、日和田山へと続く遊歩道を登ってみると、日当りのいい斜面に季節を迎えたつつじが咲き乱れていた。

町子はもう鰹のことは口に出さなくなった。昨夜の寝乱れも忘れてしまったかのように、初夏の日射しの中で無邪気に戯れている。銀次はその姿を、眩いものでもみるような目で見詰めていた。

宿に戻り、車に乗った。さしてどこに行くあてもない旅である。宿でもらった地図を頼りに、聖天院《しょうでんいん》、高麗神社などの名所旧跡を回ってみた。夫婦で寺社仏閣を行脚する歳でもないが、たまには迷う心の禊《みそぎ》も悪くない。

高麗神社は高句麗《こうくり》からの渡来人、高麗王若光《こまのこきしじゃっこう》を祀る社である。八世紀のはじめ、高麗王若光は一七九九人の高麗人と共にこの地に入り、先の巾着田などを開拓したと伝えられている。

社の前には、天下大将軍、地下女将軍と記された二体の石の標柱がそびえ、参拝する者を出迎える。これは朝鮮半島の寺院や村の前に立つチャンスン、ジャンスンと同じものである。人は誰しも、遠く離れてこそ故郷忘じ難しと言う。

参拝を終えて車に戻ろうとすると、町子が何やら御守のようなものを買い求めてきた。

「何の御守を買ったんだい」

銀次が訊くと、町子はそれを手の中に隠した。

「内緒」

「なんだ、また内緒か。いいから見せてみろよ」

無理に取り上げて中を見ると、町子ははにかむように頰を赤らめた。子授けの御守だった。

若い頃は、流れ板として浮き草のような稼業に身を俏《やつ》していた銀次である。一生、家庭などというぬるま湯には縁がないと思っていた時代もある。それが町子と出会い、いつの間にか所帯を持った。その上に子授けの御守などを突きつけられると、悪い気もしないが、まるで他人事のようで実感が湧かない。

御守を町子に返し、銀次が言った。

「明日も店があるし、昼飯でも食ってそろそろ引き揚げよう」

「そうですね。でもあなた、和歌山の鰹はどうしたんですか」

町子が思い出したように言った。

「そうだったな。帰りに、軽く一本、釣って行くか」

車に乗ると、銀次はまず近くのコンビニで氷を買い、それをトランクの中のアイスボックスに詰めた。町子がなかばあきれたように肩をすぼめる。また車に乗り込むと、しばらくのどかな田園風景の中を走る。やがて樹木に囲まれた何かの工場のような建物の前で車を停めた。一階が土産物を売る店構えのようになっていて、その上に『彩の国　醤遊王国』と大きく書かれている。

「お醤油屋さんですの？」

「そうだ。弓削多《ゆげた》醤油の工場だよ。入ってみよう」

敷地の木陰の中に、小さな沢が流れていた。石の上で、沢蟹が遊んでいる。建物の階段を登ると、ガラス張りの醤油工場の見学施設になっていた。下を覗くと、暗い蔵の中に、諸味を仕込んだ直径八尺六寸、深さ七尺六寸の巨大な桶が一五個も並んでいた。

「これがお醤油ですか?」

「そうだ。昔はみんな、こうやって仕込んでいたんだ」

元来、醤油は、醗酵食品である。大豆を蒸し、小麦を炒り、これに種麴と天日塩を加えて木桶に仕込む。この諸味に木桶に棲みつく天然の酵母菌と乳酸菌が作用し、一年以上をかけて熟成される。こうして造られた醤油を本醸造と呼ぶ。

弓削多醤油は大正一二年に創業された老舗である。現在使われている木桶は、昭和七年に建造されたものだ。だが最近は、この工場のように木桶を用いる本醸造の醤油はむしろ少数派になっている。現在普通に流通する醤油はほとんどは金属製のタンクで仕込まれたもので、化学的に酵母菌を添加し、加熱して強制的に醗酵を促進させている。

銀次は試供品として並べられている醤油を手に取り、指先にたらして口に含んだ。

「よし、これだ」

そのまま階下へ降りていくと、『吟醸純生しょうゆ』と書かれた瓶を五本買い込み、それを車のトランクのアイスボックスに詰めた。

「私はまだわからない。あなたはいつもお料理には丸大豆の本醸造を使っているし、二段仕込みとか生《き》醤油とかもいくらでもお店にあるでしょう。それにこのお醤油と和歌山の鰹と、いったいどんな関係があるんですか」

「この醤油を餌に鰹を釣るのさ。さて、蕎麦でも食って東京に戻るとするか」

銀次が夏空を見上げてそう言った。

8

六月に入ってしばらくすると、銀次は今年二度目の鰹を仕入れてきた。前回よりも脂の乗った大振りの鰹である。銀次は例のごとくそれを五枚に捌き、刺身の分を残してタタキに造った。

庭で藁を焚く気配を嗅ぎつけて、町子が顔を出した。

「あら、鰹ですの」

「勝浦の魚屋がいいのを持っていたんでね。そうだ。木崎さんに鰹が入りましたと声を掛けておいてくれ」

「あら、よろしいんですか。あの方をお呼びしても」

町子が銀次をじらすように言った。

「ああ、かまわない。あの人はどうも他人という気がしない」

銀次も逆に、とぼけてみせる。

「あら、焼いてるの?」

「見ればわかるだろう。鰹を焼いているのさ。そうだ、ついでにこう伝えてくれ。今日は、和歌山の鰹が入りましたとね」

木崎成夫は七時を回った頃に、ふらりと一人で店に入ってきた。相変わらず趣味のいい背広を着ている。あらためてよく見れば痩軀だが長身で、どことなく色気のある風貌をしている。いかにも町子が好みそうなタイプではある。

「本当に和歌山の鰹が入ったのですか」

カウンターに座ると、木崎は悪気もなくそう言った。

「ええ、和歌山です。いつものように刺身でいきますか?」

「ええ、もちろん。いや、楽しみだ……」

二人のやり取りを気にしながら、町子がさりげない素振りで聞き耳を立てる。その様子がおかしくて、銀次は思わず吹き出しそうになった。

突き出しが出ても、木崎はそわそわと落ち着かない。酒にも箸にもいつになく忙しなく手が動く。よほど和歌山の鰹が待ちどおしいらしい。

頃合を見計らって、銀次は鰹の刺身を出し、その横に醤油の入った小皿を置いた。

木崎は備前の皿に美しく盛られた鰹の切り身を、まるでいとおしいものでも見るようにしげしげと眺めている。

「これが和歌山の……」

「そうです。試してみてください」

木崎はおもむろに箸を手にすると、切り身の一枚に僅かばかりの生姜を載せ、それをたっぷりと醤油に浸して口に運んだ。嚙み締める。そして、一瞬、動きが止まった。驚いたように目を見開き、銀次に言った。

「本当だ。この味です。これは間違いなく、和歌山の鰹です……」

後ろで町子が、その様子を不思議そうに見守っていた。この日も隣に居合わせた松永が、黙って唾を呑んだ。木崎が松永に向かい大きく頷く。

鰹のタタキを出されると、松永は木崎と銀次を交互に見て、慌てて一切れを頰張った。目を閉じて、味わう。だがしばらくして、首を傾げた。

「これが和歌山の鰹ねぇ……。おれには、まったく違いがわからない……」

銀次は腹の中で笑った。当り前だ。タタキを食べて、和歌山の鰹の味がわかるわけがない。

この日も木崎は、最後の一人になるまで店に居残っていた。和歌山の鰹がよほど気に入ったようで、飯の時にもまた一人前を注文した。鰹の刺身を菜に白い飯を掻き込みながら、幾度も大きく頷いた。

帰りしなに、木崎が言った。

「銀次さん、ひとつお願いがあるのですが。この店では持ち帰りはやらないことは存じてますが、今回だけ、ひとつそれを曲げてはもらえませんか」

「鰹ですか」

「そうです。女房にも、味わわせてやりたいんですよ……」

木崎の妻は、亡くなったと聞いている。おそらく、仏前に供えるという意味なのだろう。断わるわけにもいかなかった。

「わかりました。奥様の分、僭越ですが店からの奢りとさせてください」

いつものようにほろ酔いの木崎を、銀次は町子と共に店の外まで送った。木崎は照れたように頭を下げ、そして言った。

「今日は本当に美味しかった。まさか東京であの味に出会えるとは。御馳走様でした」

銀次はその木崎に、さり気なく訊いた。

「とんでもない。こちらこそ、先日は女房がお世話になりましたそうで」

だが、木崎は動ずる気配もなく笑顔を崩さない。

「いいえ、こんな歳寄りをお誘いいただいて、奥様にはかえって申し訳ないことをしました。店を閉める時間があるからと早くお帰りになりましたが、間に合いましたかな」

銀次が振り返ると、町子がばつが悪そうに舌を出した。

「ええ、早くに戻りました。それでは、お気をつけて」

土産の包みを手に下げて、木崎は千鳥を踏みながら機嫌良く帰っていった。

9

話を逸らそうとするかのように、町子は店に戻ると、ちょっと怒ったように銀次を責めた。

「あなた、木崎さんを騙したんでしょう。あの鰹は和歌山のなんかじゃないわ。いつもと同じ、千葉のでしょう」

銀次は思わず苦笑した。確かに、そうだ。店の厨房には、まだ「勝浦港直送」と書かれた発泡スチロールの箱が置いてある。

「お前の言うとおりだ。あれは、勝浦に揚がった鰹だ。和歌山のじゃない」

「まったく人が悪いんだから。木崎さんは素人です。玄人のあなたに言われれば、簡単に信じてしまいますよ」

「そうじゃない。あの鰹の刺身は、木崎さんにとって、本当に和歌山の鰹の味がしたのさ」

「でも、松永さんや他のお客様はわからなかった。いつもと同じだとおっしゃっていたでしょう。あの方々だって、それなりに舌は肥えているでしょうに……」

「他の客はタタキで食べた。刺身は木崎さんだけだ。刺身を食わないと、和歌山の鰹の味はわからないのさ」

　中居も帰り、店にいるのは銀次と町子だけだ。明かりも落とし、静まり返っている。銀次は板場に入り、あまった鰹の刺身を切り分けて皿に盛った。カウンターに置くと、意を得たように町子が二つのグラスに八海山を注いだ。

「まあ、食ってみろ。お前にわかるかどうかは別として、和歌山の鰹の味がするはずだ」

　銀次は冷蔵庫から弓削多の吟醸生醤油を出し、町子の前に置いた。町子はその瓶を手に取ると、あらためて不思議そうな顔をした。

「鰹じゃなくて、問題はこのお醤油なんですね」

「そうだ。鰹なんてどこで獲れてもそれほどは変わらない。同じ海の、同じ海流の中を回遊しているんだ。和歌山沖にいた鰹が、早い時には一週間かそこらで千葉沖にまでやってくる」

「でも、どうしてお醤油だって気が付いたんですか」

「簡単さ。木崎さんは、鰹をタタキではなくて刺身で食う。しかも生姜をあまり付けずに、醤油にたっぷりと浸す。あの食べ方では魚の味などわかりはしない。木崎さんは鰹ではなく、醤油を食べていたのさ」

「それで松永さん達は、違いがわからなかったんですね」

「そういうことさ」

町子は木崎のように、鰹をたっぷりと生醤油に浸して口に含んだ。一瞬、白い項《うなじ》に紅が差したように見えた。小さな唇に指先を当て、頷いた。

「このお醤油、確かに美味しい。さっぱりしてるけれど味がしっかりしていて、こくがある。それになんだか、鰹の身に妙に馴染むような気がします」

「そうだ。鰹の身に馴染むという味覚、それが正しい。木崎さんも、それを求めていたんだよ」

「でも私、やっぱりわからない。どうして他の生醬油じゃいけないんですか」

「つまり、こんな訳さ」

銀次は鰹を肴に酒を飲みながら、醬油に関する講釈をはじめた。

元来、醬油は醱酵食品である。諸味を搾って醬油を造り、保存しながら使っていくうちに少しずつ熟成されて味が変化していく。だが近年はこうした味の変化が嫌われて、さらに保存性を高めるために、ほとんどの醬油に加熱殺菌処理が施されるようになっている。当然のことながら乳酸菌や酵母菌といった醬油の財産である旨み成分を殺してしまうので、味は落ちる。これに対し、加熱処理を行なっていないものを生醬油と呼んで区別している。

だが、ひと口に生醬油とはいってもいろいろなものがある。単に加熱処理を行なっていないというもの。木桶を使った本醸造のもの。丸大豆を使うかどうか。それぞれに味も異なり、使い道も違う。ちなみに丸大豆醬油とは大豆の種類ではなく、「大豆を丸ごと蒸して使う」ことを意味する。普及品は醱酵を早めてコストを下げるために、大豆をチップ状に砕いたものを使う。

「こんな話を聞いていると、なんだかお醬油がとっても有難いものに思えてくる……」

町子がそう言って、また鰹の刺身に箸を運んだ。

「醤油は和食の基本だ。食材の味を生かすも殺すも、醤油の味ひとつで変わる。うちの店では元から刺身には丸大豆本醸造の生醤油を出していた。だから木崎さんは、うちの鰹の刺身を気に入っていたのさ」

「でもいままでの生醤油と、この弓削多の生醤油とではやはりどこか違うのでしょう。同じなら木崎さんは……」

「ああ、まったく違《ち》うのさ」

普通、醤油は生《き》か否かにかかわらず、必ず一度は濾過をしてある程度は乳酸菌と酵母菌を取り除く。ところが弓削多の『吟醸純生しょうゆ』は、その濾過さえも行なっていない。文字通り生のままの醤油なのだ。

弓削多醤油は創業八〇年以上の老舗である。日本古来の木桶を使った本造りにこだわり続けてきた。しかもその木桶には、七〇年以上もの時を超えて育まれてきた天然の乳酸菌と酵母菌が棲みついている。

〝本物〟の生醤油は、一朝一夕には造ることはできない。すべての条件が揃って初めて生まれる奇跡の調味料なのだ。

「でもこれは埼玉県のお醤油でしょう。木崎さんは、和歌山で鰹を食べたはずなのに……」

「だからおれは、木崎さんの奥さんの実家の場所を訊いてきてくれと言ったのさ」

「湯浅町ですか？」

和歌山県の湯浅町は、紀伊半島の西に位置する港町である。何もない、小さな町だ。だが、日本の醤油の聖地でもある。

「そう、湯浅町だ。あの町は、日本の醤油の発祥の地なんだよ。およそ七五〇年前に、日本で初めて醤油が造られた。いまでもあの町には、天保一二年に創業された角長という古い醤油蔵がある。やはり一〇〇年以上も前の木桶を使い、丸大豆本醸造にこだわって生醤油を造り続けているんだ。おれも京都の料亭にいた頃には使っていたが、そこの生醤油は本当に凄い。肉でも、魚でも、どんな食材でも魔法のように化けさせてしまう」

「それじゃ木崎さんは、その角長の生醤油で鰹を食べたんですね」

「おそらく、そうだろう。奥さんの実家は、漁師だったと言ったね。それで、ぴんときたのさ。漁師は魚の味をわかっている。あの町に住む漁師ならば、刺身には角長の生醤油しか使わない」

だが生醤油は料理人にとって、ある意味で諸刃の剣である。乳酸菌や酵母菌が生きているということは、蛋白質分解酵素が強いということでもある。刺身やすき焼きなどにうまく使えば、確かに味を引き立ててくれる。だが安易に魚の煮物などに用いれば、酵素の働きで食材の身をぼろぼろにしてしまう。料理人の手腕を問われる調味料でもある。

昔から煮物の順序は、さ（砂糖）、し（塩）、す（酢）、せ（醤油）、そ（味噌）と決まっていた。これは醤油や味噌が本来の生きた菌を持つ醱酵食品であった頃の名残りである。

町子は銀次の退屈な話に耳を傾けながら、淡々と酒を呑み続ける。どうも、自ら酔おうとしているようだ。しかも例の一件から話を逸らそうとでもするかのように、銀次に醤油談義をわざと仕向けている風もある。

「でもそんなに美味しいお醤油ならば、なぜもっと出回らないのですか」

「醤油は保存食品だ。どんなに上等な醤油でも、常温流通を建前としている。いくら本物の生醤油だからといって、これだけは特別にと冷蔵で流通させるわけにもいかない。そんなことをしたら、とんでもなく高価なものになってしまう。醤油は元々、庶民のものだ」

町子が、グラスを呷った。

「でも、やっぱりあなたは木崎さんを騙したんだわ」

「そうだな。確かに嘘はついた。しかし、騙したわけじゃない。木崎さんは、今夜、本当に和歌山の鰹を食べたのさ。少なくとも、そう信じている。いま頃はきっと、仏前で奥さんといっしょに旨い酒を呑んでいるだろう。それでいいじゃないか。時と場合によっては嘘も方便。それもひとつの料理の心だ」

「私も、あなたに騙されてばかり……」

「お前だって、おれに嘘をついただろう」

「あら、何の話かしら……」

「木崎さんが言っていた。この前の夜、お前は店を閉める頃には帰ったそうじゃないか」

町子が、ふっと息を吐いた。

「ばれちゃった……」

銀次は八海山を口に含んだ。酒の味が、心なしかいつもよりも甘く感じられた。

「あの日、朝までどこに居たんだ？」

銀次が訊いた。

「知りません、そんなこと……」

町子がすねたように呟いた。

「いいから、怒らないから正直に言ってみろ」

「お店に戻ってきて、一人で呑んでたの」

「どうしてそんなに手の込んだ嘘をついた」

「だって、あなたがあんまり浮気をけしかけるから、本心かどうか確かめようと思って……」

町子は俯いて顔を上げない。その困ったような様子がおかしかった。銀次は二人のグラスに酒を注いだ。

「しかし、おれもまんまと騙された」

「本当に？　少しは信じた？」

銀次の顔を、町子が覗き込む。

「ああ、信じたさ。それにしても旅先でのお前の演技、迫真だったぞ」

「だってあなた、言ってたじゃありませんか。人を欺くためには、まず自分を欺けと。私はそのとおりにしただけ……」

二人とも、黙ってグラスと箸を口に運んだ。窓からは、心地良い夜風が流れてくる。そのうちに、町子が何かを思い出したように声を殺して笑いだした。

「どうした。何がおかしい」

銀次が訊いた。

「内緒……」

「何だ、また内緒か」

「白状させてみせますか。今夜は、酔ってあげてもよろしくてよ」

町子がすっと、肩を寄せた。


（小説宝石　7月号）

ねずみと探偵—あぽやん—

新野《しんの》剛志《たけし》

1965年、東京都生まれ。旅行会社に勤務するが「自分にイヤ気がさし」、会社や実家に無断で失踪。ホームレス生活のなかで執筆を続け、'99年『八月のマルクス』で第45回江戸川乱歩賞を受賞し、デビュー。3年半ぶりに実家に帰った。以後、「スジの通った男の生きざま」をテーマに、サスペンスやハードボイルドの佳作を発表し続けている。他の著書に、『もう君を探さない』、『FLY』、『どしゃ降りでダンス』、『あぽやん』などがある。本作は、空港で働くツアー会社の人々が出会うトラブルを描いた「あぽやん」シリーズの一篇。

僕に何かレッテルを貼ろうと考えているなら、ひとつお勧めの言葉がある。

優柔不断。いかがだろう。

実は僕自身、自分を優柔不断だと考えたことはなかった。食事の注文は迷わないし、外出のときに何を着ようか迷うこともない。仕事は即断、即決で、どちらかといえば拙速の傾向がある。たまに女性から優柔不断と指摘を受けるが、それは優しさがそう映るだけだと分析していた。総じて自分は決断力がある、と自負していた——ついこの間まで。

いまや僕の決断力は最低レベルにある。あっちに揺れこっちに揺れ、ああもうやめたと投げ出したいのだけれど、決断を放棄する、という決断すらできない有様。

優柔不断などという生やさしいレッテルだったらいくらでもお受けします、と開き直りぎみに思うのだ。

そんな自分が鬱陶しい。同時に、それでいいじゃないかと考えているところもある。だって、自分の部下の首を切るとき、何も悩まず、すぱっと切ることができてもなんの自慢にもならないのだから。つまり僕の悩みはそういうこと。

街にジングルベルが溢れるころ、僕は大きな決断を迫られていた。

1

今泉が倒れたと知らせがあったとき、僕は布団のなかにいた。

昨日、熱を押してシフトに入ったのだけれど、団地の部屋に戻ったときには三十九度近くまで上がっていて、急遽、上司の今泉に今日の早番シフトを代わってもらっていた。その今泉が仕事中に倒れたという。

意外なことではなかった。昼過ぎに枕元の携帯電話が鳴り、馬場英恵からそう告げられたとき、僕はとうとう倒れたかと考えた。ここのところの心労がたたったのだろうと。今泉にのしかかっていたプレッシャーを想い僕は胸を痛めた。

十二月に入り、大航ツーリスト成田空港所では大きな問題がもちあがっていた。親会社大日本航空から、プリチェックイン制度を打ち切りにすると通告があったのだ。

団体ツアーのセンダーに予め搭乗券を渡してチェックインさせるプリチェックインは、9・11のテロ以降原則廃止され、すべてのチェックインを大航が行っていたが、子会社である大航ツーリストにだけ特別認められていた。

かねてより他社の不満の声は耳に入っていたが、このたび業界最大手トラベル・ジャパンからの正式な抗議を受け、大航は一方的に打ち切りを通告してきた。

もう五年も続けてきた特例措置をなぜ今ごろになって、と思ったら、最近代わったトラベル・ジャパンの空港所長が、どうして大航ツーリストだけに、と当たり前の不満を改めて表面化させたかららしい。業績が右肩下がりの大航が、上得意客のトラベル・ジャパンに頭が上がらなくなってきた、というパワーバランスの問題も絡んでいるようだ。

とにかく、親会社からの通告に逆らえるわけはない。そもそも、この廃止によって旅客へのきめ細かいサービスができなくなるとはいえ、他社と同じ水準に並ぶだけで、格別のデメリットがあるわけではなかった。いちばんの問題は、うちのカウンターでチェックインをする必要がなくなり仕事が簡素化されるため、余剰スタッフが生まれることだ。仕事がないからと遊ばせておくわけにもいかず、成田空港所始まって以来の大幅な人員削減が行われることになった。

会社の利益を考えればコスト削減になり本来歓迎すべきことなのであるが、心優しきスーパーバイザーたちは、女性センダーの首を切らなければならないとわかりうろたえた。もちろんセンダーたちの間にも動揺が広がった。そして、元々採用を担当していた今泉が人員削減の手続きを一手に仕切ることになり、能天気男の苦悩が始まった。

実際は、削減対象となる班員を選定するのは班長であるスーパーバイザーの役目だが、それを公にすると班長と班員との関係がぎくしゃくする恐れがあるため、表向きは今泉がすべて仕切っている風に見せる策をとっていた。今泉本人の発案によるものだ。

「かっこつけるな」と堀之内などは言うものの、僕や田波と同じく内心は感謝しているはずだ。かくして今泉は女性スタッフたちの矢面に立たされることになった。冗談を言ってもお愛想すら返ってこず、萎んだ今泉の姿がよく見られた。ここのところ口数がめっきり少なくなっていて、大丈夫だろうかと心配していた矢先の倒れたという知らせだった。

現在今泉は空港内のクリニックにいっているらしい。多分大したことないですよと言った馬場の言葉は冷たく聞こえた。「遠藤さん、明日はでてこられますか」と訊ねる口調もぞんざいな感じがした。

「すっかり熱も下がったから大丈夫、必ずいける。なんなら今からでもいくけど」

「もうほとんど片付いているんで大丈夫です」

やはり事務的な口調だった。

明日は出社できると今泉にも伝えてくれるように頼み、電話を切った。

何かあったのだろうか。いつも朗らかな馬場は、人員削減が決まっても変わらず、昨日までは明るかった。今泉が倒れたことと関係あるのだろうか。そんなことを考えもやもやとしながら、僕はもうひと眠りした。

六時ごろになって、今泉が、休みだった堀之内をつれて見舞いに訪れた。温まれば風邪なんてすぐに治ると、鍋の材料をそろえ、酒もどっさり買い込んでいた。

最近僕らはよく酒を飲む。単身赴任の今泉とは違い、家族と一緒の堀之内が酒席に顔を見せることはめったになかったのだけれど、ここ二週間は鬱陶しいくらい飲みにいこうと誘ってくる。人員削減が発表になり、日を追うにつれセンダーたちはぎすぎすしてきた。それに比例して僕らの酒量は増えていく。

元板前の堀之内がてきぱきと鍋の用意をする間に、今泉が今日のできごとを話してくれた。

今泉が倒れた、という馬場の言葉は大袈裟だったようだ。今泉はひどい胃痛に襲われクリニックに薬をもらいにいっただけだった。

胃痛にははっきりとした原因があった。森尾と馬場が衝突し、それぞれを支持するスタッフが後ろにつき、班がふたつに割れてしまったそうだ。昼食前にカウンターからオフィスに戻ってみるとそんな状態になっていて、異様に空気がぴりぴりと張り詰めていた。何があったか馬場に訊いてみたら、今泉さんには関係ありませんとぴしゃりと言い返された。最後の砦とも言える、馬場に冷たくあしらわれ、今泉はへこんだ。そしていたたまれない空気にさらされるうち、胃が痛みだしたのだそうだ。

「遠藤君の班、すごく雰囲気が悪くなってるよ」

「班長がぴりっとしないからだな」

一度煮立たせた鍋をカセットコンロの上に置いた堀之内が言った。

「僕は堀之内さんみたいに甘やかしたりしてないですけど」

「なんだと」

よく飲みにいくようになったとはいえ、堀之内と馬が合うようになったわけではない。しんみり飲むときもあるが、口論になることのほうが多かった。それでもまた飲みにいこうとなるのだから、僕らはだいぶ壊れてきている。

「遠藤、誰を切るか決めたのか」

堀之内が鍋の蓋を開けた。もわーっと上がった湯気に、堀之内は顔をしかめた。

「まだ何も決めてません。堀之内さんこそ、どうなんです。決まりましたか」

「ばか野郎。俺は誰も切らない。最初からそう言ってんだろ」

この期におよんでもまだそんなことを言ってる。僕は呆れたようにかぶりを振った。今泉は悲しそうな目をしながらも、どこか突き放したような表情を残していた。

堀之内は、俺の班では誰の首も切らないと最初に宣言していた。お客様ばかりか、班員も家族みたいなものと考えているらしい堀之内にとっては当然の言葉なのかもしれない。しかし、その思いがオフィスに混乱を招いた。

プリチェックイン廃止が決まると同時に本社サイドから人員削減の話はでたものの、すぐには発表できなかった。なのに堀之内は自分の班員に向かって、お前たちは誰も辞めさせないと、いきなり宣言してしまったのだ。

堀之内の班からたちまちオフィス中に話は広まってしまった。何も正式には決まっていないから訊かれても答えようがなく、根拠のない噂が一人歩きしたりしてスタッフの間にいらぬ動揺が広がることになった。

ただ堀之内のフライングによる恩恵もあった。動揺したスタッフの中から自ら辞めると言いだす者がでてきた。彼女たちは契約社員であるため本来契約期間の途中で辞めることはできないのだが、今回はこちらも喜んで了承した。

現在五名が辞意を表明している。あと三名辞めてもらう必要があった。僕の班が一名、堀之内の班が二名。田波の班はすでに削減定数に達していてひとり気楽な顔をしていた。

プリチェックインが廃止になるのは来年の二月一日以降。本社からは、その前後に契約が切れる者から順次契約更新をストップして削減するようにと指示がでていた。だから本来誰を辞めさせるか頭を悩ませる必要はないのだが、そう単純にはいかない。二月一日近辺に契約が切れるスタッフが特に優秀で空港所にとって有用である場合、それ以降に契約が切れる者を選んでもかまわないという条件を今泉が本社と交渉して引き出していた。そして、僕の班にはちょうど一月三十一日に契約が切れる者がいる。馬場英恵だった。

馬場は空港所勤務六年のベテランで、接客態度もいいしスキルも高い。何よりその明るい性格で班のムードメーカーとなっており、ちょっと融通の利かない班長に代ってみんなのまとめ役を担っていた。うちの班にとってなくてはならない存在だ。

馬場を雇い止めしないなら、他の誰かを切ることになるが、そうなると理由が必要だった。遅刻が多いとか、接客態度が悪いとか明らかな理由があれば僕も決断できるのだけれど、うちの班を見渡してみてもそんなスタッフはいない。実際はふたりばかりいる。が、それは自ら辞めると手を挙げたふたりだった。

馬場よりスキルが低い、程度のことでは理由にはならない。いや、理由にはなるかもしれないけれど、僕自身が納得できずどうにも選びきれないのだ。だったら契約切れという、ある意味自然な流れに任せてみるかと考えても、やはり馬場を手放す気にはならない。僕は大きなジレンマに陥っていた。

もう十二月の半ば。八名の人員削減を行うと正式に発表してから一週間がたっている。次のシフト中に今泉がうちの班員の面接を行い個々の事情などをきくことになっており、それが終わったら確実に誰かひとりに決めなければならなかった。

今泉がお椀に豆腐や野菜をよそってくれた。「しっかり食べて元気になってくれよ」と頼み込むように口にした。お前の班のスーパーバイザーはもうごめんだ、と暗に言っている。

僕の班はそれほどひどい状態なのだろうか。女の子たちがふたつに割れて冷戦状態。想像してみると、確かに僕もそんなシフトには入りたくない。早く人員削減問題に決着をつけなければ。でないと僕の班は本当に壊れてしまう。いや、空港所全体がだめになる。

かちっとプルタブの開く音がした。堀之内はぐいと缶ビールを呷《あお》り喉を鳴らした。缶から口を離すと「ああまずい」と言った。


翌朝、僕は出社した。多少のだるさは残っていたもののなんてことはない。それ以上にオフィスの不気味な静けさがこたえた。

普段でも早番の幕開けは、不機嫌な空気が張り詰め、いたたまれないものだが、時間がたつにつれ和らいでくる。しかし今日はいつまでたっても華やいだ声は聞こえてこない。カタカタと端末を叩く音が耳につく。時折エンターキーを叩きつけるような音が響くと僕はびくっとした。かったるそうなヒールの響きが背筋を凍えさせた。

昨日勃発した冷戦は続いているようだ。誰がどっちの派閥についているのか判然としないものの、班全体を巻き込んでいるのは間違いない。いつもだったらこんなとき、馬場の明るさが場を和ませるのだが、馬場本人が渦中にいてはそれは望めなかった。馬場が辞めてしまったら、毎度こんな状態なのだろうか。

カウンターにでると、みな普通に接客していた。それでもスタッフ間のぎくしゃくした空気は感じ取れる。お客様でも敏感なひとなら気づく可能性はあった。なんにしてもこのままでいいわけないと、僕は頃合いを見て馬場と森尾それぞれから話を聞いた。

馬場いわく、「他のひとは知らないですけど、私は喧嘩なんてしてませんよ」とのこと。話しかけても森尾が喋ってくれないのだと。

ことの発端は、森尾が富田と石塚に注意をしたことだった。富田と石塚はプリチェックイン廃止にともない自ら辞めると申し出たセンダーだ。そのふたりが転職雑誌を読んでいるのを見咎めた森尾が、「勤務時間中にそんなの読んでいいわけ」と注意をした。森尾の言うことは間違っていないが、食事前の暇な時間帯だったし、ある意味ふたりは班を代表して辞めるのだから大目に見てあげましょうよと馬場は庇ったそうだ。納得しない森尾と、二言三言、言い合いはしたが、そのうち外野のほうがうるさくなってきたので自分は引き下がったのだと馬場は説明した。要はみんなが勝手にやってるだけというのだろう。

釈然としないものはあったが、それ以上の答えは返ってきそうになかったので、とにかく仲良くやってくれと言うに留めた。

森尾に訊いても同じようなものだった。「喧嘩なんかしてませんし、馬場さんを無視したりもしてません。だいたい、今日は誰も私に話しかけてきませんから」という調子だ。

どちらの言葉が正しいのかはともかく、ふたりが冷戦状態にあるのは間違いないだろう。馬場も森尾もいつになく感情的な話し方だった。

「どうにかなんないのかな。こんな状態じゃ、仕事に影響しかねない」

「別に私がみんなを煽っているわけじゃないですから」

森尾はいっそう表情を硬くして言った。

「班長は、私が富田さんたちを注意したのがいけなかったと思うんですか」

「そんなことはないよ」

かといって馬場が悪いとも思えなかった。

「みんな、あのふたりに甘いんです。班長もそうだし、今泉さんなんか特に」

確かに、そう言われると返す言葉もない。

富田と石塚は退職を決めてからまとまった休みが欲しいと言いだした。しかもシフトがすでに組まれているこの十二月にだ。辞める前に記念にふたりでハワイにいきたいのだと言う。僕はふざけるなと思ったが、今泉が認めてしまった。辞める彼女たちにおいしい思いをさせれば、自分も辞めるとあとに続く者が出てくるはず、というバブル世代らしい戦略によるものだった。

今泉はシフト変更をみんなに頼み込んで彼女たちの休みを作りだした。その割をいちばん食ったのは森尾だ。森尾は元々六日間の休みを今月とっていたのだけれど、それを一日減らされてしまった。

きっとその憤懣が今回のことに影響しているのだろう。

「私は、休みのことを根にもっているわけじゃありませんよ」勘のいい森尾は僕の心を読んだようにそう言った。

「とにかくみんな甘いです。ただ、馬場さんまでがあのふたりを庇うのが、なんか不思議な気がします」

そうだろうか。和やかムードの馬場が叱られたふたりを庇うのはありそうなことだ。

「最近の馬場さん、ちょっと変です。優しくなったというか、丸くなったというか、やる気がなくなったのかもしれない」

「そうか？　僕は感じないけど」

というより馬場は元々怖くないだろ。僕には森尾のほうがよほど怖い。

「班長はご存じないんですね。馬場さんは裏番なんです。裏で班を仕切っているのは馬場さんです」

「なんだそれは」

馬場が？　という驚き以上に、職場で聞く裏番という言葉が現実感に乏しく、すっと頭に入ってこなかった。

「別に悪い意味ではないんですよ。班長が注意してもへらへらしているような子を、裏で馬場さんがしっかり叱っているんです。普段優しい馬場さんに怒られるときくみたい。幸い私は給湯室に呼びだされたことないですけど。だから本来、あのふたりを叱るとしたら馬場さんのほうなんです」

にわかには信じられない話だが、森尾の言う優しくなったという意味は理解した。

僕の経験から言うと、女性社員が急に優しくなったときはたいてい恋をしている。

「馬場さんは恋でもしてるのかな」

「あるいは、辞めるつもりなのかもしれませんね」

なるほど、馬場は自分が人員削減対象者の第一候補だと知っているのだろうか。センダーたちには契約が切れる者から辞めてもらうという削減方法の原則をしらせてはいなかった。しかし、堀之内の班あたりから噂が漏れてきている可能性はあるし、それが迅速にコストをかけずに減らす最良の方法であるのは考えればわかることであった。

「馬場さんは辞めたいようなこと言ってた？」

「何も聞いてません。でも、みんな多かれ少なかれ自分が辞めさせられるかもしれないとは考えているでしょうけど」

森尾はちらと冷たい視線をくれた。

「もうしばらく待ってくれ。次のシフトで面接が終わったらはっきりさせる」

「待たされたあげく、誰かは確実に辞めさせられるんですよね」

冷たい言い方ではなかった。その悲しい声音に、僕は後退《あとずさ》りしたくなった。

2

休み二日目の午後九時十五分、京成成田改札前で大航エアポートサービスの古賀恵と待ち合わせをした。

改札をでてきた古賀に僕は軽く頭を下げた。

「すみません、寒いなかお待たせして」

小走りでやってきた古賀が、白い息を吐きだしながら言った。

「いえいえ、少しぐらい凍えたほうが、酒がうまくなりますから」

「――ですよね」

彼女は生真面目な顔を作り大きく頷いた。

さあ参りましょうと歩きだした。

今日は何が食べたいですか、などとまどろっこしいことを訊かなくていいのが嬉しい。彼女はおいしい酒が飲めれば文句を言わない。駅から開運橋のほうに進み、一分もかからず居酒屋「晴」に着いた。とにかく近いところ、という基準で選んだのだけれど、デートに相応しくそれなりにこじゃれた店でもあった。もっとも、彼女にデートという意識があるかは怪しい。あったとしても、デートの相手は僕ではなく酒だろう。

先月の初めに彼女の誕生日を祝ってから、古賀恵との関係に進展はなかった。それも当然で、彼女の休みはすべて予定が埋まっていて、デートに誘う余地もないのだ。

古賀はお稽古マニアだった。フラワーアレンジメントに沖縄舞踊、カラーセラピーや英語で教える料理教室なんてものにも通っているらしい。今日は東京でカラーセラピーの講習を受けた帰りの待ち合わせだった。

休日に会うのは今回が初めてで、これまで四回、早番のあとに酒を飲みにいっただけだ。僕のために習い事を休んで時間を空けてくれ、と頼めるような仲にはなっていない。そんな関係になるには、ゆっくり一日デートをする必要があるわけで、最初からお手上げ状態だった。とはいえ、彼女の負担にはなりたくないし、しばらくはこんな関係でいいかなと思っていた。

いつも通り、空港の安全を祈ってビールで乾杯し、一本空いたら日本酒に移行した。彼女は酒はなんでも飲むが特に日本酒が好みのようだ。けっこうなペースで杯を重ねるがほとんど乱れることがないので下心をもっても無駄だ。僕は酒が強い体質に産んでくれた親に感謝する。もし飲めなかったら、一度会ったきりで終わっていただろう。

「どうですか、オフィスは落ち着きましたか」

二杯目の「浦霞」に口をつけたあと、古賀が訊ねた。

「全然。いよいよ、雰囲気が悪くなってきました。自主退社も五人止まりで、あと三人辞めさせなければならなくなりそうです」

「大変ですね。辞めるほうもですけど、辞めさせるほうも辛いですよね」

自分ではいつも思っていること。ひとから優しく言われるのは初めてで僕はほろっときた。

「でも、ツーリストさんって、居心地がいいんですね。うちでそんな状況になったら、どっと退職者がでますよ、きっと」

「どうなんですかね」

居心地がいいからかわからないが、現在女性スタッフの定着率はよかった。

かつては離職率が高かったそうだが、水の合う者だけが残っていき、年数を経ていまの陣容で固まったようだ。採用を担当する今泉のスキルが上がってきて、すぐに辞めそうなひとを選り分けているからでもあろう。うちのオフィスにはTOEIC700点以上の応募者は採用するなという目安がある。それぐらい英語力のあるひとは、うちの仕事で英語を使う機会はあまりないとわかった上で入社しても、実際に働き始めるとすぐに辞めてしまうそうだ。うちのツアーにも外国人の旅客はいることはいるが、成田山あたりの土産物屋のおばちゃんのほうが英語を使う機会は確実に多い。

そんな話を古賀にしたら、「辞めていくひとの気持ちわかるな」とぽつりと言った。

「女性って、仕事のやりがいとか給料とかだけじゃだめなんですよね。プラスアルファーが欲しいんです」

「プラスアルファーってなんですか？」

うーんとうなってから古賀は口を開いた。

「物語、とでもいうのかな。英語を使う国際的な仕事をしている自分、みたいな。私だってそうですよ。いまとまったく同じ仕事を、下仁田の町役場でやれって言われてもいやですもん」

古賀はにっと口を引き笑った。彼女は群馬県下仁田町の出身だ。

「やっぱり国際空港だから働いてるんです」

「ある意味、欲張りってことですよね」

古賀は眉根を寄せ、威圧するような目を向け、「そう、女は欲張りです」と言った。

「古賀さんが、色々習い事をしているのもそんなことと関係あるんですか」

「そこに触れますか」

今度は傷ついた顔。酒が入ると彼女の表情は七変化。ついていくのに慣れれば、とても愉快だ。それにチャーミング。

「確かに根は一緒かもしれない。私は働く女性特有の病、自分探し病にかかってるんです」

「女性特有なの？　国民病かと思ってた」

「お稽古系自分探しは、圧倒的に女性が多いはずです。留学系もですけど」

言われて納得。僕の周囲でお稽古事に熱心なやつというのはあまり聞かない。

「どうして女性は自分探しなんだろう。訊いてもいいですか」

「やめておいたほうがいいですよ。私、大学のとき社会学部でジェンダー論を専攻していたんで、こういう話、得意なんです。長くなりますから」

かまわないからどうぞと促すと、彼女は話し始めた。

「私、性差を考えるとき、生物としての男女の違いまでよく遡るんです。ちっとも社会学的ではないですけど」

古賀は舌に勢いをつけようというのかグラスに口をつけた。

「雄の役割は外で働いて家族に食べ物を与えることですよね。雌は子供を産んで育てること。それは社会化された人間のなかにも本能として残っているんだと思います。だから男性は仕事をしてそこにやりがいを感じればそれで満足できるんです。自分の本来の役割を果たしているから本能的に安心できる。ところが働く女性は、たとえ仕事にやりがいを見いだして周りから評価されても、それだけでは満足できない。どこか満たされないのは本来の役割と違うと本能が感じているからなんです。それで、なんか違うと自分探しをするんじゃないかと思うんです」

「となると、子供を産めば、自分探し病は治るんですね」

お手伝いします、という冗談が浮かんだが、理性がひょっこり顔をだし、口を衝くのを食い止めてくれた。

ふーと息をついた古賀は大きくかぶりを振った。「そこが私の説の弱いところなんです。早くに子供を産んだ友達の話を聞いてると、どうも満足してないようなんです。このまま子育てだけで終わっていいのかな、って考えていたりする。本能説では説明しきれないんです」

「でも、女性の心の複雑さはなんとなくわかりました」

彼女に何か満たされぬものがあることも。

「本能説なんて唱えるのは、結局自分でもなんでだかよくわからないからなんですよね。お稽古系自分探しは、当分治りそうもないと諦めています」

それは僕にとっても困った問題だ。彼女以上に切実だったりする。

「二十三日はすみません。前から約束があったものですから」

「ああ、そんなのいいですよ」

十二月二十三日、明日から始まるシフトの最終日、僕の三十回目の誕生日だった。

その日古賀は遅番が終わったらすぐに車ででかけるそうだ。彼女は「星・酒・焚き火」という、星を観測しながら酒を飲み焚き火にあたる、そのまんまの名前のサークル活動に参加する。僕の誕生日を祝うことはない。そのあとのクリスマスも会う予定はなかった。

「私のときはあんなにお祝いしていただいたのに」

「気にしないでください。きっと班のみんなが、シフトが終わったら祝ってくれるんじゃないかと思います」

ほぼ嘘と言っていい。いまの班の状態で班長の誕生日など祝う気にはならないだろう。そもそも彼女たちは僕の誕生日を知っているのか。

「もしよかったら、前日にお祝いしませんか。私のときとは逆に、十二時過ぎたら誕生日解禁ですものね」

自分の誕生日を祝ってくれたお返しに、という気持ち以上のものを彼女の言葉から感じ取ることはできなかった。それでも、森尾さんも誘って、などとは言わない。ふたりきりで祝う誕生日に何かしらの期待を残し、僕は「喜んで」と答えた。


「おめでとうございます」「かんぱーい」と同時に声があがった。僕は差しだされたグラスに自分のを軽く当て、ありがとうと口にした。

午前零時をまわり、僕は三十歳になった。突然何かが変わるわけもないが、少しばかりの感慨はある。あっという間に遠くまできたなという感覚。少年のころ、三十歳という響きにぶら下がっているのは、おやじ臭さと気が遠くなるような未来だったが、いまそこに立ってみるとあっけなかった。肩すかしを食わされたような感覚だけでなく、いままで自分は何をやってきたんだろうという重い気持ちもある。僕はそんな感慨にふけりながら静かに古賀恵と誕生日を祝いたいのだけれど、そうはいかない。酒を片手に、いつものつまらぬ冗談で古賀にからむのは——今泉。

誘ってもいないのに、なんでいる。

今日日勤だった今泉は面接で遅くなった。帰りに飲んでいこうという今泉の誘いを僕ははっきり断ったのだけれど、帰りのタクシーが一緒のものだから振り切ることができずにこのざまだった。

「古賀さん、遠藤君は暗いとこあるよ。大学時代ラーメン研究会だったの、知ってた?」

「本当ですか」と古賀がカウンターに身を乗りだすようにして僕に顔を向けた。

本当だが、本当ですかと訊かれるほど珍しいこととは思えない。ましてや暗いと言われる覚えはない。

バブル世代の今泉はスキーかテニスのサークルに入ってないと、暗い学生生活と決めつける。まったく不寛容で底が浅い。

「しかも、老舗研究班で、じいさんばあさんがやってる、昔ながらのラーメンをだす店ばかり回っていたんだって。仏像を見て回るのとあまり変わらないよね」

「全然違います。仏像は食べられません」

僕は隣の今泉を睨みつける。その向こうの古賀は楽しそうに笑っていた。だいたいなんで、僕と彼女の間に今泉が座っているんだ。

僕はカウンターのなかのマスターに頭を下げた。変な男を連れてきてすみませんと。実際は勝手についてきただけだけど。

昭和初期が完全保存された奇跡のバー、パブ・スナック東洋に、平成初めの徒花《あだばな》、バブル世代今泉の高笑いが響いていた。

大目に見てやろうという気もある。このシフト中、オフィスで今泉の笑い声を聞くことはなかった。面接も案外まじめにやっていたらしい。抑えていたものを発散する場も必要だった。

うちの班の面接はほとんど終わっているが、現段階で来年結婚の予定があるとか、親が病気でいま仕事を辞めるわけにはいかないとか、決断に影響しそうな事情を口にする者はなかった。

このシフトの頭から、僕は急遽減点法で班員の査定を始めた。ミスをしたら減点一、口答えしたら減点二、遅刻したら減点三。とりあえず続けているが気休めみたいなもの。このシフトだけの査定で辞めさせる者を決められるはずはなかった。

相変わらず決め手はないが明日で面接は終わる。決断のときだった。

杯を重ねるうち、今泉の冗談が面白くなってきた。いましばらくの現実逃避。くすくす、げらげらと一緒になって笑った。古賀さん、今泉さん、ありがとう。とても楽しい誕生日です。

一時にはお開きにし東洋をでた。ＪＲ西口のロータリーでタクシーを捕まえ、にぎやかに三人で乗り込んだ。

単身赴任の今泉は、僕が住む吾妻《あづま》南団地に近いマンションで暮らしていた。古賀はその先にある玉造《たまつくり》の寮だ。先に玉造までいくように僕は運転手に告げた。ゆっくりとひとけのないロータリーを回った。

Ｕ－シティホテルの前まできて今泉が突然頓狂な声をあげた。外した結婚指輪を東洋に忘れてきたのだという。気を利かせた運転手は、車を路肩に止めた。

「ああ、いいです。明日取りにいくから」

今泉が後部座席から言った。

助手席に座る僕は窓の外を見ていた。ホテルの前に立つ男にふと目をとめ、えっと思った。目を凝らして見たらやはりだ。スーツ姿の男は僕の同期、須永俊和《すながとしかず》だった。

僕が空港に赴任するとき、空港でしか使えないやつになるなよ、と言った男。僕が同期でいちばん対抗意識をもつ男。その須永がここにいても不思議ではなかった。須永は東京支店の営業マンで、自分が担当したツアーの添乗をすることがあった。多分、明日の早い便の出発で、今日は前泊なのだろう。須永の隣に女性の姿があるものの、それも不思議ではない。須永は女癖が悪いのだ。

止まっていたタクシーが動きだした。立ち話をしていた須永たちも動きだし、須永の陰になっていた女性が姿を現した。

僕は髪の毛が逆立つような錯覚を覚えた。えーっと本気で驚いた。須永に寄り添うのは馬場英恵だった。最近見ることがなくなった、屈託のない笑みを浮かべている。

僕は後部座席を振り返ったが、今泉にどうかしたとでもいうような顔をされただけ。気がつかなかったようだ。

窓に張りつくようにして、後方に目をやった。ホテルのエントランスに続く階段を、須永と馬場が上がっていくのが見えた。

3

遅番で出社するとオフィスには誰もいなかった。と思ったら、奥のほうでひとが立ち上がった。

「おはよう」

僕は、キャビネットの前に立つ森尾に声をかけた。森尾はまだ制服に着替えていなかった。

「おはようございます」と応えた森尾は、決まり悪げに視線を泳がせる。

「どうしたの。今日は早いね」

「友達の見送りにきたんです。時間があまったからちょっと寄っただけです」

硬い言い方。なんだか様子がおかしい。時間がおかしいとは思いながらも気にはしなかった。この数週間たいがいの者が様子がおかしい。

着替えてきますと歩きだした森尾が立ち止まった。

「今日は何もイレギュラーが起きないといいですね」

森尾はかすかに笑みを浮かべ、オフィスを出ていった。

なぜわざわざそんなことを口にしたのだろう。逆に何か起きそうだと言っているようにも聞こえた。不吉だ。

僕は思わず減点一を計上しそうになったが、それはあんまりだと頭から削除した。いつもより少し遅いものの馬場はいちばんに出社した。普段と変わったところはなく——といっても、ここしばらくの普段だが——無駄な口はきかずに黙々とシフトの準備を始めた。

昨日のことを訊いてみる気はなかった。誰かに話す気もない。ただ、なんであの男を選ぶかな、と馬場を目にするとつい思ってしまう。

須永は大学時代から付き合っている彼女がいる。別れたという話は同期の連絡網で回ってこないから、まだ付き合っているはずだ。馬場はそれを知っているのだろうか。よけいなお節介を焼く気はないが、馬場が傷つかないことを願った。

早番の堀之内と引き継ぎをし、ブリーフィングを終えた。各自担当のツアーの準備に入った。ほぼ常態化したぎすぎすした空気は、慣れたとはいえ気を滅入らせる。誰を辞めさせるか常に考えている僕の頭の中を見透かされているような気がしてしまう。

僕は今日の〝決断〟に気をとられていて、森尾の不吉な言葉などすっかり忘れていた。しかし、シフトが始まって間もない二時十五分、早くもイレギュラーが発生した。

チェックインの準備をしていたハワイ担当の柳沢が、DJ082便で予約がキャンセルになっている旅客がいると報告してきた。ツアーの予約記録は生きているが、航空《エアー》予約の記録だけキャンセルになっているのだと言う。

僕は端末に移動した。どうせレイト・キャンセルの連絡漏れだろうと、安易に考えていた。

モニターに現れた予約記録を見てすぐにおかしいと思った。旅客は若い男女のカップルなのだが、エアーがキャンセルになっているのは女性のほうだけ。リゾートに出発するカップルで、ひとりだけキャンセルになるケースなどまずなかった。

僕はエアーの記録の入力履歴を確認した。スクロールしていちばん最後に視線を走らせると、キャンセル処理したのは今日の午後一時十五分だとわかった。やはりレイト・キャンセルの連絡漏れなのか。今日は祝日で本社が休みなため、連絡がなくても不思議はなかった。そんなことを考えながらふとアカウントを目にして僕は唖然とした。それはうちのオフィスのパスワードだった。

つまり、このキャンセル処理をしたのは空港所の端末からということになる。

僕は背後を振り返り、早番のスタッフに大声で尋ねた。「誰か今日、ハワイのチダ様のキャンセルを受けたひといる」

皆、いっせいにこちらを見た。目が合うと首をひねる者もあるが、誰も口を開かない。心当たりがないということだ。

どうしたんですかと訊ねる柳沢に、このオフィスから予約が落とされたらしいと伝えると、「えっ」と驚きの声が返ってきた。

うちでキャンセル処理をすることはない。キャンセルだけではなく、予約記録をいじることはまずなかった。なのにこのチダ・ユキホのエアーの記録はうちの端末から落とされている。

「とにかく、この旅客は生きていると考えたほうがいい。Sカウンターにいって予約をいれてもらってきてくれ。空席状況《アベイラブル》は？」

ゼロですと返ってきて一瞬肝を冷やしたが大丈夫だろう。キャンセルしたチダ様の席がそのままあるはずだ。まだ画面に反映されていないだけ。そう伝えると柳沢は急いでオフィスを出ていった。

僕はツアーの予約記録を丹念に見ていったが、キャンセルを示唆するような動きは見あたらない。最初から無駄なことではある。これがそういう普通のトラブルでないのは、このオフィスでキャンセルされているのが何よりの証拠。僕は誰かが悪意をもって予約を落としたのではないかと疑い始めていた。

だとしても、誰が、と考えるとどうも解せない。空港所でキャンセル処理は行わない。だからその操作方法をスタッフには教えておらず、できる者はいないはずなのだ。スーパーバイザーにしても、かつて手配課にいた僕は別として、堀之内などができるかは怪しいものだった。

空港所は本社と違い端末の数が限られているため、朝、立ち上げたときオフィスにあてがわれたパスワードをログオンしたらそのままで、誰が操作したか個人を特定することはできなかった。

Sカウンターから戻ってきた柳沢が予約が取れなかったと報告した。チダ様のキャンセルでできた一席は、当日予約なしでカウンターにやってくるゴー・ショウ旅客に渡していて、すでに埋まっていた。一応キャンセル待ちだけかけてもらったとのことだった。

「なんでハワイでゴー・ショウなんてするんだ。しかもこんなに早くに」

「私に訊かれてもわかりません。とにかく浅野マネージャーにそう説明を受けました」

言ってもしょうがないことだとわかっている。だがよりによってなんでこんなときに、という思いが口に上らせた。リゾートのハワイに、当日突然出発しようと考える者などめったにいないのだ。

　それよりも旅客をどうするかだ。もしこのまま予約が取れなかったら、とんでもないことになる。幸い、０８２便より一時間早いホノルル線の０８４便には空きがあった。もし０８２便が無理なら、お連れ様ごと０８４便に変更すれば出発はできそうだ。

　早番のスタッフに姿が見えない堀之内の所在を確認すると、今泉と一緒に隣の会議室にいるとのことだった。僕は会議室に向かった。

　いったん廊下にでてドアを開けると、今泉の姿はなく、堀之内ひとりだった。テーブルに肘をつき、思案顔で宙を見つめていた。今泉と人員削減について話しあっていたのだろう。

「どうかしたかい」

「ひとつイレギュラーが発生しました。八十二便のお客様のエアーが落ちているんですが、今日、うちの端末でキャンセル処理されてるんです。堀之内さん、やりましたか」

「やるわけねえだろ」

堀之内にしてはおとなしい口調だ。

「堀之内さんたちが食事にでたのは何時ごろですか」

「一時前にはみんな出払ったが――なんだ、犯人捜しか」

「そんなところです。また同じようなことがあっても困りますし、旅客に迷惑かけるやつは許せない」

「それは、レイト・キャンセルじゃないんだな」

堀之内は顎に手をやり、口を歪ませた。

「ツアーの記録は生きていますし、エアーが落ちているのはカップルの片割れだけです。何よりうちのオフィスで処理してる。まずレイト・キャンセルではないでしょう」

背もたれに体を預けた堀之内は、頭の上に手をのせた。「犯人がわかったよ」

僕はぽかんと口を開け、堀之内のいかつい顔を見つめた。

「――本当ですか」

「ああ、多分間違いない。それはねずみの仕業だ」

「ねずみ？」

堀之内は真顔で頷いた。

「うちのオフィスにはときどきでるんだ。とんでもないいたずらをして困らせるアレが。なんというのかな、肉体はもたないが、意思だけが存在する。今泉は、悪の磁場とか言ってたな。それを俺たちはねずみと呼んでいる」

「それは霊的な話ですか」

「よくわからんが、それに近いんだろうな」

堀之内は顎をさすり、二回頷いた。

「ばからしい。ちゃんとキャンセル処理されてるんですよ。霊が端末を叩いたりしますか。だいたい堀之内さんは、人間がやったことと、ねずみがやったこと、どうして区別がつくんですか」

「そりゃあ、簡単だ。ありえないことが起こってるからねずみなんだ。今回だってそうだろ。いったい誰がキャンセルするんだ。女の子たちか。彼女たちに操作方法なんて教えてないぞ。俺ですら知らない。ありえんだろ。あるいは、今泉がやったっていうのか」

「僕が何をしたって」

声に振り返ると、今泉がドアのところに立っていた。

「おお、今泉、ねずみがでたらしいぞ」

うわぁ、と呻いた今泉は、頭を後ろに反らし、額に手を当てた。「とうとう、でたか。そろそろでるころだと思ってたんだ」

「今泉さんまでばかなこと言わないでください」

今泉は僕の脇を通りすぎ、堀之内の隣に腰を下ろした。堀之内が何が起きたか、ざっくりかいつまんで説明すると、「ねずみがやりそうなことだね」と深く頷いた。

「いい加減にしてください。ねずみが何をするって言うんです」

「前に、鍵のかかったキャビネットからチケットがごっそりなくなったことがある。探したら鍵のかかったスーパーバイザーデスクの引き出しから出てきたんだ。あと、添乗員の緒方君が自分の新婚旅行にいくときだったんだけど、奥さんのパスポートが消えてしまったんだ。ついさっきまでもってたはずがなくなってしまってね、出発ぎりぎりになって、うちのカウンターのゴミ箱からでてきた。ねずみはそういういたずらをするんだ」

「そんなの、誰かがやったに決まってる」

「ほんと遠藤君は頭が固いね」

今泉がふーっと溜息をついた。

「実体のない、悪の想念みたいなものは、本当に存在するんだよ」

「それは、『ハリー・ポッター』のヴォルデモートみたいなものですか。『ロード・オブ・ザ・リング』のサウロンとか」

「そう。あと、『ツイン・ピークス』のブラック・ロッジなんかも近いね」

「――そんなの知りません。というより、ばからしすぎる」

僕はテーブルをばんと叩いた。

「別に信じなくてもいいがよ、犯人捜しなんて無駄なことはするな。それよりお客様に迷惑がかからないよう力を注げよ」

「大丈夫です。最悪八十四便で出発できますから」

ふん、と堀之内は鼻を鳴らした。

「それによ、今日は他に考えなきゃならないことがあるはずだ。いいか、片手間に決断するなよ」

堀之内の顔は怒りを湛えながらも、目は悲しげに見えた。もしかしたら、すでに決断したのかもしれない。

「わかってます」言って僕は踵を返した。

「遠藤君、森尾ちゃんに手が空いたらくるように伝えてくれるかな。面接するから」

僕は肩越しに頷きかけて会議室をでた。

開きっぱなしのドアからオフィスに入ろうとして足を止めた。

森尾！

僕は突然思い至った。うちの女性スタッフで端末のキャンセル処理を行える者がひとりだけいる。かつて大航エアポートサービスの社員だった森尾は、日常的に予約記録の操作を行っていたはずだ。彼女なら確実にできる。

正面に見える端末に向かい森尾は真剣な面持ちでモニターに視線を走らせていた。すっと伸びた背筋は、仕事に対する姿勢を表しているようにも見える。正確で決して手を抜くことのない仕事ぶりは、誰よりも真摯だ。そんな森尾が、どんな理由があって旅客の予約を勝手にキャンセルするのだ。

ふいに森尾が顔を上げた。ぶつかった視線は冷ややかなものだった。

4

オフィスに入り、手が空いたら面接にいくよう森尾に伝えた。森尾は五分もしないうちにオフィスをでていった。

森尾は予約記録を扱えるだけでなく、今日は普段より早く空港にきていた。キャンセルが行われた一時十五分には空港にいた可能性が高い。

しかし、僕がオフィスに入ったのは一時三十五分ごろ。もし森尾がキャンセルをした犯人ならその後二十分もオフィスにいた計算になる。そんなやばいことをしておいて長々とオフィスに留まっているとは思えなかった。

ただ、あのとき森尾の様子がおかしかったのも確かだ。

僕はデスクを離れ、奥に向かった。

出社したとき森尾は奥のキャビネットの前でしゃがんでいた。キャビネットの前に立った僕はカーペット張りの床に目を落とし、キャビネットに視線を移した。

キャビネットの下段にはチケットや搭乗券引換証を保管するドローワーがある。シフトが始まり、そこは何度も開け閉めされていて、いまさらおかしなことになっているとは思えなかったが、僕は手を伸ばした。

突然背後から肩を摑まれ、はっとなった。振り返って、再び息を呑んだ。

「よう、久しぶり。元気そうで俺も嬉しいよ」

上から見下ろしたような言い回しは相変わらずだと、思わず苦笑したくなった。背後に立っていたのは、須永俊和だった。

「久しぶり。なんだ、午前中の出発じゃなかったのか」

「えっ、どうしてそう思ったんだ」

訝しげな顔で須永が訊いた。

「いや、早番のリストに須永の名前を見たような気がしたんだ。勘違いか」

昨晩見かけたとは言わなかった。

午前中の出発じゃないなら、わざわざ馬場に会うための前泊だったようだ。

作業デスクの馬場をちらと窺った。

「よろしくな。遅番のスーパーバイザーは遠藤なんだろ」

僕は少し胸を反らして頷いた。「で、何便の出発なんだ」

八十二便だと返ってきて目を丸くした。

「ずいぶん早くないか」

ＤＪ０８２便は七時半からのチェックインでまだ五時間もある。

「宗教がらみのツアーなんだが、百名の大玉でね。それで色々準備がある」

「もうすぐ早番が終わる。必要だったら早番のデスクを使ってくれ」

須永は了解と言った。

「うちのカウンターは使わないんだろ」

「何言ってんだよ。もちろん使うぜ。他にどこのカウンター使うんだ」

クレームをつける旅客と変わらない高圧的な態度。普通同期に見せるか、そんな顔。

「あのさ、カウンター使用の事前確認、東京支店からきてないぞ。いきなり、百名の大玉にカウンター使わせろと言われてもな」

「あれっ、事前確認、いってなかった？　だしとけって言っておいたんだけどな」

このすっとぼけた感じ。たぶん担当者の自分が忘れてたんだろう。須永は決して自分のミスを認めない。

「まあ、いい。その時間は空いているから許可しよう。だけどいつも空いてるとは限らない。今度から忘れないようにしてくれ」

「わかった、伝えておく。ありがとう。遠藤がいてくれて助かるよ」

ありがとうに免じて他は目をつぶることにした。

突然須永は踵で回転し僕に背を向けた。

「いつもお世話になってます。これ、みなさんで食べてください」

須永はもっていた紙袋を掲げた。

「いつもありがとうございまーす。ほんと、須永さんがくるの楽しみなんですよ」

若い篠田が立ち上がって受け取った。

「わあー、これ『イナムラ　ショウゾウ』のじゃないですか。すごーい」

「ケーキではないですが、ここは焼き菓子もおいしいんですよ」ととても紳士な須永だった。僕はショウゾウが誰だか訊ねてみた。

「遠藤さんは知らないですよね。有名なパティシエなんです。デパ地下とかに出店してないから、知る人ぞ知るってところもある。さすが須永さんですね。お高かったんじゃないですか」

どうせ僕は、じじばばのいるラーメン屋しか知らない。篠田に減点一。

「同期の遠藤がいつもお世話になっているので、これぐらい……」

「えー、須永さんと遠藤さん同期なんですか」柳沢が近づいてきて言った。「全然見えない。須永さんのほうがずっと落ち着いてますよね」

一浪している須永は、実際僕より年上だ。

柳沢に減点二。ついでに須永にも減点五をくれてやる。

いつの間にか須永とイナムラ・ショウゾウを女の子たちが囲んでいた。僕は離れてデスクに戻った。

嫌みなやつだが、須永に華があるのは認める。美形ではないが、スポーツマンらしく精悍で男っぽい顔立ちをしている。

だけど、仕事はいい加減だよ。後輩にはめちゃくちゃ辛く当たるよ。女癖悪いよ。

馬場は女の子たちの輪に加わらず、作業デスクに向かい、チケットとネームリストのつき合わせをしていた。その横顔に、「彼は私のもの」といった自信に満ちた笑みが浮かんでいたりするのかと思ったら、どちらかといえば、溜息が聞こえてきそうな暗い表情だった。

昨晩の馬場の表情が頭に浮かんだ。久しぶりに見た、馬場本来の笑顔だった。その表情を引きだした須永に嫉妬を感じるのは、父親が娘の恋人に対して抱くようなものだった。だから僕は須永に思う。馬場を裏切ったら絶対に許さないぞと。

食事前の便は集客が少なく、僕はカウンターに少し顔をだしただけですぐにオフィスに戻ってきた。

僕がデスクについたとき、ちょうど森尾が面接を終え戻ってきた。何を話していたのか、ずいぶん長かった。

森尾とはなぜか目が合ってしまう。僕が見るからか、向こうが気にしているからか。出社時挙動不審だった森尾を思い出す。チダ・ユキホの０８２便はウェイティングのままだ。

五時を回って、「ちわーす」とのんきな声をあげてふたりが入ってきた。

きゅるきゅるとスーツケースを引いてきたのは富田と石塚だった。富田はチェックのウェスタンシャツ、石塚は早くもTシャツ姿だ。

「そうか、君たちの出発、今日だったんだな」

「ひどくないですか。忘れないでくださいよ」

辞めることが決まっている者のことはすっかり忘れていた。富田と石塚のハワイゆき。彼女たちもDJ082便の出発だった。

「ずいぶん早いね」

「出発まで色々やることがあるんです。スーツケース置かせてください」

きゅるきゅる音を立てながら、ふたりは奥に入っていった。

「あーっ、須永さんじゃないですか。久しぶりです」

奥から声が聞こえてきた。

「今度、辞めることになったんですよ、ふたりとも」と石塚が言えば、「じゃあ、仕事決まったら、合コンやりましょう」と須永。僕は馬場が聞いていないか思わずオフィスを見回した。

良かった。馬場は席を外しているようだ。確認を終え視線を戻そうとして——、あっ、また目が合った。端末に向かう森尾と視線がぶつかった。

「班長」

ハワイ担当の柳沢がデスクにやってきて、僕は森尾から視線を外した。見ると柳沢は泣きだしそうな顔をしている。

「どうした」

「いま、例のチダ様から電話が入ってるんです。お連れ様も含め、ショウ・アップが一時間遅れるそうです」

「なんだって」

一時間も遅れたらDJ０８４便に振り替えられなくなってしまう。０８２便の予約がこのまま取れなければ……。

「どうしてなんだ」

「理由はわかりませんが、いま前橋駅にいて空港への到着予定は、八時四十二分だそうです」

距離の問題じゃどうにもならなかった。

「わかった。とにかく急いでくるようにとだけ言ってくれ」

柳沢は電話に向かった。

最悪の事態だ。このままではお客様が出発できない可能性が高い。しかも、うちの誰かが予約を落としたために。

僕は意識的に右に顔を振った。

目が合った。森尾は僕が目を向ける前からこちらを見ていた。

5

ロビー中央、壁画前にそびえ立つ、ディズニーランドと提携した巨大なクリスマス・ツリーが僕を見下ろしていた。

オセアニアが終わり、ハワイの084便があと数組となった六時五十分、Sカウンターから戻ってきた僕は、赤いリボンが巻き付けられたツリーを見上げていた。一応聖なるものだから、何らかの御利益があるのではないかと手を合わせた。

もう何度目か、Sカウンターにいってみたのだが、082便のウェイティングは厳しいと言われた。あとはチェックインが始まり、キャンセルがでるのを期待するしかない。時間稼ぎという意味では、チダ様二名が遅れてくるのは幸運ではあった。

とにかくなんとしても旅客を出発させなければならない。いま頭にあるのはそれだけで、人員削減対象を誰にするか、キャンセルした犯人は誰かもあまり考えていなかった。ましてや、今日が自分の誕生日であることなどほとんど忘れていた。

ミッキーマウスがシンボルのツリーを見ていたせいだろう、頭に〝ねずみ〟という言葉が浮かんだ。僕は予感がして背後を振り返った。

カウンター前に立つ森尾と目が合った。森尾はすぐに睨みつける態勢に入った。決してそらさず、僕の視線を離さない。そのまま、こちらへ歩き始めた。

「班長、話があります」

近くまできても、睨みつけるような視線は変わらずだ。

僕はとうとうきたかというような思いを抱きながら、森尾と一緒にチェックインエリアをでた。

「どうして私のことを見るんですか」

エントランスあたりまできて森尾は言った。

「僕が見てるのかな。森尾さんがこちらを窺うから目が合うのかもしれない」

森尾は大きく首を振った。

「別にどっちでもいいんです。遠藤さんは八十二便のキャンセルの件で、私を疑ってませんか」

「疑ってない。キャンセルは一時十五分にされている。もし森尾さんが犯人なら、僕が出社する時間まであそこに留まっていなかったはずだ」

森尾はふっと笑みを見せた。「つまり、私が犯人かどうか考えたことがあるってことですよね」

いや、と声にだしたが、森尾がまた首を振って遮った。

「いいんです、疑っても。ただ私は、やっていないとはっきり伝えておきます」

「わかった。森尾さんはやっていない」

どういうわけか僕は森尾の言葉を完全に信じた。たぶんその率直な言い方が心に響いたのだろう。森尾への疑いは塵ひとつ残っていなかった。

「だけど、僕が出社してきたとき、何をしてたんだ。なんか奥でしゃがんでたよね」

「それについて、いまは話したくありません」

「いまは」という言葉に含みを感じる。森尾が何かを伝えたがっているような気はした。

「わかったよ」

「そんな簡単に納得しないでください」森尾はぴしゃりと言った。「もしかしたら、私の行動に何か犯人へ繋がる手がかりがあるかもしれないんですよ」

「そうなのか」

「いえ、嘘です」

抗議の声を上げようとする僕を、森尾は三たび首を振って制した。

「犯人を見つけようとするなら、もっと慎重にならなきゃだめだということです」

いまは犯人を見つける気なんてないんですけど。僕はひとまず、「はあ」と生返事をした。

「最初に考えるべきは、誰が利益を得るかということです。キャンセルによっていちばん得をする人間が犯人である可能性が高いのでは」

「もしかして森尾さん、ミステリー好き？」

「ええまあ。二時間サスペンスはよく見ます」

サスペンスドラマを差別するわけではないけれど、ちょっと心許ない探偵だと思った。

そもそも、あのキャンセルによって利益を得る者なんていないだろう。

カウンターに戻り、オセアニア担当だった森尾はオフィスに戻る準備をした。僕はＤＪ０８４便のレイト・ショウの報告を受けた。早めに呼び出し《ページング》をかけるように指示をだし、僕の定位置、セキュリティーフェンスに足を向ける。

またSカウンターにでもいってみようかと考え、ふと思いついた。あのキャンセルによって利益を得た者が確実にひとりいた。それが犯人だとは言い切れないものの、確認する価値はある。

「森尾さん」僕は駆けだしながらカウンターの森尾に声をかけた。

「君はすごい探偵かもしれない」

怪訝な顔をする森尾に頷きかけて、僕はSカウンターに急いだ。

古賀が端末の前に立ちメモをめくっていた。声をかけようとしたら、浅野マネージャーが、すっと古賀との間に割り込んできた。

「なんか用」

浅野は最近冷たい。僕が古賀を誘うようになったころからだ。

「今日、八十二便で、ゴー・ショウかけて予約がとれた旅客がいると思うんですが、どんなひとだかわかりますか」

チダ・ユキホの席がキャンセルとなり、予約が取れた人物。つまり、あのキャンセルにより利益を得た人間だ。

「遠藤ちゃん、何言ってるんだ。どんなひとって、おたくのひとでしょ。名前忘れたけど、彼、とても感じのいい青年だね」

そう、あいつはおやじ受けもすごくいいのだ。

「須永俊和なんですね」

「そんな名前だったね」

「あいつは自分の予約を入れたんですか。それともお客様のだったんですか」

「もちろん自分のだよ。急遽添乗にでなきゃならなくなったんだろ。かわいそうだから、すぐにブッキングしてあげた」

急遽添乗なんて嘘だ。あいつは自分の予約手配を忘れたのだ。間抜けすぎるがありがちなミスでもある。そして絶対にミスを認めることができない須永は、なんとか自分ひとりで解決しようとし、最後はどうしようもなくなって旅客の予約を落とした。僕と同じく手配課にいた須永はキャンセル処理など朝飯前だ。

踵を返した。僕はオフィスに向かって駆けだした。

須永は嫌なやつだが、これほど最低な男だとは思っていなかった。自分のミスの隠蔽のために、旅客の予約をキャンセルするなんてどうしてできるのだ。支店の営業マンである須永は他社から又受けした社員旅行や修学旅行を扱っていて、普段うちが主催のパッケージツアーに絡むことはない。それでも大航ツーリストの社員であるなら、ツアーの旅客すべてが自分の大切なお客様であるはずなのに。

僕はエレベーターを飛びだし、廊下を駆けた。開いたドアからオフィスに入っていった。

手前の作業デスクで、富田と石塚がイナムラ・ショウゾウを食べていた。第一ターミナル担当だった馬場は戻ってきていて、端末からメールを打っていた。

僕は馬場に目を向けないようにしながら脇を通り過ぎ、奥へ進んだ。

須永は奥の作業デスクでツアーの元受け側の添乗員と打ち合わせをしているところだった。

「須永、話があるんだ。ちょっと付き合ってくれないか」

「いま取り込んでるんだ。話があるならここでしてくれ」

「内輪の話だ。とても外部の方に聞かせられる話ではない」

須永は口を半開きにし、不快げに顔を歪めた。

「あの、僕が席を外します。ちょうど電話をかけたかったので」

ぽっちゃりとした同業の若者は、そそくさとオフィスを出ていった。

「お前、失礼なことするなよ。彼は俺にとってお客さんだぞ」

「俺はお前に気をつかってやったつもりだ。手配ミスで添乗員の予約が入っていなかったなんて、恥ずかしくて聞かせられないだろ」

須永は「なんの話だ」ととぼけようとした。

「今日、八十二便でゴー・ショウをかけたんだろ」

「ああ、手配のやつがミスしてね。とんだ目にあった」

「そんなはずはない。手配のミスだったら、お前はわざわざ何時間も前に空港にやってきて自分でゴー・ショウをかけたりしない。俺に電話して、やっておいてくれと言えばすむんだから。自分のミスだからこそ誰にも知られたくなかったんだろ。それで、うちのお客様の予約をキャンセルしたんだ」

「ばかな、そんなことするわけないだろ」須永は半笑いで言う。

やはりやったのはこの男。やっていないなら怒りだしているはずだ。

「班長」

声に振り返ると馬場が立っていた。僕は顔を背けて、取り込み中だからと退けた。

「班長、須永さんじゃありません。やったのは私です。私があの予約を落としたんです」

「――はあ、なんだって」

僕は馬場のほうに向き直った。

「あのとき誰もいなくてオフィスに鍵がかかっていましたから、須永さんにはできません。やったのは私です。須永さんは関係ありません」

「ほらな。俺は関係ないだろ」

須永は思いきりにやけた。

ばかか、笑うところじゃないだろ。「お前は黙ってろ」と怒鳴りつけた。

「須永に頼まれたんだな。昨日の夜、こいつとふたりでいるところを僕は見てるんだ」

馬場は、はっと息を呑み首を振った。「須永さんは何も頼んでいません。手配ミスの話を聞いて、私が勝手にやったんです」

「そういうこと。彼女が勝手にやったんだ」

僕は、椅子にふんぞり返る須永のネクタイをひっ摑み、引きずり上げた。

「そんなわけないだろ。彼女は予約をキャンセルさせる操作方法を知らないんだ。お前がやり方を教えたはずだ」

「やめてください。私が悪いんです。私、辞めますから。空港所を辞めます。契約打ち切りでも、首でもかまいませんから、それで終わりにしてください」

馬場に手を摑まれ、僕はネクタイを離した。

「馬場さん、わけわからないこと言うのやめてください。馬場さんは何もしていません。やったのは私です」

いつの間にか森尾が馬場の後ろに立っていた。

「あれは、ミスだったんです。私がオフィスにいたら、あのお客様からレイト・ショウを知らせる電話がかかってきたんです。それを、何を勘違いしたのかキャンセルだと思い込んでしまって、予約を落としたんです。それが大事になってしまい、本当のことが言えませんでした。すみません、私のせいです。だから馬場さんを辞めさせる必要はありません」

いったい森尾は何を言ってるんだ。話が矛盾だらけじゃないか。馬場は目に涙を溜めて、いやいやするように首を振っていた。

「いい加減にしろ！　黙って聞いてれば、みんなしてわけわかんないこといいやがって」

部屋の隅から聞こえてきたのは、堀之内の声だった。

所長室のパーテーションの陰から堀之内と今泉が姿を現した。

「いいか、あのキャンセルは〝ねずみ〟がやったことだ。だから誰も辞める必要はない。もうこれ以上わけわかんないこと言うなよ」

堀之内の言葉こそわけがわからない。そもそも堀之内と今泉は、所長室に隠れて何をしていたんだ。

堀之内が森尾に顎をしゃくった。森尾はその意味を理解したらしく、「会議室にいきましょう」と馬場を連れてでていった。

「遠藤、お前はほんとにわからんやつだな。あれほど犯人捜しはするなと言ったのによ」

そうなのか。堀之内も今泉も、こうなることは最初からわかっていたのか。僕はふたりの顔を交互に見た。

「これは、ねずみがやったこと。だから、いまの話は忘れなさい。他言無用ね」

今泉の言葉は、立ち上がって様子を窺う富田と石塚に向いていた。

堀之内が須永のネクタイを摑み、ぐいと引き寄せた。「須永よ、ねずみのおかげで命拾いしたな。お前の依頼は金輪際受けないから覚悟しておけ。オフィスにもカウンターにも近づくなよ」

「馬場さんにも近づくな」

僕は怒りと悲しみを抑え、椅子の上でうなだれる須永に言った。

目の前を何かが飛んできた。ひとつ、ふたつ、三つめが須永の頭に当たった。床に落ちたものを見ると、セロファンに包まれたイナムラ・ショウゾウだった。

「食べちゃったものは返せないけど、これ、もって帰ってよ。あたしたちいらないから」

富田がヤンキーがかった目をして言った。

もちろんイナムラ・ショウゾウにはなんの罪もない。

「班長、私たち八十二便をキャンセルすることにしました。それをお客さんの予約に充ててください」

「いいのか、助かる。すぐに八十四便に振り替える手配をするから」

「ああ、今日はもういいです。明日の八十四便に変更をお願いします」

「今日のだってまだ充分間に合うぞ」

「いいんです。色々やることがあるから」

「延泊はできない。一日減るけどいいのか」

シフトに入っているから延泊させるわけにはいかなかった。

「いいですよお。お客さんのため、班長のため。私たち、まだ空港の人間ですから」

ねえ、と富田と石塚は顔を見合わせて笑う。

僕もいまは堀之内と同じ気持ちだった。班員の誰も手放したくないと強く思った。

「須永、ハワイにいったら、彼女たちに三つ四つ、オプションをつけてやれよ」

堀之内の言葉に須永は素直に頷いた。

「高くつきますよ」

その言葉に嘘や誇張はないだろう。彼女たちは悪魔の顔で須永を見下ろした。

6

その後僕は、今泉と堀之内から〝ねずみ〟の真相を聞いた。

「女の子ばかりのオフィスだから、どうしたって摩擦や軋轢は生まれる。プライベートで問題を抱えてる子もいるだろう。今回みたいなありえないようなことは、それらによる心の軋みの表れ。裏にはきっとやむにやまれぬ事情があるもんなんだ。ちょっとした小競り合いだったら怒りもするが、逆にこういうとんでもない事件は、ことを荒立てずにそっとしておいたほうがいいのさ。魔が差したようなもんだから、同じことが繰り返される心配もないしな」

だからねずみの仕業ということにして、あえて誰がやったか考えないようにしているのだと堀之内が説明した。

だったら最初からそう説明すればいいのに。

　ねずみ、という概念は今泉が創りだしたもののようだ。堀之内が赴任してきたころ、やはりありえないような事件が起きて、犯人を見つけだしてやると息巻いていた堀之内を抑えるため、今泉は〝ねずみ〟の話をした。驚くべきは、堀之内はその話を真に受けたらしい。しばらくは信じていた。だから僕にも話したのだろう。

　僕は、今泉と堀之内の考え方に納得した。確かに、無闇にことを荒立てる必要はないといまでは思っている。ただ、今回に関して言えば、結果的にこれでよかったような気もした。

　今回は馬場だけでなく、須永も関わっていた。個人的感情を抜きにしても、性根の腐ったあいつの行動が見過ごされなくてよかったと思うのだ。

　馬場についていえば、やったことが知られずにいたら、きっと苦しみ続ける結果になったはずだ。ことはオフィス内で起きたトラブルではない。もうすこしで旅客に被害が及ぶところだった。接客を生業とする馬場がそんなことをして平気でいられたはずはないと僕は信じる。そういう馬場だからこそ、契約を切りたくないと思ったのだ。

　しかしいまは、だからこそ、馬場の辞意を尊重したかった。

　会議室にいくと、馬場はだいぶ落ち着いていた。反対に森尾のほうが憔悴して見えた。

馬場は申し訳ありませんでしたと頭を下げた。そして再び辞意を表した。馬場は以前から辞めることを考えていたそうだ。うちのオフィスは居心地がいいが、その居心地のよさが落ち着かなくさせるのだという。

「以前、班長が異動になるまで何十年でもお仕えするって言ったのを覚えていますか」

僕は覚えていた。企画課の課長荒木に楯突いたとき、馬場がそう言って慰めてくれたのだ。

その言葉がきっかけだったそうだ。

元々深く考えずにそのときの気持ちを口にしただけの言葉だったが、馬場自身の心に重くのしかかった。何十年は大袈裟でも、僕が異動になる数年先を考えると自分は確実にここで働いている気がした。さらにその先と考えていくと、自分が働いている姿がいくらでも想像できてしまい恐ろしくなったそうだ。

空港所の仕事は短いスパンで見ると、様々なトラブルが起きたり日々変化に富んでいる。しかし長期で見ると、異動や昇進もなく同じ仕事を続けるだけで大きな変化はない。馬場が想像したのは、いまとなんら変わらない自分の姿で、それが何より怖かったという。

人員削減の話がもち上がり、自ら手を挙げる者がでてきたとき、馬場の気持ちは揺れた。金太郎飴のような未来に変化をつけるチャンスではないかと。ただ、踏ん切りがつかなかったのは須永の存在だ。二年ほど前からプライベートで会うようになった。普段向こうから連絡をくれることはないし、海外出張のいき帰りしか会ってくれないが不満は感じなかった。空港で働くのを辞めたら、その須永に会えなくなってしまう。

それも今回のことで冷めたそうだ。須永が自分を特に好いてくれているわけではないとはっきりわかった。それで辞める踏ん切りをつけようとエアーの予約をキャンセルした。

須永についての言葉は素直には受け取れない。先ほどの庇う様子からすると、すっかり冷めているとは考えにくいけれど、わざわざ口にはしなかった。

僕はひとつだけ質問をした。

「辞める覚悟がなかったとしても、お客様の予約をキャンセルできた？」

できませんと馬場は即答した。「これまでやってきたことをすべて失うんです。だから、この先働くこともありえません」

馬場は僕が思っていた通りのひとだった。だから僕は、次回の契約更新はしないと告げた。

森尾は、辞めないでくださいと目に涙を溜めて言った。馬場は自分の腕にのせられた森尾の手を、ぽんぽんと軽く叩いた。

「まだ一ヵ月以上ある。その間に失ったものを取り返すぐらいはできるよ、馬場さんなら」

僕はそう言い残し会議室をでた。

結局僕はなんの決断もできなかった。最悪の優柔不断だった。

今日最後の旅客はチダ様とその連れのカップルだった。遅れたことを詫びたが、僕らがそれを気にするわけはない。自分の予約が辿った変転など知ることなく、ふたりは最終便に向かった。

須永の百名のツアーはトラブルなくチェックインを終えた。白い肩衣を羽織った宗教団体は、団結式で掌を自分の顔の前にかざし、ぶつぶつと呪文のようなものを唱えた。肩衣を着せられた須永も、まじめな顔で一緒に口を動かしていた。その姿を見たら、須永に対してどんな感情も消えた。

「お疲れ様でした。そろそろオフィスに戻りましょう」

柳沢が時計を見ながら言った。

オフィスに向かいながら柳沢は無言だった。かすかな緊張感が僕との間にある。これまでの数日間オフィスに漂っていたのと同じたぐいのものだが、微妙に違う。まだ発表していないが、馬場が辞めることになったのを耳にしたのかもしれない。

エレベーターを降り、廊下を進んだ。柳沢は後ろからついてきた。

オフィスのドアを開け驚いた。部屋の明かりが消えていたのだ。

どんと背中を突き飛ばされた。背後でドアが閉まり完全な闇になった。

静まりかえった闇の中、僕は彼女たちの心の軋みを聞いた。一瞬にして何が起こるのかを理解した。拳が飛び、蹴りが飛んでくるのを僕は覚悟した。

しかし何も飛んでこなかった。代わりにぱんぱんと銃声が鳴り響き、僕は思わず身をかがめた。火薬の臭いを意識したとき突然明かりが灯った。

おかしな光景だった。作業デスクの向こうに、みんな勢揃いしていた。まるで記念撮影でもするように。デスクの上にあるのは、ケーキ？

またぱんぱんと火薬の弾ける音が響いた。

「誕生日おめでとうございまーす」

クラッカーの音に続いて声があがった。

馬場もいた。森尾もいる。富田も石塚も、なぜか今泉も堀之内も残っている。

「あ、ありがとうございます」

僕はやっとのことで口にした。

「最近の若いのはガキだからな。三十でようやく成人みたいなもんだ。少しは祝ってやらないとな」と堀之内。

「古賀さんにも今日は見放されていると知って、哀れに思ったみんなが企画したみたいだよ」

使用済みのクラッカーを頭にのせながら今泉が言った。

「半分はクリスマスなんです。このメンバーでお祝いできるのは最後ですから」と馬場。

壁に貼られた横断幕に、「班長三十歳の誕生日おめでとう」と書かれていた。が、確かにメリー・クリスマスのほうが大きかった。デスクの上のホールケーキも完全クリスマス仕様。もちろん僕は気にしたりしない。子供のころからそうだった。クリスマスと誕生日を一回ですますことができる親孝行な子供だったのだ。

簡略化された十本のろうそくを吹き消した。

「これだけしてもらったら、せめてろうそくの数だけは空港で働かないと」などと心にもないことを口走ったりした。僕はちょっとおかしい。上っ面なことしか話せなくなっていた。素直な感情表現をしたら、涙でもこぼれやしないかと恐れていた。

「疑ったりして悪かったね」

会も終わりに近づき森尾に声をかけた。

出社したとき森尾が何をしていたか、いまではわかっている。横断幕やクラッカーやケーキの皿を用意したのは森尾だろう。

「やっぱり疑っていたんですね」

「いや……少しだけだよ」

口ごもったあげくに本当のことを言った。

「気にしないでください。誰がやってもおかしくないことだと思います」

「そうかもな」

僕は言いながら、お稽古系自分探しの古賀を頭に浮かべた。

「馬場さんには悪いですけど、私だったら須永さんのためには絶対にやらないです」

森尾は少し顔を近づけ小声で言った。

「私にはよくわからないです、どうしてみんなが須永さんをちやほやしたか。班長のほうがよっぽどいいと思いますよ」

「もちあげてくれるのは誕生日だからかな」

「当然です」

森尾は薄く笑い離れていった。

ありがとう。かなり気の利いたプレゼントだった。

「さあ、仕事に戻ろう。時間がないから急いで片付けてくれ」

みんながケーキを食べ終わったのを見はからい僕は言った。

「そこのふたりも手伝ってくれ」

早番の作業デスクに座る、富田と石塚に声をかけた。

「なんで私たちまで」と言いながらも、ふたりは立ち上がる。

あれしてこれしてと指示をだす馬場の明るい声が聞こえてきた。

「お疲れ、俺たちは帰るよ」

堀之内と今泉に、お疲れ様でしたと言った。

「なんとかなりそうだな」と呟く堀之内に、僕はもちろんと答えた。

もちろん今日もオンタイムであがれるだろうし、もちろんうちの班は大丈夫だ。

この先ずっと——、もちろん。

（別冊文藝春秋　9月号）

はだしの親父

黒田《くろだ》研二《けんじ》

1969年、三重県生まれ。2000年、『ウェディング・ドレス』で第16回メフィスト賞を受賞し、デビュー。他の著書に、『ペルソナ探偵』、『カンニング少女』、『ナナフシの恋～Mimetic Girl～』などがある。また、『逆転裁判』、『逆転検事』のコミカライズやノベライズ、サウンドノベル『TRICK×LOGIC(トリック×ロジック)』のシナリオ執筆などゲーム関連の仕事も手掛けている。'06年の夏には、愛知医科大学や名古屋大学などが共同で実施した宇宙医学実験（筋肉の負荷や血流が無重力状態と似た条件になるように調整したベッドで20日間通して横になるというもの）に被験者として参加し注目を浴びた。

1

六年ぶりの我が家を目の前に、夏彦は重い足取りを止めた。右手の指先は、電車を降りたあたりからピリピリと痺れたままだ。どうやら、自分で思っている以上に緊張しているらしい。

ひさしぶりに目にする実家は、木製の門に貼りつけられた忌中札を除けば、六年前となにひとつ変わっていなかった。玄関脇でくるくると回るペットボトル製の風車も、アメンボしか泳いでいない水たまりのような池も、すべて昔と同じだ。

足もとに目をやると、たくさんのドングリが転がっている。その中からいびつな形のひと粒を拾い上げ、池のそばに生えた大きなクヌギへと視線を移した。

この木にはずいぶんと世話になったな。

子供の頃を懐かしみながら、大木を見上げていると、

「おかえり」

背中から母の声が聞こえた。

高鳴る鼓動を全身に感じながら振り返る。六年ぶりに顔を合わせた懐かしさと、六年も顔を見せなかった己を恥じる気持ちが複雑に入り交じり、どんな表情を見せればよいかわからない。

ひさしぶりに会った母は、会わなかった年の分だけ確実に歳をとっていた。

「ごくろうさん。疲れただろう？」

六年もの間音信不通だった親不孝者を責めることなく、彼女は昔と変わらぬおっとりした口調でいった。

「早く、お父さんに会ってやっておくれ。春彦と秋彦もいるからさ」

「ああ……」

夏彦はぶっきらぼうな返事と共に、家の中へ上がり込んだ。そのまま廊下を進もうとして、ふと後ろを振り返る。

母は正座した状態で土間へ身を乗り出し、夏彦の脱ぎ捨てた靴を丁寧に揃えていた。

「あ、ごめん」

声をかけると、母は笑いながらこちらを見返した。

「お父さんも同じように靴を脱ぎ散らかして、そのたびにあたしが整頓していたからね。もう慣れっこだよ。お父さん、身だしなみにはうるさいくせに、こういうところはだらしなかったからさ」

母の瞳が寂しそうに動く。

「玄関は家の顔だからね。どんなときでも綺麗にしておかなくっちゃ」

その台詞《せりふ》に、夏彦の頬は緩んだ。彼が幼かった頃からずっと変わらない母の口癖である。

「さ、みんなが待ってるよ。早くお行き」

「うん……」

仕事道具が詰まったスポーツバッグを肩から下ろして、長い廊下をひた進む。と、台所のほうから女性同士のおしゃべりが聞こえてきた。ハスキーで関西訛りの声には覚えがある。兄嫁に違いない。ということは、もう一人は弟の嫁だろうか。

兄嫁とは結婚式で一度挨拶を交わしたきり。弟の嫁にいたっては、まだ一度も顔を合わせたことがなかった。彼女たちと会っても、なにをしゃべればよいかわからない。物音を立てぬように気をつけながら、夏彦は抜き足で台所の前を通過した。

廊下の突き当たりまでやって来ると、ふすまの向こう側から兄春彦の豪快な笑い声が聞こえてきた。右手の指先を軽く揉み、深く息を吸い込んでからふすまを開ける。

赤ら顔の二人が、同時にこちらを振り返った。

「おお、夏彦」

屈託ない笑顔を見せながら、春彦が手招きする。

「ずいぶんと遅かったじゃねえか。いい加減、待ちくたびれたぞ」

「ごめん。仕事が長引いちゃって」

バッグを部屋の隅に置き、あらかじめ考えておいた言い訳を一気に吐き出した。もちろん、嘘だ。正午過ぎ、春彦から『親父が亡くなった』と連絡をもらったとき、すでにその日の仕事は終わっていた。すぐに出発していれば、明るいうちに到着できただろう。しかし、夏彦にはなかなかその勇気を持つことができなかったのである。

「大丈夫。まだ九時だもん。父さんと話をする時間はたっぷりあるよ」

空《から》のコップに日本酒を注《つ》ぎながら、弟の秋彦がいった。昔に較べると、かなり恰幅がよくなったようだ。

「さ、そんなところに突っ立ってないで、夏彦兄ちゃんも早く座って」

「おまえの席はちゃんと用意してある。ここだ、ここ」

秋彦の隣に敷かれた座布団を、春彦が強く叩いた。その振動で、コップになみなみ注がれた酒があふれる。だが、春彦も秋彦もそんなことにはまったくおかまいなしだ。

「待って。まず、親父に挨拶してから」

居間の中央には薄手の布団が敷かれ、そこには白布で顔を覆われた父が横たわっていた。膝を折って座り、そっと白布を持ち上げる。枕飾りに置かれたロウソクの炎がわずかに揺れた。

父は眠っているようにしか見えなかった。いや、眠っているのなら、隣の家まで聞こえるくらいのけたたましい鼾《いびき》をかいていなければおかしい。ということは、やはり死んでいるのだろう。

死んだ父を目の当たりにしても、なんら取り乱すことのない自分に驚く。俺にとって、親父とはそれだけの存在でしかなかったのだろうか？

てのひらを合わせ、ごめん、親父と謝った。なにを謝ったのかは、夏彦自身にもよくわからなかった。

「さ、さ。おまえも飲め。まずはぐうっといけ」

秋彦の隣に腰を下ろすと、向かい側の春彦がすかさず一升瓶を突き出した。高校時代、父に反発ばかりしていた兄は、なぜか父と同じ教職の道へ進んだ。毎日、やんちや中学生を相手にしているせいか、もともと筋肉質だった彼の身体は一段とたくましくなったようだ。今、本気の兄弟喧嘩をしたら、数秒で負かされるに違いない。下手に逆らわないほうがいいだろう。

コップを手に取り、兄に酒を注いでもらう。急《せ》かされるまま、透明な液体を一気に飲み干した。独特の香りと強烈な酸味に軽く咽《む》せる。昔から父が好んで飲んでいた地酒だった。

「……親父のこと、教えてくれる？」

口もとを拭《ぬぐ》い、ためらいがちに言葉を紡《つむ》ぐ。視線は畳の上から動かせなかった。兄の目を直視することは、簡単そうで難しい。

「俺……親父が癌だったなんて、今日まで全然知らなかったからさ」

「なんだよ。いきなり辛気くせえな」

春彦が不満げな声を漏らした。

「癌が見つかったのは二年前だ」

目の前に空のコップが突き出される。顔を上げると、春彦が顎で一升瓶を示した。俺にも注げといっているらしい。

「一昨年の秋頃から急に、変な咳をするようになってな。風邪かと思ったんだけど、あまりにも長く続くもんだから、お袋が無理矢理病院へ連れていったんだ。そうしたら、その場で即入院。肺を半分切り取った」

しかし、そのときにはもう癌はリンパへと転移していたらしい。その後も入退院を繰り返したが、快方に向かうことはなく、父は日に日に衰弱していったという。

「だけどさ、最初は余命半年っていわれてたんだよ。それが二年だもの。父さんはよく頑張ったよ」

秋彦が口をはさんだ。綺麗に揃えられた口ひげが、日本酒に濡れて艶《つや》やかに光る。全国にチェーン店を持つファミリーレストランへ就職した弟は、今年ついに一軒任《まか》されるまでになったらしい。それ以降、ひげを伸ばし始めたそうだ。これらはすべて、今日の昼間、春彦からの電話で初めて知ったばかりの情報だった。

「……親父、普通の死に様じゃなかったんだろう？」

携帯電話越しに耳にした春彦の言葉を思い出す。

——親父の奴、病院の中庭で死んでたんだとさ。幸せそうな表情を浮かべてたって話だ。芝生の上でひなたぼっこをして、そのままうたた寝しちまったみたいにな。

「今朝一番で出勤した看護師さんが見つけたんだって」

濡れたひげを撫でながら、秋彦がいう。

「夜勤の看護師さんの話だと、午前二時の巡回のときは病室にいたらしいから、そのあと外へ出て、ころっと逝《い》っちまったんだろうな」

　春彦があとを継いだ。

「死因は？」

「肺癌による心不全。なんだ、おまえ。刑事みたいな訊きかたするなよ。まさか、誰かに殺されたとかいい出すんじゃねえだろうな」

　父の身体は解剖されたが、疑わしい点はなにひとつなかったという。ひと晩だけでも自宅の布団に寝かせてやりたいという、母のたっての願いが聞き届けられ、遺体は夕方には自宅へと運ばれた。

「だけど、どうして病院の庭なんかで……」

「親父、昨日はわりと調子がよさそうだったからな。夜風に当たりたくて、散歩にでも出かけようと思ったんじゃねえか？」

「夜中の二時過ぎに？」

「一日中、ベッドの上なんだ。そんな気分になることだってあるだろう」

「いや、兄ちゃん。でもさ……」

　秋彦が太い眉をひそめた。

「駆けつけてくれた友達がいってたよ。ゆうべは午前一時から三時過ぎまで雨が降ってたって」

秋彦の視線はゆっくりと父のほうへ向けられた。

「父さんは雨の降る中、散歩に出かけたわけ？」

春彦は怒っているのか困っているのか判断に苦しむ表情を浮かべ、酒をあおった。

「おまえのいうとおりだな。ちょっとばかり腑に落ちないところはある」

「ちょっとどころか、だいぶ腑に落ちないってば」

「まあ、落ち着け」

両方のてのひらを弟に向け、わずかな間《ま》をおいてから春彦は続けた。

「実をいうとな、ほかにも気になることがあったんだ」

そういって、新聞紙の上に並べられた馬鹿でかいスルメを一枚手に取る。

「親戚への連絡や通夜の準備で一日中バタバタ動いてたから、おまえらには話してなかったけどな――」

スルメをくわえたまま、唇だけを器用に動かした。

「中庭で発見されたとき、親父は上等なスーツを着込んでいたらしい」

「なんだ。そんなことか」

秋彦が安堵混じりの酒くさい息を吐き出す。

「末期癌の入院患者が病院の中でスーツを着ていたら、そりゃなにも知らない人は驚くだろうけどさ。俺らにとっては不思議でもなんでもないじゃん」

「ああ、そうだな」と、夏彦も同意した。父はおそらく、みっともない格好で死にたくなかったのだろう。だから、わざわざスーツに着替えてベッドを抜け出したのだ。

昔から、身だしなみや体裁には異常なほど気を遣う人だった。他人に格好悪い姿は見せられないと、庭に出るだけでも外出用の服に着替えていたくらいである。それは家族に対しても同じで、さすがに家の中では軽装で過ごしていたが、誰の前であってもだらしない格好を見せたことがなかった。夏彦の記憶の中の父は、いつでも背すじを伸ばし、難解なタイトルの本を読みふけっている。

「人一倍体裁を気にする父さんが、スーツを着て病院の庭を歩いたところで、べつに不思議でもなんでもないだろう？」

「でもな」

秋彦の言葉を、春彦はさえぎった。

「親父、靴を履いてなかったんだぞ」

秋彦の眉間にしわが寄る。おそらく、夏彦も同じ表情を浮かべていたのだろう。春彦は弟たちの顔を覗き込み、にやりと笑った。

「な。おかしな話だと思わねえか？」

スーツを着込み、はだしで病院の中庭を歩く父の姿を想像する。確かにそれは奇妙な光景だった。

「父さんが倒れたあと、近所の野良犬がどこかへくわえてっちゃったんじゃないのかな」

「いや、それはない。親父の靴下は泥で真っ黒に汚れていたからな。庭は雨でぬかるんでた。靴を脱いで歩いたのでなければ、あんなふうに汚れるはずはない」

「靴下は履いてたんだよね？」

「ああ。ブランドものの高級品をな」

春彦は声をひそめ、彼には似合わぬ真面目な面持ちでいった。

「真夜中、親父は靴も履かずに、雨の降る中庭を歩いていた。どうしてだと思う？」

2

胸ポケットの携帯電話が、この場にそぐわない陽気なメロディーをかき鳴らした。

チャイコフスキー作曲の《道化師の踊り》。

「なんだよ、その着メロ」

秋彦が肩を揺らして笑う。夏彦は内心焦《あせ》りを感じながら、しかし動揺していることは悟られぬように部屋を出た。廊下を小走りで駆け抜け、靴を履いて外へ出たところで、通話ボタンを押す。

『無事、到着しましたか？』

師匠のよく通る声が受話口から流れ出した。誰かに聞かれてはまずいと思い、慌てて庭の隅まで移動する。

「ついさっき、帰ってきました。いろいろとご心配をおかけして申し訳ありません。明後日には戻りますから」

『なにをおっしゃってるんですか。ひさしぶりの実家でしょう？　めいっぱい親孝行してもらわなければ、私が亡くなったお父様に恨《うら》まれてしまいます。これまでの分も含めて、しっかり甘えてきてください』

「はあ……」

なんと答えればよいのか、夏彦は戸惑った。

『正直に告白しますとね、あなたが素直に実家へ戻るかどうか、私は少々不安に思っていたんですよ』

師匠に、父の話をしたことは一度もない。それなのに、彼はなにもかも見抜いていたようだ。師匠はそういう人である。今さら、これくらいのことで驚きはしない。

三兄弟を比較した場合、もっとも真面目で素直だったのは夏彦だろう。学校の成績はいつも上位だったし、両親のいいつけには不満をいわず従った。短気で乱暴者だった春彦は「夏彦のようにもう少し落ちつけ」と、友達を作ることが苦手だった秋彦は「兄ちゃんみたいに明るくなれ」と、父に繰り返し叱られていたようだ。それくらい、子供の頃の夏彦は「いい子」だった。父にとっては自慢の存在だったに違いない。

だが、夏彦自身は決して父を慕っていたわけではない。気に入らないことがあるとすぐに癇癪を起こす父は、ただただ恐ろしい存在でしかなかった。世間体ばかりを気にする彼に気に入られるためには、とにかくいい子でいなければならない。そう悟った夏彦は、自分の気持ちを押し殺し、ひたすらその役を演じ続けてきた。

——おまえは本当にいい子だな。

父は夏彦のことを、繰り返し誉めた。そのたびに夏彦は「ありがとう」と返したが、それは単なる言葉の羅列でしかなかった。本心から父に感謝したことなど、実は一度もない。

都心へ就職を決め、実家を離れると、それまで抑え込んできた感情が一気に噴き出した。父がいなければ、いい子を演じる必要などない。いい子でいることに、彼は疲れてしまっていたのだ。

上司と喧嘩をして、わずか半年で会社を辞めると、その事実を家族に打ち明けることができぬままフリーターを始めた。師匠と出会ったのはそんなときである。

新装開店したばかりのショッピングモール。アイスクリームの売り子をしていた夏彦は、そこで動物をかたどった風船を配る道化役者を見かけた。真っ赤な鼻に大きな口。ぼさぼさの髪の毛にだぶだぶの衣装。バナナの皮で滑り、放り投げたボールに頭をぶつける。そんな格好悪い姿に、客たちはげらげらと腹を抱えて笑っていた。

夏彦はなぜかその大道芸人に惹かれ、自分もあんなふうになりたいと願った。目を見張るジャグリングの技に驚嘆したせいもあるが、それだけではない。世間体ばかりを気にして生きている父に反抗する気持ちもあったのだろう。

自分がアイスクリーム販売員であることを忘れ、彼は一日中、クラウンのあとを追いかけた。アイスクリーム屋の店長に「クビだ」と怒鳴られたあとは、クラウンの控え室へ直行し、「弟子にしてください」と土下座した。あれほど大胆な行動をとったのは、あとにも先にもそのときだけである。

あれから六年。夏彦は、師匠の一番弟子として厳しい修業を続けてきた。厳しかったが、つらくはなかった。子供たちの笑顔を見るたびに、心が弾《はず》んだ。日々、幸せを分け与えていることを実感し、見習いとはいえ、クラウンでいられることが、嬉しくて仕方がなかった。

——そろそろ、あなたも一人前ですね。

師匠にそういわれ、初めて一人きりで舞台に立ったのが今日である。

夏祭り会場のイベント広場。ここ数日、ぐずついた天気が続いていたが、昨夜の予報ははずれて朝から雲ひとつない青空が広がった。客のウケもよく、夏彦は大きな手応えを感じていた。

父が死んだと春彦から連絡をもらったのは、ショーが終わった直後だ。一体どこで調べたのか、兄は夏彦の携帯電話番号を知っていた。

『あなたはすぐに家へ戻らなくてはなりませんでしたし、私もあとかたづけや次回の打ち合わせで動き回っていましたから、なにも話せませんでしたけど——』

師匠は少しだけ間をおいて、次の言葉を発した。

『今日のショーは大成功でしたね。おめでとう』

「ありがとうございます！」

思わず声が大きくなった。師匠は気休めのおべんちゃらをいうような人ではない。彼に誉められたのは、これが初めてだった。

『まあ、天気に救われたところもありましたけどね。あなたは青空の下だと、なぜか普段以上の実力を発揮しますから』

子供の頃からそうだった。晴れた日の運動会では必ず一番になり、高校時代に在籍したサッカー部でも、太陽が出ていれば確実にシュートを決めた。天気がよければそれだけで気持ちが安定するのだから、単なるジンクスと馬鹿にするわけにもいかない。

『しかし、今回うまくいったからといって調子にのってはダメですよ。あなたはようやくスタートラインに立ったところなんですからね』

「はい！」

夏彦は力強く頷いた。よほど声に張りがあったのだろう。電話の向こうで師匠が小さく笑った。

『今日のこと、お父様には報告しましたか？』

「…………」

言葉に詰まる。

『どうしました？　途端に元気がなくなりましたね』

「……親父には話せません。あの人はたぶん、今の仕事を認めてはくれないでしょうから」

父だけじゃない。夏彦は家族の誰にも、大道芸人になったことをしゃべってはいなかった。知れば、きっと呆れ返るに違いない。そんなものになるために大学まで行かせたんじゃないよ。俺たち兄弟の中で一番頭のよかったおまえがピエロ？　なにやってんだか。兄ちゃん、友達にはいわないでくれよ。恥ずかしくて街を歩けなくなるから。彼らの嘲笑《あざわら》う姿が目に浮かぶ。大道芸人という職業に誇りは持っていたが、周囲の人たちは簡単には理解してくれないだろう。

『あなた――』

師匠はなにか口にしようとしたが、寸前で思いとどまったらしく、

『まあ、いいでしょう。あなたの好きにしなさい』

冷たく言葉を紡いだ。

『とにかく、親孝行を忘れてはいけませんよ。これは命令です。あと一週間、帰ってくることは許しません。守れなければ破門ですからね』

最後にそう宣告され、師匠からの電話は切れた。

「親孝行……か」

風に揺れるクヌギの枝を見つめ、昔を思い返す。

毎年七夕になると、ここへ短冊を吊した。春彦が『宇宙旅行をしたい』、秋彦が『アイドル歌手と結婚したい』と無邪気な願いごとを書き綴る中、夏彦だけは『みんなに喜ばれる人になりたい』と記し、父に頭を撫でられた。もちろん本心から書いたものではない。そのように書けば父が誉めてくれることを知っていたから——ただそれだけのことだった。

結局、そのときの願いごとを実現させた者は一人もいなかった。しかし、一番罪深いのは夏彦だろう。宇宙旅行やアイドル歌手との結婚はかなわなくとも、兄は父と同じ職業に就き、弟は有名レストランの店長となって、父や母を喜ばせたはずだ。

「大道芸人になりましたって報告するのは、やっぱり勇気がいるよ」

自嘲気味に、夏彦は唇の端を曲げた。

大木の幹に触れ、静かに目を閉じる。クリスマスには靴下を、運動会の前日にはてるてる坊主を吊したこの木は、夏彦たち兄弟にとって特別な存在だった。この木に向かって、何度願いごとを唱えただろう。誰にも話せなかったことでも、この木の前でなら口にすることができた。

今の俺なら、どんな願いごとを唱えるだろう？

しばらく考えたが、なにも思いつかなかった。

深いため息をつき、家の中へ戻る。廊下を数歩歩いたところで立ち止まり、踵《きびす》を返して、土間に脱ぎ捨てた自分の靴を丁寧に揃えた。

今の夏彦には、それくらいのことしかできなかった。

3

居間へ戻ると、春彦が腹をよじって大声で笑っていた。秋彦はそんな兄を見下ろし、呆れた表情を浮かべている。

「ずいぶんと盛り上がってるな」

「おい、聞いてくれよ。傑作だから」

春彦は苦しそうに悶えながら、夏彦の足の甲を手加減なしに叩いた。

「そんなに馬鹿笑いするほどの話かな？」

秋彦が口をとがらせる。

「いや、おまえはすげえ。並の神経だったら、恥ずかしくてとてもそんな真似できねえよ」

「なにをやらかしたんだ？」

秋彦に尋ねると、彼は犬の水浴びみたいにぶるぶると首を振った。

「いわない。兄ちゃんの馬鹿笑いを眺めてたら、なんだか自分のやったことが無性に恥ずかしく思えてきた。このまま墓まで持ってくことにする」

「それは無理だ」と、春彦が真顔に戻って答える。

「どうして？」

「俺がいいふらすからな」

そう口にするや否や、彼はまたげらげらと笑い出した。

「秋彦。おまえは家へ帰ってくるたびに、面白いエピソードを披露してくれるから飽きねえや。小さい頃はあんなにおとなしかったのにな」

「昔のことはいうなって」

秋彦は恥ずかしそうに首をすくめた。

春彦のいうとおり、幼い頃の秋彦はひどく内向的で、友達もほとんどいなかった。学校も休みがちで、部屋に閉じ籠もっていることが多かった。今の時代なら確実に、ひきこもりと呼ばれていただろう。

「おまえ、いつの間にそんなにも社交的な性格になったんだ？」

春彦の言葉をきっかけに、昔の記憶が頭をもたげた。

「俺、覚えてるよ。秋彦が変わった日の出来事」

そう口にする。

「え？　マジか、夏彦。教えろ、教えろ」

興味津々な面持ちで、春彦が身を乗り出した。

「俺が小学五年生のときだから……十八年前になるのかな？　夏休みの真っ最中で、確かものすごく暑い日だった……」

いったんしゃべり出すと、それまでしまい込んでいた思い出の数々が、数珠繋ぎになって脳味噌の引き出しからあふれ出してきた。

「そう——兄貴は友達とキャンプに出かけてたんだ。お袋もいなかったような……どうしてだろう？」

「母さんは町内会の旅行に出かけてたんだよ」

秋彦はそう答えると、コップの中の酒を一気にあおった。耳が赤いのは、酒に酔ったせいばかりではないだろう。

「親父は朝から書斎で分厚い本を読んでて——家には俺と秋彦と親父の三人しかいなかった」

「ああ、俺も思い出したぞ」

春彦が自分の両膝を叩く。

「秋彦の可愛がってた金魚が病気になったんじゃなかったっけ？」

「金魚じゃないよ。ドワーフグラミー。熱帯魚だ」

即座に秋彦が訂正した。

「朝から全然餌を食べなくってさ。おかしいなと思ってよくよく観察したら、ヒレに白い斑点がいくつもくっついてたんだ」

「『フユヒコが病気になったあ！』ってわんわん泣きながら、俺のところへやって来てな」

「そうそう。あの金魚、フユヒコって名前だった」

「だから、金魚じゃないってば」

むきになって訂正する秋彦の顔は、ファミレスの店長ではなく、三兄弟の末っ子のそれだ。

「飼い方の本で調べて、白点病らしいとわかった。このままじゃ死んじゃうかもしれない。そのことを父さんに話して、三人で隣町のペットショップへ向かったんだ」

「しかし、おまえたちの努力も虚しく、フユヒコちゃんは帰らぬ人となってしまいました」

「死んでないよ。フユヒコはそのあと旦那をもらって、子供をたくさん産んで、その子孫は今もまだうちのリビングで元気に泳いでるんだから」

「おい。フユヒコってメスだったのかよ」

弟をからかう兄と兄に抵抗する弟の微笑《ほほえ》ましいせめぎ合いを見物しながら、夏彦は続けた。

「幸い、魚の病状はまだそれほど進行していなかった。ペットショップで対処法を教えてもらって、その場は収まったんだけど……」

事件が起こったのは、ペットショップからの帰り道だった。

「秋彦がうっかり手を滑らせて、魚の入った水槽を地面に落としてしまったんだ。水槽は粉々に砕け散った」

「あちゃあ。一難去ってまた一難。試練が続くねえ」

「『フユヒコが死んじゃう!』って、秋彦は半狂乱で泣き叫んでたよな。俺もどうしていいかわからず、ただおろおろするばかりだった。そのとき、親父がいったんだ。

『夏彦。今すぐ家に戻って、倉庫から金魚鉢を持ってこい！』って。家まではまだ一キロほどあった。間に合うかどうかはわからなかったけど、俺はいわれたとおりに全速力で走ったよ」

「かっこいいじゃねえか。ハリウッド映画の主人公みたいだ。スケールはめちゃくちゃ小さいけどな。で、秘密兵器キンギョウバーチィは手に入ったのか？」

「すぐに見つかったよ。でも、大きなヒビが入ってて、使いものにはならなかった」

「おお。これまた映画みたいな展開だな。マジでドキドキしてきたよ」

ポップコーン代わりのスルメをかじり、春彦は目を輝かせた。

「見つけた金魚鉢は役に立たない。で、おまえはどうしたわけ？」

「金魚鉢の代わりになるものを捜したが、なにも見つからない。台所に行けば、コップや鍋があったんだろうけど、玄関には鍵がかかっていたしな。仕方なく、俺は隣の家のドアを叩いた。でも、留守らしく誰も出てこない。今度は道路を横切って向かいの家へ。記憶はそこでぷっつり途切れてる」

「……へ？」

「全力で走り続けたせいで熱射病にかかって、ぶっ倒れたんだ」

目を覚ますと、そこは我が家だった。額には冷たいタオルがのせられ、父が上半身をうちわであおいでくれていた。父の背中に隠れるように、ほっとした表情の秋彦が立っていた。

「『魚は?』って親父に尋ねた。秋彦の顔を見れば、無事だってことはわかったけどな。『心配するな。元気に泳いでるよ』と親父は答えた。起き上がって玄関へ走ると、靴箱の上に真新しい水槽が置いてあって、その中でフユヒコが気持ちよさそうに泳いでたよ」

そのときの光景は、なぜか今でも鮮明に思い出すことができる。白点病の治療薬を投入したせいだろう——水槽の水は真っ青で、ガラスの表面には周りの景色が反射して映っていた。夏彦の顔、玄関脇に貼りつけられたカレンダー、土間に転がる靴クリーム、整然と揃えられた親父の靴……。

「で?」

春彦がいった。

「で? っていわれても、話はこれでおしまいだけど」

「なんだよ、それ。中途半端だな。親父は家までどうやって金魚を持ち帰ったんだ?」

「さあ?」

「なんだよ、それ」

春彦は同じ台詞を繰り返した。

「もったいぶらずに教えろって」

「本当に知らないんだってば。秋彦に訊いても、にやにや笑うばかりでさ。結局、なんにも教えてくれなかった」

夏彦が知っているのは、その日を境に内向的だった秋彦の性格が百八十度変わった――それだけである。

「秋彦。おまえは知ってるはずだな」

春彦は弟の首に腕を回した。

「金魚はなぜ生き延びることができた？」

「だから、何度もいわせるなって。ドワーフグラミーは金魚じゃないよ」

「話の論点はそこじゃねえ。グラミーでもケジラミでも、そんなものはどうだっていいんだよ。俺が知りたいのは映画の結末だ」

「謎を残したままジ・エンドってのもカッコイイと思わない？」

「全然思わねえよ。さっさと白状しろ」

春彦は、弟の首をぐいぐいと絞めつけていく。

「ダメ。いえないよ。父さんとの約束だから」

「……え？」

隙を見せた兄から逃げ出し、大袈裟に喉《のど》をさすりながら秋彦はいった。

「あの日、父さんにいわれたんだ。今日のことは絶対、誰にもしゃべるなって」

4

春彦が立ち上がる。

なにをするのかと見ていると、眠る父を覗き込んで、「おいおい、親父さんよお。そいつはちょっとズルイんじゃねえか？」と、愚痴をこぼし始めた。

「家族に隠しごとはするなと、俺に散々説教たれといて、自分は平気で隠しごとかよ」

もちろん、本気で怒っているわけではないだろう。そうやって父にじゃれているのだ。

「兄ちゃん、父さんによく怒鳴られてたもんね」

秋彦が、懐かしいものでも見るように目を細めた。

「怒鳴られただけじゃねえぞ。何度殴られたことか」

「仕方ないよ。大半は兄ちゃんが悪かったんだから」

「そりゃまあ、そういわれると、俺はなにひとつ反論できねえけどな」

「兄貴、つっぱってたし」

高校時代の春彦を思い出し、夏彦は小さく肩を上下させた。あの頃、春彦は悪い仲間とつき合い、父と衝突ばかり繰り返していた。

「やめてくれよ。この前、嫁さんに昔のアルバムを見られて絶句されちまったんだから。なにこれ、馬鹿の仮装大会？　って」

「あの頃の兄ちゃんって父さんを殺しそうな勢いだったのに、ある日突然おとなしくなっちゃったんだよね」

「ああ……そうだったかもしんねえ」

照れたように、春彦は鼻の頭を掻いた。

「なにがあったの？」

「忘れた」

再び畳の上にあぐらをかき、兄は残り少なくなった酒に手をかける。

「いつまでもガキみたいなことはやってられねえって悟ったんだろうな」

「だから、そんなふうに思うきっかけがあったはずだろう？」

「忘れたっていってるだろ。しつこいな、おまえも」

春彦が嘘をついていることは一目瞭然だった。兄弟なのだから、それくらいは容易にわかる。

「なんで隠そうとするかなあ」

秋彦が口をとがらせた。

「家族に隠しごとをするなって、父さんにいわれなかった？」

「馬鹿野郎。隠しごとをしてるのはおまえのほうだろうが」

「俺は父さんに黙っていてほしいって頼まれたから仕方なく――」

「うるせえ、うるせえ。この話はおしまいだ」

あたりに唾をまき散らし、春彦は吠える。

「俺、覚えてるよ」

べつに、話してもかまわないだろう。秋彦の耳もとに顔を寄せ、夏彦は囁いた。

「兄貴が真人間に戻った日の出来事」

「真人間ってなんだよ、おい」

小声でしゃべったつもりが、ボリューム調整に失敗して、本人に筒抜けだったようだ。少々、酔ったかもしれない。

「まるで、それまでの俺が人でなしだったみたいじゃねえか」

「間違ってないと思うけど」

軽口を叩く。最初こそ緊張したが、アルコールの助けもあって、舌の回りはずいぶんと滑らかになっていた。やはり兄弟だ。六年の空白なんてすぐに埋まってしまう。

「で、兄ちゃんの身になにが起こったの？」

秋彦にシャツの裾を引っ張られ、夏彦は記憶の引き出しをまたひとつ開けた。

「俺が高校受験に必死だった頃だから……十四年前かな？　あの日はすごく寒くて……そうそう、昼からずっと雪が降り続いてた。俺は自分の部屋で勉強をしていて——」

「なんなんだ、おまえのそのはた迷惑な記憶力は？」

春彦が声を荒らげる。

「夏彦兄ちゃん、昔から記憶力抜群だったもんね」

「そういえば、親父にもよく誉められてたよな。弟に負けて恥ずかしくないのか？って何度怒鳴られたことか」

たぶん、春彦がぐれた原因はそのあたりにもあったのだろう。だが記憶力ばかりよくたって、なんの自慢にもならない。夏彦は自嘲気味に笑った。今の自分を見ればそれは明らかだ。

「十四年前の冬か。そのとき、俺はなにをやってたんだろう?」

自分の顔を指差し、秋彦が尋ねる。

「おまえは隣の部屋で、鼾をかいて眠ってたよ」

「じゃあ、事件は真夜中に起きたんだ」

「べつに……事件って呼ぶほどのもんでもねえけどな」

ぶつぶつと春彦が呟く。

「あの頃、兄貴は夜遊びばかりしてて……問題の日も午前0時を過ぎて、ようやく家に帰ってきたんだ」

「うわあ。父さんは怒っただろうね」

「もちろん大激怒。親父の怒鳴り声は二階の俺の部屋まで届いたよ。たぶん、近所にも聞こえてたんじゃないかな」

「親父の声は破壊的にでかかったからな。喉に小型のウーハーが埋め込まれてるんじゃねえかって、本気で疑ったこともあったよ」

おどけた調子で春彦がいう。そうやって、話をそらせようとしているのは明らかだった。

「兄貴も負けてなかったけどな。二人の大喧嘩はスター・ウォーズなみの迫力だったから」

「俺がルークで、親父がダース・ベイダーか」

「いや、兄貴がアナキンで、親父がオビ＝ワン」

「俺が悪者かよ」

春彦が飛ばした唾を素早くよけ、夏彦は先を続けた。

「当の兄貴たちは気づかなかったと思うけど、あのときの喧嘩は本当にすさまじかった。お袋が気の毒だったよ。しばらくするとおろおろしながら二階に上がってきてさ、『夏彦、どうしよう？　あたしじゃ無理だ。あんたが仲裁に入っておくれよ』って泣きついてきた」

このまま放っておいたらどちらかが大怪我をするかもしれない、と夏彦も心配しかけたところだった。面倒に巻き込まれたくはなかったが、母に頼まれては仕方がない。鉛筆を置き、腰を上げた。

と、そのとき。

——俺みたいな出来損ないは産まれてこなきゃよかったのに、と思ってるんだろう？

春彦の叫び声が響き渡った。

――親父は体裁ばかり気にするちっせえ男だからな。ああ、わかったよ。だったら、お望みどおりに消えてやるよ！

続けて、玄関の引き戸を乱暴に開ける音。反射的に窓の外へ目をやると、雪の積もった自宅前の路地を、兄が猛スピードで駆けていく姿が見えた。

――待て！

春彦の背中を父が追いかける。

「兄貴は昔から逃げ足だけは速かったからな。二人の距離は離れていく。『どうしよう？　どうしよう？』ってお袋はおろおろするばかり。このまま兄貴は帰ってこないんじゃないかって、俺も不安になったよ」

そこまでしゃべって、春彦の様子をうかがう。照れ隠しなのか、彼は瓶底に残ったわずかな酒を懸命にコップへと移し替えていた。

「でも、兄ちゃんは家を出て行かなかったんだろう？」

弟の問いに、夏彦は「ああ」と頷く。

「ここからが俺にもよくわからないんだ。『追いかけてくんな、馬鹿野郎！』――そう叫びながら後ろを振り返った兄貴は、なぜか急にその場へ立ち止まった」

まるでそこだけ時間が止まったかのように、春彦は身体を硬直させたままぴくりとも動かなくなってしまったのだ。

——馬鹿野郎！

ようやく追いついた父が、春彦に殴りかかる。

「兄貴はそのまま、親父の胸の中に泣き崩れた……」

「へえ」

秋彦の口から驚きの声が漏れた。

「俺も自分の目を疑ったよ。兄貴が泣いている姿なんて、それまで見たことがなかったからな」

「馬鹿野郎」

空になったコップをあおり、春彦が父そっくりな悪態をつく。

「俺だって、涙腺《るいせん》くらいはついてるんだよ」

そう口にした兄の耳は、モミジのように真っ赤だ。

「それからどうなったの？」

嬉々とした表情で、秋彦が尋ねる。

「お袋と一緒に階段を降りると、ちょうど二人が戻ってきたところだった。『こいつ、まだ晩飯を食ってないそうだ。なにか作ってやれ』――それだけいうと親父は書斎へ入っていった。玄関に突っ立ったままの兄貴は、肩を震わせながら泣いてたな」

そのときの光景が脳裏によみがえる。

「懐かしいな。靴箱の上にはまだ水槽が置いてあって、おまえの魚が心配そうに兄貴のほうを眺めてたよ。兄貴はいつまでもぼろぼろと泣くばかりでさ、涙が親父の革靴にこぼれ落ちて……。『汚したら、またお父さんに怒られるよ』って、お袋が靴の表面を拭ってたっけ」

あの日以来、春彦は父に心を開くようになったのだ。教師を目指して勉強するようになったのもその頃からだろう。

「なあ、兄貴」

夏彦は尋ねた。

「あの夜、なにがあったんだ？」

しかし、春彦は聞こえないふりをする。

「酒、なくなっちまったな」

「なあ、兄貴ってば」

「おまえら、飲むペースが速すぎるんだよ」

空の一升瓶を振り回しながら、兄は大声を張りあげた。

ダメだ。答える気はまるでないらしい。

十四年前。大雪の降った晩。

父と喧嘩をして家を飛び出した春彦は、父を振り返り、そこでなにを見たのだろう？

5

隣の部屋で電話のベルが鳴り響いた。スリッパのこすれる音が響き、続いて母の声が聞こえてくる。

「こんな時間に誰だ？」

壁に掛かった柱時計を見やり、春彦が眉をひそめた。すでに十一時を回っている。

しばらくして、母がやって来た。

「電話、誰から？」

春彦が尋ねると、母は息子たちの顔を順番に眺め、最後に父へ目をやって、

「病院」

なぜか満足そうな笑みを浮かべながら答えた。

「こんな時間になんだよ？」

「お父さんの靴が見つかったってさ」

兄弟三人はおたがいの顔を見合わせた。

「どこにあったの？」

秋彦が尋ねる。

「病院の廊下に転がってたって。お父さんの病室の真ん前にあったらしいから、もしかしたらお父さんが途中で脱ぎ捨てたのかもしれないね」

夜勤の看護師が見つけてナースステーションに保管しておいたそうなのだが、申し送りを忘れたらしく、今になってようやく判明したらしい。

「お父さん。最後に突然、はだしで歩いてみたくなったのかねえ」

母は笑って答えた。まさか、いくら死期が迫っていたとはいえ、父がそんな子供じみた真似をするとは思えない。

「あれ、お父さんのお気に入りの靴だったんだよ。できることなら、お棺の中に一緒に入れてあげたいんだけど……」

「よし。だったら、俺が今から取りに行ってやるよ」

膝を叩き、春彦が立ち上がった。

「ちょうど酒も空になったところだったしな。ついでにコンビニで焼酎でも仕入れてくるわ」

「あ、俺、ワインがいい」

秋彦が右手を上げる。

「ワイン？　この状況で、普通はワインなんて飲まねえだろ？」

「べつにいいじゃん。父さん、ワインも好きだったしさ」

「俺、ワインなんてわかんねえから、なにを買ってくればいいかさっぱりだぞ」

「だったら、あんたたち三人で行っといでよ」

ものすごい名案でも思いついたかのような勢いで、母が手を叩く。

「兄弟三人が顔を合わせるなんて、ひさしぶりのことだろう？　せっかく盛り上がってるのに、引き離しちゃうのは申し訳ないよ。今度はいつ会えるかわからないんだし、三人で行っといで」

その間、お父さんはあたしが見ているからといわれ、半ば強引に追い出されてしまった。母も、父と二人きりで語り合う時間を最後に持ちたかったのだろう。それがわかったから、夏彦たちは素直に母の言葉に従った。

虫の声しか聞こえない夜道をゆっくりと歩く。空を仰ぐと、雲の隙間に天の川がぼんやり浮かんで見えた。都会に住んでいると、毎日のように周りの景色が変化していくが、このあたりは昔のままなにひとつ変わっていない。

「親父ってワイン好きだったの？」

前を歩く春彦に尋ねる。

「ああ。凝り出したのはここ四、五年かな。品種がどうとか、産地がどうとか、飲むたびに蘊蓄《うんちく》を語るもんだから、聞いてるこっちは鬱陶しくて」

「飲みながら聞く父さんの蘊蓄話、俺は好きだったけどな」

「あんなの聞いてて楽しいか？　おまえってホント変わってるな」

「いまどきワインに興味がないっていう兄ちゃんのほうが変わってると思うけど」

二人の会話を聞くうちに、胸のあたりがちくちくと痛み始めた。理由はわかっている。

「どうした？　急に押し黙って」

春彦が怪訝《けげん》そうに訊いた。秋彦も心配そうに顔を覗き込んでくる。

「夏彦兄ちゃん、飲み過ぎたの？」

「いや」

力なく首を振る。

「ただ……ちょっと後悔しているだけだ」

「後悔ってなにを？」

「俺だけ、親父と酒を酌み交わすことができなかったなって」

子供の頃の自分にとって、父はただ怖いだけの存在だった。もし一緒に酒を飲んでいたら、その関係は変わっていたかもしれない。だが結局、その日は訪れなかった。

「六年も顔を見せなかった俺のことを、親父はどう思っていたんだろう？」

なにか口にしようとした春彦にてのひらを向け、さらに言葉を重ねる。

「いや、答えはわかってるよ。親不孝者と呆れ返っていたに違いないんだ」

春彦はこれ見よがしなため息を吐き出した。

「馬鹿だな、おまえ」

「知ってるよ、そんなこと」

「いいや、なにもわかっちゃいねえ」

ズボンのポケットに手を入れ、兄は鼻を鳴らした。

「なあ、夏彦。俺たち兄弟の中で、誰が一番親父の性格を受け継いでると思う？」

夏彦は少し考え、「兄貴かな？」と答えた。

「すぐにカッとなるところなんてそっくりだ。いや、でも社交的なところは秋彦に受け継がれたような気もするし……」

「秋彦、おまえはどう思う？」

弟のほうを見やり、春彦は尋ねた。

「夏彦兄ちゃんは全然わかってない」

「やっぱり、おまえもそう思うよな」

「どういうこと？」

口をとがらせた夏彦に、兄は人差し指を突きつけた。

「夏彦。おまえが一番、親父にそっくりなんだよ。体裁を気にするところなんて、とくにな」

「……え？」

「俺たち、みんな知ってたよ。おまえが会社を辞めて、大道芸人になるための修業を続けてたってこと」

予想外の事態に、激しい衝撃を覚える。動揺して、次の言葉が出てこなかった。

「……どうして？」

「三年ほど前だったかな？　おまえのお師匠さんがわざわざ挨拶にきてくださったんだ。おまえの連絡先も、そのときに教えてもらった」

やられた。目を閉じて、師匠の飄々とした姿を思い浮かべる。

「じゃあ、親父も？」

「もちろん知ってたさ」

なんともきまりが悪く、薄ら笑いでごまかした。

「……親父、がっかりしてただろう？」

「だから、おまえはなにもわかっちゃいねえっていうんだよ。親父とおまえはそっくりなんだ。体裁をひどく気にするところとか、そうかと思えば突然、大胆不敵な行動をとったりするところとかな」

「大胆不敵な行動？　なにいってるんだよ。親父はいつだって冷静沈着だったろう？」

春彦はかぶりを振った。

「そんなことねえよ。とくに俺たち子供のことになると、なりふりかまわないところがあった」

「あの親父が？」

にわかには信じられなかった。

「秋彦。おまえならわかるだろう？　十八年前、おまえは親父の格好悪い姿を目の当たりにしてるんだからな」

「……え？　どうして知ってるの？」

目を丸くして驚く秋彦を、兄は満足そうに見下ろした。

「俺、わかっちまったんだ。十八年前に一体なにが起こったのか——」

6

よからぬことを企む悪戯《いたずら》っ子みたいな笑みを浮かべ、春彦は続けた。

「おまえ、こういったよな。目を覚ましたあと、慌てて玄関へ行ってみると、真新しい水槽が置いてあって、ガラスの表面に親父の靴が映ってたって」

夏彦は頷いた。確かにそういった。そのような光景を見たのも事実だ。しかし、それがどうしたというのだ？

「親父の靴はどうなってた？」

「どうって……いつもどおり丁寧に揃えて置いてあったけど」

「おかしいと思わなかったのか？　親父は自分で靴を揃えたりはしねえのにさ」

「お袋が揃えたんだろう？」

「馬鹿。その日、お袋は町内会の旅行に出かけてて留守だったんだぞ」

「あ……」

兄のいうとおりだ。

「でも……それじゃあ、誰が靴を揃えたんだ？」

「親父だろうな」

「はあ？」

春彦の言葉は支離滅裂だ。父は靴を揃えたりはしないといっておいて、今度は靴を揃えたのは親父だったとうそぶく。

「おそらく、親父の靴は濡れてたんだ。いつものように散らかしておけば、帰ってきたお袋が靴を揃えようとしたときに、そのことがばれてしまう。できることなら、それは避けたかった。だから、自分で靴を揃えたんじゃねえのかな」

兄のいっていることがよくわからない。なぜ、父の靴は濡れていたのだ？　どうして、それを隠さなければならない？

相当、怪訝な顔つきをしていたのだろう。

「まだわからねえのか?」

春彦はじれったそうに身体を揺すった。

「親父は、アスファルトの上で跳ねる瀕死の金魚をどうやって助けたんだと思う?」

「だから、それは今もわからな――」

そこまで口にして、夏彦はようやく真実にたどりついた。親父の靴は濡れていた。

つまり――。

「そういうことだ」

唇の端を引き上げ、春彦は満足そうに笑った。

「親父は革靴を脱いで、その中へ水と金魚を入れた。そうやって、自宅まで戻ったんだ。秋彦、そうだよな?」

「正解」

頷く弟に、「嘘だろ?」と夏彦は声を張りあげる。

「魚の入った革靴を手に持って、はだしで歩いてきたっていうのか? まさか、あの親父がそんな格好悪いことをするわけがない」

「確かに、あのときの父さんは格好悪かったよ。だけど格好悪かったからこそ、ものすごく身近に感じられたんだ」

昔を懐かしむ目で、秋彦はいった。

「早く助けないとフユヒコは死んでしまう。どうすればいい？……俺を悲しませたくない一心から、靴を水槽代わりに使うことを思いついたんだろうね。でも、はだしで街なかを歩いたことはやっぱり恥ずかしかったんだと思う。今日のことは誰にもしゃべるなって、しつこく念を押されたから」

「…………」

「そのあと、向かいのおばちゃんが気を失った夏彦兄ちゃんを抱えてやって来たんだ。びっくりしたよ。そうそう――フユヒコが地面で跳ねているときの父さんは冷静だったけど、夏彦兄ちゃんの真っ青な顔を見たときは、ずいぶんとうろたえてたっけ」

軽い熱射病だからしばらく寝かせておけば大丈夫、とおばちゃんが判断したにも拘わらず、父は救急車を呼ぼうとしたらしい。

「あとから、おばちゃんに聞いたよ。夏彦兄ちゃん、酔っぱらいみたいにふらふら歩きながら道路を横切って、そのままドブに落っこちたんだってね。慌てておばちゃんが駆け寄ったら、『大丈夫です。僕は水中じゃなくても生きていけますから』ってうわごとを呟いてたとか」

夏彦は苦笑した。そのあたりのことはなにも覚えていない。

「俺も相当、格好悪かったんだな」

「うん。でも、そのとき悟ったんだ。格好悪いことは決して恥ずかしいことじゃない。だから、俺も人の目を恐れて行動するのはもうやめようって」

照れくさそうに洟《はな》をすすり上げ、弟は春彦を見やった。

「それにしても兄ちゃん、すごいな。あの日起こったことをなにもかもいい当てちゃうなんて、まるで名探偵みたいだ。脳味噌まで筋肉かと思ってたけど、意外と頭の回転もいいんだね」

「ばーか。昔と変わらず、俺の脳味噌は中心まで筋肉だよ」

春彦は自分のこめかみをつついて笑った。

「たまたま俺のときと似てたから、ピンときただけだ」

「俺のときって？」

「十四年前の親父との大喧嘩」

春彦はにやりと笑った。

「夏彦。自分でしゃべりながらおかしいとは思わなかったのか？　俺の涙が親父の靴にこぼれ落ちたのを見て、お袋は『汚したら、またお父さんに怒られるよ』って口にしたんだろう？　だけど、あの日は大雪で、親父と俺は外から戻ってきたばかりだったんだぞ。俺が泣こうが泣くまいが、すでに靴は汚れてたはずじゃねえか」

しかも、父の靴は最初から丁寧に揃えられていたような気がする。父が揃えるはずはないし、母は夏彦と二階にいたのだから、やはり揃えることなどできない。

春彦は遠くへ目をやり、静かにいった。

「あの日、親父は靴を履かずにおもてへ飛び出したんだよ。『お望みどおりに消えてやるよ！』と叫んで家を飛び出した俺をつかまえるために、なりふりかまわず——」

ああ、そうか。

ようやくすべてを理解する。

後ろを振り返った春彦は、雪の上をはだしで駆けてくる父の姿を見て、そのとき初めて知ったのだろう。俺はこの人に心底愛されている、と。

前方に、病院の明かりがぼんやりと見えた。

7

救急病棟の入口でインタホン越しに事情を話すと、一分も経たぬうちに坊主頭の看護師がやって来た。

「男かよ」

舌打ちする春彦の後頭部をはたき、「どうもすみません」と看護師から革靴を受け取る。手にした途端、父の懐かしい香りが漂ってきた。目を閉じ、思いきり空気を吸い込む。靴に染みついた香りに、次第に心が落ち着いていくのがわかった。

「靴紐がないよ」

夏彦の手もとを覗き込み、弟がいった。

「ええ。廊下で見つけたときからありませんでした」

それだけ答えると、看護師は慌ただしく彼らの前から立ち去った。こんな時間でも忙しいようだ。

「ちょっとだけ中庭に行ってみないか?」

夏彦はそう提案した。

「親父が亡くなった場所を、この目で見ておきたいんだ」

巨大な建物の周囲をぐるりと回って中庭へ向かう。その間、夏彦は胸の前に父の靴を強く抱きしめていた。

今さら父の思い出をたどったところで、六年間の空白が埋まるとは思わない。しかし、父との間にできた深い溝を少しでも埋めるために、なにかせずにはいられなかった。

外灯に照らされた中庭は、闇に浮かぶ孤島のようだった。

「親父が倒れてたのは、たぶんこのあたり」

芝の生えた庭のほぼ中央で立ち止まり、春彦がいった。しゃがみ込み、夜露に濡れた芝に触れたが、生前の父を思い出すような痕跡はなにも残っていない。ただ、指先がひんやりと冷たくなっただけだ。

「ねえ、あれ」

秋彦の声に顔を上げる。彼は病棟に背を向け、建物と平行に植えられた木立を見つめていた。

指差す方向へ目を向けると、ひときわ大きな木の枝に、小さなてるてる坊主がぶら下がっている。へのへのもへじ顔のてるてる坊主は、風に吹かれて振り子のように揺れていた。

大木のそばへ歩み寄った秋彦は、てるてる坊主の首に巻きつけられた紐に顔を近づけ、「これ、靴紐だよ」と呟いた。

「靴紐？」

胸に抱えたままだった革靴に視線を落とす。

「まさか、親父の？」

「間違いねえな」

てるてる坊主を手に取り、春彦がいった。

「へのへのもへゾー君の本体は親父のハンカチだ。ほら、ここに名前が刺繍されてる」

駆け寄って、兄の肩越しにてるてる坊主を覗き込む。彼のいうとおり、ハンカチには親父の名前がローマ字で刻まれていた。

「親父が真夜中にベッドを抜け出したのは、このてるてる坊主を吊すため？」

てるてる坊主の頭を撫でながら、春彦は頷く。

「親父は病室で、このへのへのもへゾー君を作った。手頃な材料が見つからなかったから、自分のハンカチと靴紐を利用したんだな」

完成したてるてる坊主を中庭にぶら下げようと思い立ち、父は病室を抜け出した。しかし、靴紐を抜き取った靴では歩きにくい。だから、途中で脱ぎ捨ててしまったのだろう。父が靴を履かずに死んでいた理由は、それでどうにか説明がつく。

「でも、どうしててるてる坊主なんて……」

夏彦は首をかしげた。

「しかも、わざわざ中庭の木にぶら下げようとしたのはなぜ？　べつに、病室の窓にぶら下げてもよかったじゃないか」

不思議なことに、春彦も秋彦も笑っている。まるで、なにもかもわかっているかのように。

「今日が夏彦兄ちゃんの晴れ舞台だったからじゃないかな」

秋彦がいった。

「……え？」

「昨日の夜は小雨が降っていたからね。父さん、きっとものすごく心配していたんだと思うよ」

すぐには言葉が出てこなかった。

「親父、今日のこと……知ってたのか？」

ようやくの思いで、それだけ口にする。

「可愛い息子のプロデビューの日だぞ。知らなかったはずがねえだろう？」

春彦に思いきり背中を叩かれる。兄は手加減を知らないので、咽せ返ってしまった。

「おまえの初舞台、親父は行く気満々だったけど、俺たちが止めたんだ。親父の体調を心配したってこともあったけど、それだけじゃない。俺たち家族が観客の中にいるとわかったら、おまえ、びっくりして本番中に卒倒しちまうんじゃないかと思ってさ」

なんと答えていいかわからない。確かに、観客の中に家族の姿を見つけていたら、卒倒はしないまでもガチガチに緊張していただろう。

「よく見てみろよ」

てるてる坊主のぶら下がった大木を指差し、春彦は相好を崩した。

「この木、家の庭に生えてるクヌギと形がよく似てると思わねえか？」

いわれてみればそのとおりだった。大きさといい、枝のつきかたといい、まるで兄弟のようだ。

「どうして、わざわざ中庭にてるてる坊主を吊したかって？　俺たち兄弟の中では、おまえが一番クヌギのジンクスを信じてただろう？　親父はそれを覚えてたんだよ」

小雨の中、靴も履かずに必死でてるてる坊主を吊す父の姿を想像する。六年も音沙汰のなかった親不孝者のことを、父はずっと気にかけてくれていたのだ。

指先でてるてる坊主の頭をつつく。

――おめでとう。よく頑張ったな。

どこからか親父の声が聞こえた。

鼻の奥がツンと痛くなる。

次の瞬間にはもう、てるてる坊主の顔は見えなくなっていた。

8

それはダメだ、こっちにしよう。そんなものツマミになるかよ、馬鹿野郎。

コンビニであぁだこうだと言い合いを続けるうちに、すっかり遅くなってしまった。いつの間にか、日付も変わろうとしている。

「もう少し速く歩けないか？　みんなが心配してるぞ」

袋いっぱいのつまみを胸に抱えた夏彦は、後ろを振り返り、のんびり歩く兄を睨みつけた。

「明日は晴れるかな？」

夏彦の言葉が耳に届いてるのかいないのか、両手に一本ずつ一升瓶を持った春彦が、呑気そうに空を仰ぐ。

「うーん、どうだろう？」

父の革靴を手にした秋彦が、これまたのんびりと答えた。自分一人だけ焦っているのが馬鹿馬鹿しく思えてきて、夏彦は歩くスピードを緩めた。

「晴れるといいね。父さんは雨の日の外出があまり好きじゃなかったから」

秋彦の言葉に、ああ、そうだったなと昔を思い返した。父はスーツが濡れることをひどく嫌がった。にも拘わらず、ゆうべは夏彦のために行動してくれたのだ。

また目頭が熱くなり、慌てて深呼吸を繰り返す。

「あした、天気になあれ！」

秋彦が、履いていたスニーカーをいきなり宙へ蹴り上げた。はるか遠くまで飛んでいったため、明日の天気はよくわからない。

「俺も、俺も」

一升瓶を振り回しながら、今度は春彦が右脚を天高く伸ばす。

「あした、天気になあれ！」

春彦のサンダルは電柱にぶつかり、そのまま側溝へと落ちていった。

「あ……」

呆然とたたずむ兄を見て、秋彦がげらげらと笑い出す。

「ま、いいか。安物だし」

春彦は一升瓶の口で頭を掻きながら、もう一本の瓶を夏彦へ向けた。

「ほら、次はおまえの番だぞ」

「……え。俺も？」

誰かに見られていないだろうかとあたりを見回し、人目を気にしている自分に苦笑する。

「夏彦兄ちゃん、早く！」

弟に急かされ、夏彦は地面を強く踏みしめた。

「あした、天気になあれ！」

サッカーに夢中になっていた高校時代を思い出し、勢いよく右脚を蹴り上げる。買ったばかりの革靴は宙を舞い、電柱から突き出した金属棒に引っかかった。到底、手の届く高さではない。

「……あーあ」

よほど間抜け面《づら》をしていたのだろう。隣で秋彦が吹き出した。続いて、春彦が大声で笑い始める。

「兄貴、近所迷惑……」

「馬鹿野郎。これが笑わずにいられるか。あんなところで靴がぷらんぷらんと揺れてるんだからな。あは。あはははは」

春彦の笑い声につられて、夏彦も頬を緩めた。

「このまま家まで走るか」

春彦が提案する。

「いいね、兄ちゃん」

「誰が一番か競走だ」

「そりゃ、俺だ。サッカー部で鍛えた脚を舐《な》めてもらっちゃ困る」

「一体、いつの話だよ。そんな腹で、本当に走れるの?」

「うるさい、黙れ。おまえにいわれたくない」

「喧嘩はあとだ。さあ、行くぞ。いちについてドン」

いきなり、春彦が走り出した。

「おい、待て。なんだよ、いちについてドンって。よーいはどこにいったんだよ、よーいは」

「うるせえ。これも戦略だ。負けた奴は、今日の酒代全額払えよ」

「ちょっと待って。聞いてないよ、そんな話」

はだしで踏みしめるアスファルトは、ひんやりと冷たくて気持ちよかった。

明日、父の前で大道芸を披露しよう。

噴き出す汗を拭いながら、夏彦はそんなことを考えた。仕事道具なら、すべてバッグの中に入っている。

照れ屋の父のことだから、「こんなところでやめてくれ」と慌てて棺から飛び出してくるかもしれない。

そうなればいいのにと思った。

父が目の前に現れてくれたなら、今度こそ心の底からの「ありがとう」を聞かせてやることができる。

片方だけ靴を履いていては走りにくい。夏彦はスピードを緩めることなく、左の靴を蹴り上げた。靴は綺麗な放物線を描いてアスファルトの上に転がり落ちる。

明日の天気は晴れだった。

（ジャーロ　冬号）

ギリシャ羊の秘密

法月綸太郎《のりづきりんたろう》

1964年、島根県生まれ。'88年、江戸川乱歩賞の二次予選に残った作品を改稿した『密閉教室』でデビュー。2002年、「都市伝説パズル」で第55回日本推理作家協会賞短編部門を受賞。'04年発表の『生首に聞いてみろ』が『2005年このミステリーがすごい！』の第1位になり、第5回本格ミステリ大賞を受賞。他の著書に『雪密室』、『頼子のために』などがある。本作は、作者と同名の主人公が探偵となり、推理を繰り広げる「法月綸太郎」シリーズの一篇である。

1

牡羊座は秋から冬にかけて見られる星座で、学名はアリエス。α星ハマルとβ、γの三つ星が、羊の頭の部分でひしゃげた逆くの字を描いている。残りの星は、牡牛座のプレアデス星団の近くまで伸びているが、暗いので目立たない。

今から二千年以上前には、黄道（天球上の太陽の見かけの通り道）と天の赤道が交わる春分点がこの星座にあったという。黄道十二宮の第一番目、白羊宮として古くから重んじられているのはそのせいだ。現在の春分点は西の魚座に移動しているけれど、牡羊座をホロスコープの先頭にする習慣はギリシャ時代から変わらない。

ギリシャ神話には、牡羊座の由来にまつわるこんなエピソードがある。テッサリアの王アタマスは雲の精ネフェレを妻とし、プリクソス王子と妹のヘレをもうけたが、やがてネフェレは王の許《もと》を去り、イーノという美貌の姫が二番目の妻となった。

わが子かわいさに継子《ままこ》の兄妹を憎んだイーノは、二人を亡き者にする計画を練り、女たちをそそのかして麦の種もみを火であぶらせる。まかれた種がひとつも芽吹かず、深刻な飢饉《ききん》が生じたため、何も知らない王はオリンポスの神殿に神託を求めた。イーノは策を弄して、プリクソス王子を生贄《いけにえ》に捧げないと凶作が続く、という嘘のお告げをでっち上げ、さらに飢えた民衆を扇動して、二の足を踏むアタマス王に決断を迫る。

ついに王子が祭壇へ導かれ、生贄の儀式が始まろうとした時——突然、金色に輝く一頭の羊が現れ、プリクソスとヘレを背中に乗せて空高く舞い上がると、猛スピードで東の方角へ飛び去った。この金色の羊は、実の母ネフェレから兄妹の窮状を訴えられた大神ゼウスが、伝令神ヘルメスを通じて遣わしたものだという。

金色の羊は、黒海の東をめざして飛び続けたが、ヨーロッパとアジアを隔てるダーダネルス海峡の上空で、あまりのスピードに目のくらんだ妹のヘレが墜落し、溺れ死んでしまう。それ以来、この場所はヘレスポントス（ヘレの海）と呼ばれるようになった。

命からがら脱出に成功した兄は、コルキス（現在のコーカサス地方）の国にたどり着き、アイエテス王の手厚い保護を受ける。王の娘カルキオペを妻に迎えたプリクソスは、ゼウスへの感謝を示すため、金色の羊を殺して生贄に捧げた。ゼウスは勇敢な羊の功を称《たた》えて、天上に召し上げ、星座に変えたと伝えられている。

金色に輝く羊の毛皮《ゴールデン・フリース》はアイエテス王に献上され、コルキスの国宝となる。王は金の羊毛をアレスの森の大木にかけ、獰猛《どうもう》で眠りを知らないドラゴンを見張りにつけた。

2

砂利を蹴ちらすような音で、飯田才蔵は浅い眠りから覚めた。

まぶたをこじ開けても、テントの中は真っ暗だ。手探りで懐中電灯のスイッチを入れ、時計の文字盤を照らした。午前二時過ぎだった。

横になったまま、全身を耳にする。荒川のせせらぎに混じって、かすかにズザッ、ズザッという音が聞こえた。だいぶ離れているが、風のいたずらではなさそうだ。ススキの草むらの中で、目方のあるものを踏みつけたり、転がしたりしてるような……。

物騒な絵が浮かんで、いっぺんに眠気が吹き飛んだ。

灯りを消し、闇に目を馴らしながら、飯田はそっと体を起こした。懐中電灯を防寒ジャケットのポケットにねじ込み、ブルーシートとダンボールでこしらえたちっぽけな「わが家」から這い出ると、そのまま四つん這いになって、河川敷に植わったエノキの方へ移動する。その根元に、先住者のテント小屋があった。

「アリョーシャさん」

おそるおそる声をかけたが、返事はなかった。ブルーシートの垂れ幕を持ち上げて、小屋の中をのぞいてみる。やはりアリョーシャさんの姿はない。このあたりにねぐらを定めているのは、飯田とアリョーシャさんだけだった。

見よう見まねで野宿生活を始めてから、二週間ほど経っている。アリョーシャさんは五十代（たぶん）のホームレスで、飯田にとってはありがたい師匠のような存在だ。お世辞にも愛想がいいとはいえないけれど、わからないことがあれば教えてくれるし、新参者だからといって、邪険に扱われることもなかった。河川敷で暮らす仲間たちの間でも、それなりに一目置かれているらしい。

湿って重たくなった布団をたたくのに似た音が、風に乗って耳に届いた。押し殺したような荒い息づかいも。米軍御用達、スピーワック社製のミリタリージャケットを着込んでいるから、寒いわけがないのに、飯田の背中に鳥肌が立った。

ホームレス狩りの噂なら、山ほど聞いている。一時期ほどマスコミが騒ぎ立てなくなったのは、件数が増えすぎていちいち相手にしていられないからだ。こういう場面に遭遇した時のために、暗視スコープを装備したデジカメを用意していたけれど、かさばりすぎてねぐらには持ち込めず、結局、駅のコインロッカーに預けっぱなしだった。

それを悔やんでいる暇はない。いや、たとえ半月ほどの付き合いでも、世話になった恩人が袋叩きにされているのを物陰から隠し撮りできるほど、自分が人でなしだとは思っていなかった。

両手で頬を張って気合いを入れ、懐中電灯を握りしめる。灯りをともして、音の聞こえてくる方、河川敷の下流の方角を照らした。

五、六十メートルほど先の闇の中に、人の影が浮かび上がる――バイクのヘルメットをかぶった二人組。不意を突かれて動きの固まるのがわかったが、それもほんの一瞬で、草むらの陰にでも身を伏せたのか、すぐに姿を見失ってしまう。

「おまえら、そこで何しとるんじゃあ！」

飯田は走り出しながら、大声で叫んだ。ドスの利いた罵声というより、アングラ劇団の絶叫芝居みたいに響いたが、背に腹は代えられない。もっと大勢ならともかく、この状況で向こうが二人だけなら、普通はずらかる方を選ぶだろう。それに二人組の片方は、男にしてはずいぶん小柄な影に見えた……。

その読みが当たった。ヘルメットとおぼしき光沢が二つ、堤防の方へ去っていくのが目に入る。飯田は勝ち誇った叫びを上げ、河川敷を突っ走った。途中で一度、地面に足を取られて派手に転んでしまったが、アドレナリンの効果なのか、どこも痛いと感じない。アリョーシャさんが襲われた場所まで、一度も足を止めずに走りきった。

アリョーシャさんは地べたに横倒しにされたまま、膝を抱えて丸くなっていた。着ているものをはぎ取られて、半裸に近い姿だった。顔に懐中電灯を向けると、ガムテープみたいなもので口をふさがれている。飯田は肩で息をしながら、急いでテープをはがした。

「アリョーシャさん、大丈夫ですか」

大丈夫ではなかった。口を動かせるようになっても、返事が声にならない。息をするたびに、真っ青になった唇の間から、パイプの詰まったような音が洩れる。泥まみれの顔はあちこち腫れ上がって、はじけたポップコーンみたいなありさまだ。寒いのか、それとも打撲のショックで、痙攣でも起こしているのか。何度も変な具合に体をふるわせるのを目の当たりにして、飯田は自分も悪寒に襲われたような気がした。

「アリョーシャさん、しっかり。今すぐ救急車を呼びますから」

携帯電話を引っぱり出して、一一九番に通報した。万一の場合に備えて、シャツの下に隠してあったやつだ。センターの係員に状況を伝えながら、飯田は自分の着ているミリタリージャケットを脱ぎ始めた。携帯が手放せないので、袖からうまく手が抜けず、完全に裏返しになってしまったが、いちいち直してはいられない。アリョーシャさんの体温が下がらないよう、ジャケットの表を下にして体に覆いかぶせてやった。

アリョーシャさんが血を流しているのに気づいたのは、その時だ。

「――どこか刺されてるみたいです。とにかく急いで来てください」

最後にそう付け加えて電話を切ると、急に力が抜けて地面に尻餅をついた。体にかぶせたジャケットをどけて、傷の具合を確かめる勇気はない。救急車が着くまでの間、意識が途切れないように懐中電灯で顔を照らし、耳元でアリョーシャさん、アリョーシャさんと声をかけ続けるので精一杯だった。

それでも、必死に繰り返した効き目があったのか、アリョーシャさんの目に生気がよみがえった。飯田の顔を認めたらしい。おいでおいでをするように手首を動かしながら、しきりに口をパクパクさせる。

「無理にしゃべろうとしないで。体力を消耗するから」

アリョーシャさんの手を両手で包んで、そう言い聞かせた。どこにそんな力が残っているのか、アリョーシャさんは咳き込みながらその手を振りほどき、何かを訴えるように頭を揺り動かす。目に宿った強い意志に動かされて、飯田はたずねた。

「何か言いたいことが？　襲ったやつの顔を見たとか」

アリョーシャさんは目でうなずいた。顔を近づけるように求めるしぐさをして、こわばった口の筋肉を懸命に動かそうとする。

「何ですって？　わからない。犯人に心当たりでも？」

アリョーシャさんののどが、ゴボゴボと鳴る。飯田は瀕死の唇に耳をくっつけるようにして、断末魔の声にならない声を聞き取ることに全神経を集中した。そのせいで、身の回りへの警戒が疎《おろそ》かになったとしても、自分を責めることはできない。

背後に人の気配を感じた時は、すでに手遅れだった。振り返るより先に後頭部に強い衝撃を受けて、飯田はアリョーシャさんの体に重なるように突っ伏した。


「あたしのこと、この人にもバレちゃった？」

「大丈夫、喋る前に間に合った。ジジイはどうせくたばるから、若い方はほっとこう。人が来る前に、逃げた方がいい」

「ちょっ、ちょっと待って、こ、これ――」

懐中電灯を、もぎ取られたらしい。
薄れていく意識のセンサーが、
最後に拾ったのは、女と、
オト、コの、声……。

3

「そういえば、飯田才蔵っていうのはおまえの知り合いじゃなかったか」

法月警視に聞かれて、綸太郎はもぐもぐしながらうなずいた。

珍しく普通の時間に帰宅した父親と差し向かいで、あり合わせの献立の晩飯を食っている。綸太郎は口の中のものを呑み込んでから、

「よろずジャーナリストの飯田なら知り合いですが」

「やっぱりそうか。事件の報告書で読んだ名前に、見覚えがあったんでな」

「飯田が何かしでかしたんですか？」

「いや、被害者の方だ。荒川の河川敷でホームレス狩りに遭ったらしい。頭をぶん殴られて、全治一週間のけが。まあ、その程度ですんだのは運がよかったんだが」

思いがけない知らせに、箸を持つ手が固まった。

「ホームレス狩りに？　いつからそんな暮らしを」

「二週間ほど前から、野宿生活をしていたようだ。ただ、本人名義の携帯を所持していたというから、本当に食いつめてそうなったのかどうかはわからん。よろずジャーナリストという肩書きも、業界ゴロの別名みたいなものだろう。何かでトラブって、一時的に身を隠していただけかもしれない」

期間限定のプチホームレスか。綸太郎は脱力ぎみに納得した。飯田才蔵なら、そういうことがあってもおかしくない。

ライターくずれの何でも屋で、顔が広いのと素性の怪しい裏情報に通じているのが取り柄という男。翻訳家の川島敦志の姪が殺された事件でコネができてから、綸太郎も何度かその手の情報を融通してもらったことがある。怒らせたら怖そうな連中との付き合いだって、ひとりや二人では利かないだろう。

「――一週間のけがですんだのは、運がよかったと言いましたね。でも、それだけなら所轄止まりで、本庁の捜査一課まで報告が上がってくるわけがない。飯田のやつ、もっと大がかりな事件にちょっかいを出して、口を封じられかけたんじゃないですか？」

綸太郎が水を向けると、法月警視はにべもなく首を横に振って、

「二時間サスペンスの見すぎだな。報告が上がってきたのは、ほかに死人が出ているからだ。おまえの知り合いは、たまたま現場に居合わせたにすぎない」

「ほかに死人が？　それもホームレスですか」

「ああ。同じ河川敷に住んでいた年配のホームレス男性が命を落としている。殴る蹴るの暴行を受けたうえに、刃物で腹を刺されていた。飯田才蔵はホームレス狩りに遭った仲間を助けようとして、巻き添えを食ったということらしい。気の滅入る事件だが、二人死ぬよりひとりの方がマシだろう。運がよかったというのは、そういう意味だ」

「仲間を助けに入って、自分も負傷するなんて、なかなか見上げたところがあるじゃないですか。でも、よくそんな軽いけがですみましたね」

法月警視はお新香を箸でつつきながら、見てきたような口ぶりで、

「携帯で救急車を呼んだのが、幸いしたようだな。けさ未明、午前二時過ぎに、荒川の河川敷でホームレス男性一名が暴行を受け、瀕死の重傷を負ったと、一一九番通報があったそうだ。十五分後、救急隊員が現場に到着したが、通報者の姿はなく、かわりに河川敷の草むらで二名の男性が倒れているのが見つかった。二人のうち、ひとり

はすでに息絶えていたけれど、もうひとりの方は気絶しているだけで、命に別条はなかった」

「助かった方が、飯田だったわけですか」

「もちろんだ。搬送された病院で意識の回復を待って、飯田から事情を聴いた。仲間を襲った犯人は、男女の二人組だったらしい。途中で邪魔が入ったので、二人はいったんその場から離れたが、闇にまぎれて様子を見に戻ってきたようだ。飯田は一一九番通報した直後に、後ろから殴られたというから、電話の内容も筒抜けだったにちがいない。犯人らが飯田にとどめを刺さなかったのは、じきに救急車が来るとわかって、現場に長居できないと判断したせいだろう」

「男女の二人組か……」

綸太郎は父親の話に眉をひそめて、

「デートレイプの話なら最近よく聞きますけど、夜中の二時に連れ立ってホームレス狩りとはね。ひょっとして、そういうのが流行《はや》ってるんですか？」

「流行ってるかどうかは知らないが、今のご時世だ。無抵抗のホームレスを襲って性的に興奮する変態カップルがいたって、いちいち驚きはしないよ」

と警視は突き放したように言う。綸太郎はやれやれとかぶりを振って、

「そんなことで命を落としたら、いくら世捨て人だって浮かばれやしない。殺されたホームレスの身元は、調べがついたんですか？」

「テント小屋の遺品から、名前だけ判明したようだ。坂井晴良《はるよし》——ホームレス仲間の間では、アリョーシャさんと呼ばれていたらしい」

翌日の午後、東向島の病院へ見舞いにいくと、飯田才蔵はあてがわれた個室のベッドにノートPCを持ち込み、せっせと文章を打ち込んでいた。入院患者らしいのは、坊主頭にかぶったニット帽から湿布がはみ出していることぐらい。血色もよくて、とても昨日までホームレス生活をしていたようには見えない。

「なんだ、思ったより元気そうじゃないか」

声をかけるまで、看護師か何かだと思っていたらしい。飯田はキーボードをたたく手を止め、年齢不詳のキューピーさんみたいな顔に、あれっという表情を浮かべて、

「誰かと思ったら、法月さん。よくここがわかりましたね」

「親父さんから聞いたんだ。とんだ災難だったな。けがの具合は？」

「ＭＲＩ検査の結果待ちですけど、医者はたぶん大丈夫だろうって。何も異常が見つからなければ、明日には退院できるみたいです」

「退院しても、帰る家があればいいんだが」

綸太郎はからかい半分にあごをしゃくって、ベッド脇のパイプ椅子に腰を下ろした。飯田は照れくさそうに頭を掻きながら、

「いきなり厳しいツッコミだなあ。じゃあ、ボクがこんな目に遭ったいきさつも？」

「荒川のホームレス殺しの一部始終なら。ただし飯田才蔵の転落人生に関しては、わからないことだらけだ。闇金にでも手を出して、あっという間に借金がふくれ上がったか、おっかない連中の逆鱗《げきりん》に触れるようなことをして、潜伏中の身だったのか」

「どっちでもないですよ。れっきとした取材活動の一環で」

と鼻白んだように口をとがらせる。

「『NG！　実話ZOO』っていう雑誌の編集部から頼まれて、一か月のホームレス体験ルポの取材中だったんです。知ってました？　荒川の河川敷では、最近河童《かっぱ》や金星人の目撃情報が相次いで、なんか大変なことになってるらしいんですよ」

「電波系の取材か。もっと真面目な話だと思ったんだが」

「真面目な話なんですけどね」

飯田は思わせぶりに口を濁し、ノートPCをたたんだ。

「NG！　実話ZOO」は暴露系のマイナー誌で、暴力団や風俗、カルト関連の裏情

報が誌面の大半を占めている。ひょっとしたら河童や金星人というのは、戸籍（河童→相撲好き→関取→「籍」取り）や、移植用臓器（金星人→エイリアン・アブダクション）の非合法売買にからんだ隠語なのかもしれない。

「――殺されたホームレスも、河童や金星人の一味だったというのか？　危ないことにばかり手を出してると、そのうち脳震盪ぐらいじゃすまなくなるぞ」

綸太郎が釘を刺すと、飯田はきっぱりと首を横に振って、

「ちがいますって。アリョーシャさんはそういう筋の人じゃありません。野宿のイロハを教えてくれた師匠で、今時まっとうな、清く正しいホームレスですよ」

清く正しいホームレスというのも妙な表現だが、そこは気にせずに、

「どういう経歴の人だったんだ」

「知りません。知り合って日が浅いし、過去を詮索しないのが、ああいうところのルールですから。だけど、元はお堅い職業の人だったんじゃないかな。物静かで、群れるのを嫌うような感じでした。日銭稼ぎの仕事に出ない日は、いつも本を読んでたし」

「読書家だったのか。坂井晴良という名前だったらしいが」

「ですってね。けさ面会にきた刑事から聞いて、初めて知ったんですけど。遺品の中

から『カラマーゾフの兄弟』の文庫本と、裏見返しにゴム印で名前を押した布製のブックカバーが見つかったそうで。身元の手がかりはそれだけだったみたいですが、ブックカバーはボクも何度か見かけたことがある。堅気の暮らしをしていた頃の、唯一の思い出の品だったんでしょう。ずいぶん大事にしていたようで、手垢で真っ黒になってました」

「ドストエフスキーの文庫本か。カラマーゾフの三男にちなんで、アリョーシャさんと呼ばれていたのかな。てっきりハルヨシさんが訛《なま》って、そうなったのかと思ったが」

「ハリョーシさんですか」

飯田は心得顔で相槌を打ってから、

「そっちが正解かもしれませんね。堀切橋あたりの河川敷のリーダー格で、サカイさんっていう古参のホームレスがいるんです。アリョーシャさんも前からわりと親しかったようだから、区別するためにそうなったんじゃないですか」

河川敷で野宿を始めてまもない頃、いきなりアリョーシャさんに誘われて、サカイさんのねぐらまで挨拶にいったそうだ。アリョーシャさんという呼び名を聞いたのもその時が最初で、以後はずっと世話になりっぱなしだった。

無愛想で、口数も少なかったが、それなりに面倒見のいい男だったようで、飯田はアリョーシャさんを助けられなかったことを悔やんでいた。退院したら恩返しのかわりに、自分の足で聞き込みに回るつもりだという。

「——何か犯人を追う手がかりでも？」

「今から考えると、どうも腑に落ちないことがありましてね。担当の刑事にもそう言ったんですが、アリョーシャさんを襲ったのは、ホームレス狩りみたいな流しの連中とはちがうんじゃないか。犯人が男女の二人組だったことは聞いてますか？」

綸太郎がうなずくと、飯田は目をこらすように眉間にしわを刻んで、

「おかしな取り合わせでしょう？　それにアリョーシャさんが襲われた場所は、ボクらがねぐらにしていた地点から五、六十メートル離れていました。寝込みを襲ったにしては、テント小屋から遠すぎる」

「きみのテントが目と鼻の先にあったから、離れた場所に連れていったのでは」

「だとしても、抵抗するアリョーシャさんを力ずくで引きずり出したら、物音や気配でわかるでしょう。ガムテープで口をふさいだって一緒です。半月も野宿を続けると、眠っていても神経が敏感になる。その時点でボクが気づかないはずがないんですよ」

「経験者が言うなら、そうなんだろう。だとしたら？」

「アリョーシャさんは自発的にテント小屋を出て、あそこまで歩いていったにちがいない。だれかにこっそり呼び出されたんだと思います——たぶん女の方に。ひょっとするとアリョーシャさんは、犯人の女と以前から面識があったんじゃないかと」

綸太郎は腕を組んだ。ありえなくはないが、それだけでは根拠が薄弱だ。

「もっとほかに、その説を補強する事実があればいいんだが……」

「ありますよ」

と飯田はじれったそうに返事をかぶせて、

「アリョーシャさんは息を引き取る間際に、ボクに何かを伝えようとしていました。結局、何も聞き取れませんでしたが、あれは犯人のことだったと思う。というのも、殴られて気を失う直前に、犯人どうしの会話を耳にはさんだんです。その時、女の方が妙なことを口走って。『あたしのこと、この人にもバレちゃった？』と」

綸太郎は飯田の顔をじっと見つめた。

「たしかにそう言ったのか？　正確にその通りの言い回しで？」

「しっかりと耳に残ってます。一字一句、まちがいありません」

「フム。状況に照らし合わせると、なかなか興味深い台詞だな」

女が言った「この人」というのは、当然、飯田のことだ。後からきた第三者という意味合いだが、自分のことが飯田「にも」バレたのではないかと懸念したのは、それ以前にアリョーシャさんが犯人の素性に関する情報を得ていたからだろう。しかも彼女は「あたしたちのこと」ではなく、「あたしのこと」と言ったのだから、一緒にいた男のことは含まれていない。襲撃時に顔を見られたとか、男女の外見的な特徴を指しているのなら、「あたしたちのこと」と言う方が自然だ。

したがって、犯人の女が洩らした台詞は——飯田の主張する通り——彼女とアリョーシャさんが犯行以前から知り合いだった可能性を強く示唆している。飯田が現場に戻ってきた犯人に襲われたのも、たぶんそのせいだろう。瀕死の被害者の口から、女に関する情報が第三者に伝わることを防ぐためで、その危険さえ回避できれば、飯田にそれ以上の暴行を加える必要はなかった。犯人たちのふるまいは、名前も顔も持たないホームレスを対象にした流しの犯行と、明らかに性格が異なっている……。

「つまりアリョーシャさんが殺されたのは、彼が無名のホームレスだったからでなく、坂井晴良という名前を持つ特定の人物だったから、ということになるわけだ」

綸太郎のアドリブ解釈に、飯田才蔵はすっかり尊敬の面持ちで、

「さすがは法月さんだ。そうやって理詰めで説明してもらうと、まちがいなくそうだ

ったという気がしてきますよ」

「おだてたって、何も出ないぞ。単に女が自己中心的な性格の持ち主で、自分のことしか考えてなかっただけかもしれないし」

「そういうのはあんまり気に入らないな。女の方がアリョーシャさんと面識があったという線で、さらに調査を進めてくださいよ」

自分の足で聞き込みに回ると言っていたくせに、いつのまにか依頼人のつもりになっている。相変わらずの調子のよさに、綸太郎は肩をすくめて、

「調査を進めるにしても、材料が乏しすぎる。もっと役に立つ手がかりはないか？」

「役に立つ手がかりですか」

飯田は何かのおまじないみたいに、後頭部の殴られたとおぼしきあたりに手を当てて、しばらく顔をしかめていたが、やがて大事なことを思い出したように、

「そういえば、ひとつ気になることが。河川敷で暮らしてる間、ずっとスピーワック社のミリタリージャケットを着ていたんですけどね」

「スピーワック社？」

聞き慣れない単語に引っかかると、飯田は説明するのももどかしそうに、

「百年以上の歴史を誇る、アメリカの老舗《しにせ》メーカーですよ。第一次大戦中から米軍に

ミリタリーウェアを納めてきた実績があるので、保温性や耐久性はもちろん、デザインもお墨付き。スピーワック社のゴールデン・フリース、N—3Bモデルといえば、フライトジャケットの定番中の定番で、知らないやつはモグリといってもいい」

「ゴールデン・フリース？　ギリシャ神話の金の羊毛のことか」

「詳しい来歴は知りませんが、スピーワック社のトレードマークみたいなものです。ボクが着ていたやつにも、翼のはえた羊の絵のタグが縫いつけてありました」

「だったらまちがいない。牡羊座の由来になった、空飛ぶ金色の羊だよ」

テッサリアの王子プリクソスの危機を救った金色の羊。光り輝くその毛皮は、ギリシャ神話の中でも最高の至宝とされている。叔父ペリアスに王位を奪われたイオルコスの王子イアソンが、ヘラクレスやテセウス、カストルとポルックス兄弟、オルフェウスらを始めとする五十人の名だたる勇士を率いて、コルキスに渡ったその宝を取り返しにいくのが、有名なアルゴ船の遠征の物語だ。

　イアソンに惚れたコルキスの王女メディアの魔法に助けられ、アルゴ遠征隊は金の羊毛を故郷に持ち帰るが、妻に迎えたメディアの悪逆無道ぶりが仇となって、後にイアソンは不遇の晩年を送る。みじめな放浪生活の末、イオルコスの浜辺に舞い戻ったかつての英雄は、老朽化したアルゴ船のへさきに頭をぶつけて、野垂れ死んでしまうのだ。

「――映画なら見ましたよ。人形アニメのガイコツと戦うやつでしょう」

「『アルゴ探検隊の大冒険』だな。いや、話の腰を折ってすまない。そのゴールデン・フリースのジャケットがどうしたって？」

「殴られて気を失う前に、アリョーシャさんの体が冷えないようにと思って、体にかぶせてあげたんです。ところが、救急車が来た時にはなくなっていたらしい――担当の刑事にジャケットを返してくれと頼んだら、現場にはそんなものはなかったと言われまして。それで後から思い出したんですが、意識がなくなる直前に、女が『ちょっと待って、これ』とつぶやくのを聞いたような気がするんです」

「何かに気づいて、ジャケットを持ち去ったということか。それはまちがいなくきみの持ち物で、アリョーシャさんから借りたとか、そういうものではないんだな」

「もちろんです。半年ほど前にネットオークションで手に入れた中古品ですけど、素性の怪しいものではありません。スピーワック社の正規品です」

「ジャケットの前の持ち主が、たまたま犯人だったとか？」

　思いつきを口にすると、飯田はありえないという顔をして、

「まさか。ボクが購入した相手は、大阪の会社員でしたよ。それはないとしても、犯

人は二人ともバイクのヘルメットをかぶっていたな。バイク乗りなら、スピーワック社のフライトジャケットを見知っていてもおかしくはないんですが」

「だからといって、人殺しのついでに持っていきはしないだろう。体にかぶせた時、被害者の血がついたはずだし。ポケットに何か入れてたんじゃないか？」

「細々《こまごま》したものなら。でも、ジャケットの中を探った様子はなかったな。一一九番通報した携帯はそのままだったし……。かけた後、ジーンズの尻ポケットに差したんですが、普通そういう時は、真っ先に携帯をチェックするもんじゃないですか」

「だとすると、犯人の女はゴールデン・フリースのジャケットそのものに注意を引かれたことになる。現場に残しておくと、不都合な理由でもあったんだろうか？」

綸太郎の問いに、飯田もさあと首をかしげた。

4

「荒川のホームレス殺しの捜査だが、ちょっと妙な具合になってきた。どうやら行き当たりばったりのホームレス狩りではなさそうだ」

その日の夜、遅い時間に帰宅した法月警視は、出迎えたせがれの顔を見るなりそう告げた。口の中いっぱいに餌を詰め込んで、巣に戻ってきた親鳥みたいな物腰である。

「夕方のニュースで、坂井晴良の似顔絵と名前が公開されているのを見ましたよ。視聴者からの情報で、被害者の身元が確認されたんですか？」

「いいや、それはまだだ。まあ、坐って話を聞け」

背広も脱がずに腰を下ろすと、警視はテーブルの灰皿を引き寄せて、

「いいニュースと悪いニュースがある」

「じゃあ、悪い方から」

「坂井晴良が荒川の河川敷で暮らし始める以前、どこで何をしていたのか、今のところさっぱり手がかりがつかめない。ＴＶ視聴者からの情報提供はまだ様子見の段階だが、さかのぼって調べても、家族や職場から失踪届は出てないし、都内に住民票を置いていたかどうかも疑わしい。同姓同名の人間が何件かヒットしたけれど、殺されたホームレスに該当する人物はいなかった。年齢その他の条件が合致しないか、安否のはっきりしている者ばかりだったのでね」

警視はかぶりを振って、ため息交じりにタバコの煙を吐き出した。綸太郎は昼間に飯田才蔵とかわしたやりとりを思い出しながら、

「失踪してないからといって、リストからはねるのはまずいんじゃないですか。その筋の連中がホームレスから戸籍を買い取って、多重債務者や犯罪歴のある人間に高値で売りつけていることぐらい、今なら常識でしょう。赤の他人が坂井晴良の戸籍を非合法に入手して、住民票を作り直し、さも本人のように生活しているかもしれませんよ」

「おまえに言われなくても、それぐらいのことはわかってるさ」

と警視は木で鼻をくくったような口調で、

「住民票の動きに不審な点のある者は、明日以降、本人に面会してチェックする手はずになっているし、多重債務者のブラックリストも、坂井晴良名義で照会するよう手配した。それで何も引っかかってこなければ、市民からの情報に期待するしかない。ただ、全国ネットで名前と似顔絵を公開したのに、出足の反応が鈍すぎるんだ。捜査本部でもせっかちな連中は、偽名だったんじゃないかと疑い始めている」

「偽名ですか。わざわざ偽のゴム印までこしらえて？」

綸太郎が口をはさむと、警視はおやっという顔をして、

「ゴム印のことまで、おまえに話した覚えはないんだが。飯田才蔵に聞いたのか」

「今日の午後、病院へ見舞いにいったついでに。ネーム入りのブックカバーを宝物み

たいに大事にしていたそうですが、偽名の品をそんなふうに扱いますかね」

「油断もスキもないやつだな。普段は出不精なくせに、こういう時だけは」

綸太郎はにやりとして、

「孝行息子と言ってくださいよ。飯田から面白いネタを仕入れてきたんですけど、ぼくの話は後にして、いいニュースとやらを聞かせてくれませんか」

警視は吸いさしのタバコを消すと、鼻の下を親指と人さし指で揉んだ。いわくありげなしぐさは、これからデリケートな話題に触れるぞというサインである。

「荒川の河川敷に、サカイさんと呼ばれている古参のホームレスがいる。堀切橋周辺の野宿生活者のまとめ役的存在で、人の出入りや仲間の消息にはいちばん詳しい」

「その男のことなら飯田から」

「そうか。だが、ここから先はオフレコの話になるから、くれぐれも外には洩らさないでくれ——というのも、実はこの男、公安の人間でね」

法月警視はことさら声をひそめた。綸太郎は目を丸くして、

「公安の？　潜入捜査官というやつですか」

「そんなようなものだ。サカイというのも本名じゃない。荒川のホームレスの動向を探るために、数年前からフルタイムの野宿生活を続けている。ホームレスの代表とし

て、墨田区の担当者と交渉することも珍しくないそうだが、もちろん正体は伏せている」

「どうして公安の人間がそんなところに？」

警視はあいまいに肩をすくめるようなしぐさをして、

「名目上は、逃亡中の過激派メンバーやカルト集団の幹部が潜伏していないか、監視するためということになっている。こっちも完全に把握しきれてはいないが、都内の主だったホームレスのたまり場には、どこでもひとりや二人は、公安の息のかかった人間がもぐり込んでいるはずだ。どうも本当の狙いは、別のところにあるようだがね」

「想像はつきますが……」

と綸太郎は言った。

「都内各所のホームレスが組織化されて、政治的に危険な集団にまとまらないよう、目を光らせているということですか。サカイさんがまとめ役をこなしているのも、そうしたリスクの芽を未然に摘むために、常日頃からガス抜きに努めていると」

そんなに的《まと》はずれでもなかったらしい。警視は渋い顔をしながら、

「俺の口からどうこう言うわけにもいかんし、想像にとどめておけ。それはそれとし

て、本題に戻ろう。捜査本部にそこらへんの事情に通じている人間がいて、サカイさんと秘密裏にコンタクトすることができた。公安の人間だから、通常の刑事事件に関してはノータッチというのが原則なんだが、今回は少し大目に見てもらったよ」

「妙な具合になってきたというのは、そういうことですか。坂井晴良が殺されたのは、公安が関心を持つようなキナ臭い背景がからんでいるせいだと？」

綸太郎が眉をひそめると、警視はあっさりと首を横に振って、

「そうじゃない。サカイさんが今回の捜査に協力を拒まなかったのは、被害者が監視対象リストからはずれたクリーンな男だったからだ。聞くところによれば、公安の連中は反体制的な傾向の大小によって、監視区域ごとにホームレスを甲乙丙丁とランク付けしているらしい。坂井晴良は丁種ホームレス、すなわち継続的にマークする必要のない、危険度ゼロの対象に分類されていたという」

「今時まっとうな、清く正しいホームレスか。飯田才蔵もそんなことを」

「昔かたぎの世捨て人、ということだろう。その筋のプロの見立てだから、人物評価に狂いはないはずだ。坂井晴良が荒川の河川敷に現れてから、かれこれ三年以上の付き合いになるらしいな。ああいうところでは、長い方になるんじゃないか？　袖振り合うも多生の縁で、坂井晴良の死に関しては、サカイさんも個人的に思うところがあ

るみたいでね。まあ、公安の人間だから友情とまでは言わないが、信頼の置ける仲間として、それなりに一目置いていたようだ。そうでなければ、何も話してはくれまい」

飯田も指摘していたけれど、サカイさんと坂井晴良では名前がかぶってまぎらわしい。綸太郎はホームレス仲間の通称を使うことにして、

「それならサカイさんが、アリョーシャさんの身元に関する情報を？」

「いや、被害者は思った以上に口の堅い男だったらしい。かろうじて北関東の訛《なま》りが聞き取れたぐらいで、具体的に過去を特定できそうなことはいっさい口にしなかった。監視対象として接していたら、サカイさんも何らかのアプローチをかけて情報を引き出していたはずだが、さっきも言ったように、アリョーシャさんはそういう相手ではなかった。今度の事件が起きるまで、坂井晴良という名前すら耳にした覚えはないそうだ。ところが、そんな寡黙な被害者が、たった一度だけ自分の過去に触れたことがある」

少し引っかかるものを感じたが、警視の話は佳境に差しかかっている。さんざん気を持たせてから、やっと肝心のいいニュースに取りかかった。

「――三か月ほど前のある晩のこと。アリョーシャさんが妙に落ち着かない様子で、

サカイさんのねぐらに立ち寄ったという。その日は朝からどこかへ出かけていたが、帰りがけに一杯やってきたらしい。珍しく口数が多いので、何かいいことでもあったのかと思いながら話に付き合っていると、ふとしたはずみで自分には娘がいると口をすべらせた」

「娘が？　以前、結婚していたということですか」

「そうだ。アリョーシャさんはホームレスになる前に、女房に愛想を尽かされて、離婚届に判を押したらしい。ちょうど二十歳ぐらいになるひとり娘がいるというんだが、いつ別れたのか、元の妻子がどこの誰で、今どうしているのか、そういった具体的なことは何ひとつ聞かせてもらえなかった。そのかわり、話し相手の興奮ぎみの口調や何かを思い出すような目つきから、サカイさんは持ち前の勘を働かせて、こう推測した——アリョーシャさんはその日、出先のどこかで、生き別れの娘とばったり遭遇したのではないかと」

そこでいったん言葉を切り、警視は新しいタバコに火をつけた。

頭の中で回線がつながり始めたが、親父さんのしたり顔を見ると、まだその話には続きがありそうだ。綸太郎は先走るのを抑えて、

「サカイさんが公安の人間なら、山勘の心証だけで結論に飛びつきはしないでしょ

う。もっとほかに、そう推測した根拠があるんじゃないですか？」

「察しがいいな。二人で話している間、アリョーシャさんは上着のポケットからどこかで拾ってきたレシートを引っぱり出しては、何度も目を走らせていたというんだ。気になったサカイさんは、それとなくレシートの記載を盗み読んだ。もちろん、その時は深い意図があったわけじゃない。公安の人間の習い性というだけでね。ところが、サカイさんに見られたのに気づくと、アリョーシャさんはあわててレシートをしまって、二度とポケットから出そうとしなかった。そのせいで酔いがさめたのかもしれない。話も急に尻すぼみになって、しばらくすると自分のねぐらに帰っていった」

話の流れからすると、そのレシートはアリョーシャさんのひとり娘と関係がある。発行店の記載から素性をたどられることを恐れて、あわてて隠したのだろう。

「外堀が埋まってきたな。何のレシートだったんですか？」

警視はタバコの煙をぶわっと吐き出して、

「旭同大学の生協購買部」

綸太郎もようやく腑に落ちた。いいニュースどころか、ピンポイントでターゲットを絞り込んだようなものだ。

「旭同大学というと、草加市にキャンパスのある私大ですね。東武伊勢崎線なら、荒川べりの堀切駅からそう遠くないはず。せいぜい十駅ぐらいですか」

　うろ覚えでたずねると、警視はにんまりとうなずいて、

「旭同大学の学生が乗り降りするキャンパスの最寄り駅は、堀切から数えて九駅目。アリョーシャさんの娘が二十歳ぐらいだとすると、ちょうど大学に通っている年頃だろう。ホームレスだって電車ぐらい使うから、たまたま何かの巡り合わせで、生き別れの娘と同じ車両に乗り合わせたとしても――」

「地理的におかしくはないですね」

「面影で見分けたか、あるいは友だちが名前でも呼んだのか。何かそうしたきっかけで、アリョーシャさんは立派に成長したひとり娘に気づいたけれど、ホームレスに落ちぶれた引け目から、その場で親子の名乗りを上げることはできなかった」

　父親の話に相槌を打ちながら、綸太郎もさらに推測を重ねて、

「それでも、現在の娘の暮らしぶりが気になって、同じ駅で下車し、跡をつけようとしたんじゃないですか。レシートを拾ったのは、改札を通りがけにでも、娘の定期入れからこぼれ落ちたのを目ざとく見つけたのかもしれない……」

「まあ、細かいところは想像で埋めていくしかないが、大筋はまちがってないだろう。娘の年齢と大学生協のレシート、それに地理的な条件を考慮すると、旭同大学に

通っている学生の中に、アリョーシャさんこと、坂井晴良のひとり娘がいる可能性が高いことになる――そこで気になるのは、飯田才蔵が目撃したという男女の二人組だ。病院で面白いネタを仕入れてきたそうだが、何かそこらへんの話じゃないか？」

親父さんに催促されて、綸太郎は飯田とのやりとりの一部始終を伝えた。現場に戻ってきた犯人の女が、以前からアリョーシャさんと面識があったと取れる台詞を洩らしたことを告げると、警視はわが意を得たりとばかりに大きくうなずいて、

「やはりな。サカイさんの話とも符合する。まだ後日談があってね」

「後日談というと？」

「娘のことを洩らした日を境に、アリョーシャさんは以前と比べて、日中どこかへ出かける頻度が増したらしい。身なりにもずいぶん気を遣うようになったというから、旭同大学のキャンパスに通い詰め、娘の居所を突き止めて、もう一度顔を見ようとしてたんじゃないだろうか。物陰からこっそり見守っているぐらいなら、波風も立たなかったはずだが、じきに親バカが高じて、本人に声をかけずにはいられなくなった」

だんだん気の滅入る話になってきた。綸太郎はため息をついて、

「いきなりキモいホームレスが父親面して近づいてきたら、大学生の娘の方はたまっ

たもんじゃないでしょう。親子の情より、薄汚れたホームレスへの嫌悪感が先立って、顔さえ見分けられなかったとしても不思議はない」

「昭和の御代《みよ》ならいざ知らず、浪花節のようには行かなかったということだな。今時の泣ける話に目がなくても、自分の生活には土足で踏み込んでほしくないと」

警視もやりきれない口ぶりになる。綸太郎は同意のしぐさをしながら、

「やっと再会したひとり娘にすげなく追い返されたアリョーシャさんは、それでも未練が断ち切れず、しつこく娘につきまとった。そうなるともうストーカーと一緒です。娘は付き合っている彼氏にでも相談して、逆にアリョーシャさんのねぐらを突き止めたんでしょう。その彼氏というのが血の気の多いやつで、実力行使もいとわない男だった。娘をおとりに使ってアリョーシャさんをおびき出し、二度と彼女に近づかないようにと説得するかわりに、殴る蹴るの暴行を加えたわけです」

「だとしたら警告だけで、最初から殺す意図はなかったのかもな」

「たぶん。相手がホームレスだと思って、なめていたにちがいない。アリョーシャさんが抵抗したので、思わず護身用のナイフを使ったんでしょう」

「いずれにせよ、実の娘が父親殺しに加担したことに変わりはない。飯田才蔵が耳にした文句からすると、父親が今にも死にかけているというのに、助けるどころか、こ

れっぽっちも罪の意識を感じてなかったようだが……」

法月警視は言いかけたまま、口をつぐんだ。

話し込んでいるうちに、くさくさした気分になったのだろう。やおら腰を持ち上げて、冷蔵庫の中をのぞきにいった。ちっと舌を鳴らして、扉を閉めたところを見ると、缶ビールのストックが切れていたようだ。

「コーヒーでもいれましょうか?」

「いや、これでいい」

警視はコップに水道の水を汲んで、一息に飲み干した。とりあえず、のどの渇きは治まったらしい。口をぬぐいながら坐り直すと、

「動機と犯行のあらましは、今の線でほぼ決まりだろう。あとは坂井晴良のひとり娘を割り出せばすむ話だが、これがなかなか骨が折れそうでね」

「旭同大学の女子学生の中から、条件に合う娘を見つけるだけでしょう? 学生名簿を片っ端からシラミ潰しにすればいいんじゃないですか」

「無責任なことを。口で言うほど、簡単じゃないよ」

せがれの素人考えをたしなめるように、警視は首を横に振って、

「旭同大学は、学部の女子学生だけで三千人は下らないというマンモス私大だ。ロー

ラー作戦を実行したくても、身元も定かでないホームレス殺しの捜査に投入できる人員は、どうしたって限りがある。おまけに近頃は個人情報の保護がうるさくなって、学生名簿を閲覧するだけでも、いちいち令状を取らなきゃならない」

「たしかに、ネットの検索エンジンみたいにはいきませんけどね」

「検索しようにも、肝心の娘に関する具体的なデータが少なすぎるのがネックだ。坂井晴良は女房と離婚しているから、娘も母方の姓を名乗ってるだろうし、母親が再婚していれば、話はもっとややこしくなる。名前も本籍地も、手がかりにならないということだ」

「フム。被害者の遺品の中から、サカイさんが目にしたレシートが見つかりませんでしたか？　日付や購入品から、何かわかると思うんですが」

「いや、それらしい紙片は出てこなかった。感熱紙に印字されたものだったようだから、持ち歩いているうちに字が消えて、手元に残す意味がなくなったんだろう」

「それでも、シラミ潰しの手間を減らす方法はありますよ。学生課に問い合わせて、両親が離婚している女子学生をリストアップしてもらえば……」

いい考えだと思ったが、法月警視はフンと鼻を鳴らして、

「それは真っ先に考えた。旭同大学の学生課にあらかじめ打診してみたんだが、両親

の離婚・再婚歴まではいちいち把握してないそうだ。保護者に女親の名前を挙げている学生ならわかるとしても、さっきも言ったように、母親が別の男性と再婚していた場合は、網から洩れてしまう。結局、地道にひとりずつ当たっていくしかないんだよ」

「うまく行かないものですね。被害者の血液型は？」

「O型だった。だからAB型の女子学生は、娘候補のリストからはずすことができる。それでも、全体の十パーセントにすぎない。焼け石に水というやつだ」

「東武伊勢崎線の通学定期の持ち主に当たったら？」

「それもリスクがありすぎる。坂井晴良が電車の中で娘を見かけたというのは、蓋然性の高い仮説のひとつにすぎない。レシートを落としたのが娘だったとしても、彼らがいつ、どんな状況で遭遇したか、ほかの可能性がいくらでも考えられる」

警視の言う通りだった。綸太郎はうーんとうなって、腕を組む。

実はもうひとつ、考えていることがあるのだが、あまりにも臆測に頼った、あやふやな条件なので、警視に話していいものかどうか迷っていたのだ。しかし、父親の弱り果てた顔を見ていると、どんなにあやふやな条件でも、言わないよりはマシという気になってくる。門前払いを食わされるのを覚悟で、綸太郎は口を開いた。

「——飯田才蔵の話ですが、もうひとつ気になることがありましてね。彼が着ていたゴールデン・フリースのジャケットが、犯行現場から持ち去られたというんです」

警視はタバコをくわえながら、目をすがめるようにして、

「ジャケットのことなら聞いているが、ゴールデン・フリースというのは？」

「ミリタリーウェアの老舗ブランド。フライトジャケットの定番中の定番で、空飛ぶ金色の羊を描いたタグが縫いつけてあるらしいですね。ギリシャ神話の金の羊毛を意味する言葉ですが、星占いの牡羊座の由来にもなっている」

「牡羊座の？　それがどうした」

「犯人の女は、飯田がアリョーシャさんの体にかぶせたジャケットに目を止めて、そのまま現場に残しておくと、不都合なことになると判断したふしがあります。飯田のジャケットの何がそんなに気になったのか？　ここからはあくまでもぼくの想像になりますが、ひょっとしたらゴールデン・フリースというブランド名に、彼女の素性を特定する何らかの情報が含まれているのではないでしょうか」

微妙な言い方をすると、案の定、警視はいぶかしそうな顔をして、

「しかし、飯田才蔵がそのジャケットを着ていたのはたまたまだろう」

「それはそうです。でも、瓢簞《ひょうたん》から駒が出ることもある。犯人がわざわざジャケット

を持ち去ったのは、偶然の一致が必然に転じることを怖れたからかもしれません」

「偶然の一致が必然に、か。娘の素性を特定する情報というと、具体的には」

「名前の一部に、金・羊・毛といった文字が含まれているとか」

「調べるのは簡単だが、あまり期待できないな。それだけか？」

「あるいは、牡羊座の星の生まれであるとか……」

警視はありありと失望の色を浮かべたが、しょうがなさそうに、

「おまえがどうしてもと言うなら、牡羊座の生年月日でふるいにかけてみよう。運だめしに宝くじを買うようなものだがな」

5

それから一週間後、綸太郎は飯田才蔵を誘って、荒川の河川敷へ出かけた。アリョーシャさん殺しの現場に足を運んで、見落とされた手がかりを探すためだ。事件発生から明日で十日になるのに、まだ犯人は特定されていなかった。

「――でもサカイさんの話が事実なら、旭同大学の女子学生の中に、アリョーシャさんの娘がいることはまちがいないでしょう？　時間はかかるかもしれませんが、ひと

りひとり潰していけば、いずれ犯人に行き当たるはずでは」

飯田は釈然としない口ぶりで言った。

「理屈ではそうなんだけど、言うは易く行うは難《かた》しでね。ここ数日の親父さんの様子を見ていると、捜査は暗礁に乗り上げつつあるらしい」

「警察がサボってるんじゃないですか。被害者がホームレスだから」

「それはちがうな。捜査員の割り当てが少ないのはたしかだが、手を抜いてるわけじゃない。親父さんも、打つべき手はすべて打っている」

捜査本部は正式な手続きを取って、旭同大学の学生課から二千八百余名に及ぶ学生名簿を入手した。入学時の健康診断結果を元に、血液型がＡＢ型と判明している者を除いた、すべての女子学生のリストである。

法月警視はそのリストから、休学その他の理由で、長期間キャンパスから離れている人物をはずしたうえで、いくつかの条件によってグループを絞り込み、優先度の高いものから聞き込みを始めて、順次その範囲を広げていくという方針を選んだ。捜査人員が限られているので、効率のいい近道が求められたせいだ。

最初にふるいにかけられたのは、保護者が女親の名前になっている牡羊座生まれの女子学生のグループ――これは文字通り、運だめしに宝くじを買うようなもので、警視はひそかに瓢箪から駒が出るのを期待していたふしもあったが、物事はそううまく運ばない。条件に該当する十八人の女子学生は、早々に事件と無関係であることが判明した。

あとは同じことの繰り返しである。

グループを絞り込む条件は日ごとに改められ、聴取対象リストの名前も増えていく一方だったが、そのたびに空振りの結果が待っていた。抹消線の本数が多くなるだけで、殺されたホームレスと関係のある人物は、ちっとも浮かび上がってこない。

聞き込みに駆り出された捜査員たちは、黙々とノルマをこなしていたが、二千八百余名のリストはまだ大半が手つかずのまま。被害者の身元に関する一般市民からの情報も、いっこうに手応えがないという。捜査は持久戦の様相を呈し始め、法月警視の表情も、日に日に焦燥の色が濃くなっていた……。

「アリョーシャさんの身元が未だに確認できないのも、解せない話ですね。全国ネットで似顔絵と名前を公開したのに、だれも連絡してこないっていうのは」

飯田の指摘に、綸太郎はあらためてうなずいて、

「坂井晴良という名前がちがっているのかもしれない。捜査本部でも、偽名説が支配的になってるみたいだ。問題のブックカバーが、別人のものだった可能性もあるし」

「アリョーシャさんがどこかで拾ってきたものだと？」

飯田は同意しかねるように口をひん曲げて、

「そうは見えなかったですけどね。ほかの所持品とは、別格の扱いだったから」


アリョーシャさんのねぐらはすっかり荒れ果てていた。

警察の現場検証がすんで、立入禁止の措置が解かれた後、同じ河川敷のホームレスが、使えるものだけ持っていったらしい。ブルーシートの裂け目から雨が降り込んで、中が水浸しになったうえに、野犬や夜行性の小動物が出入りした跡もある。三年以上の間、ここで寝起きしていた男の人となりを示すものは、わずか十日足らずで、あらかた拭い去られてしまったようだった。

「何だかはかないものですね」

たった半月とはいえ、同じ場所で生活を共にしていただけに、いっそう荒廃感が身にしみたのだろう。飯田は一言そうつぶやいて、テント小屋から目をそらした。

「サカイさんやホームレス仲間に、挨拶しにいかなくていいのか？」

綸太郎が水を向けると、飯田は肩身の狭そうなしぐさをして、

「それはちょっと。今度の事件のせいで、ぼくがいんちきホームレスだってことが知

れ渡っちゃいましたから。とてもじゃないが、合わせる顔がありませんよ」

言われてみれば、そういうものかもしれない。もちろん飯田には、サカイさんが公安の人間であることを話していなかった。いんちきホームレスが自分の専売特許でないことを知ったら、どんな顔をするだろう?

「それよりこないだの話を聞いて、ボクもちょっとギリシャ神話のことを調べてみたんですけど……。あのメディアって女は、とんでもない魔女ですね。父親である国王を裏切っただけでなく、実の弟を殺して、バラバラに切り刻んだというんですから」

「アルゴ遠征隊の話か」

イアソンが妻に迎えたメディアは、コルキス王アイエテスの娘で、プリクソスの妻カルキオペの妹に当たる。メディアがイアソンに一目惚れしたのは、一説によると彼の守護神であるアテナがアフロディーテに働きかけ、エロス(キューピッド)の矢を射させたからだとされているが、その後の彼女の行動は、明らかに常軌を逸している。

オルフェウスの竪琴《たてごと》が奏でる子守唄で、見張りのドラゴンを眠らせ、金の羊毛を持ち出したイアソン一行は、夜明け前にアルゴ船で船出する。駆け落ちの約束をして、イアソンに手を貸したメディアも一緒だった。国の宝が盗まれたことを知ったアイエテス王は、ただちに快速艇に乗り込んでイアソンらの跡を追う。

追っ手の船は、みるみるうちにアルゴ船との差を詰めた。じきに追いつかれると判断したメディアは、一緒に連れてきた幼い弟アプシュルトスの胸を剣で貫き、その体を切り刻んで海に投じたという。アイエテス王は船のへさきに立ち、目に涙をためながらその光景を見つめていたが、快速艇を止めると、アプシュルトス王子のなきがらを拾い集めた。その間にアルゴ船は距離を稼いで、逃亡に成功したのである。

イアソン一行はその後も多くの苦難を経て、ようやく故郷イオルコスへ帰還したが、魔女メディアの蛮行は、父への裏切りと弟殺しで終わりはしなかった。愛する夫が王位に就くことを渇望したメディアは、イアソンの叔父に当たるペリアス王の家族をそそのかし、若返りの魔法と偽って王を釜ゆでにしてしまったからだ。

王殺しの罪で故郷を追われたイアソンとメディアは、やがてコリントの地に流れ着く。コリント王クレオンはイアソンの偉業に感銘を受け、ひとり娘のグラウケーと結婚して、王位を継いでくれないかと持ちかけた。メディアの異常な性格と度重なる凶行に辟易《へきえき》していたイアソンは、喜んで王の提案を受け容れ、妻に離縁を言い渡す。

メディアはイアソンの命令に従うふりをして、グラウケーに美しい花嫁衣装を贈った。グラウケーはそれを着て婚礼の席に臨んだが、突然ドレスが燃え上がり、娘を助けようとした父王もろとも、炎の中で焼け死んでしまう。嫉妬に狂った魔女が、ドレスに魔法の毒を仕込んだせいだった。再婚相手を焼き殺しただけでは飽きたらず、メディアはイアソンとの間にもうけた二人の子まで殺して、ようやく夫の前から姿を消したという。

「——手口といい、残忍さといい、今の時代なら確実にサイコキラー認定ですよ。イアソンへの愛というのは口実で、正体は快楽殺人者だったんじゃないですか」

飯田の口調はやけに攻撃的だった。綸太郎はちょっと気圧《けお》されながら、

「かもしれないな」

「アリョーシャさんを殺した娘も、人でなし度では負けてないですけどね。悪逆無道の限りを尽くした魔女メディアだって、実の父親を手にかけたりはしなかった」

どうやらそれが言いたかったことらしい。綸太郎は飯田の背中をポンとたたいて、

「アリョーシャさんが襲われた時の状況を、ここで再現してみよう。あの夜と同じ行動を繰り返せば、犯人の男女に関する手がかりを思い出せるかもしれない」

「そうですね。やるとなったら、徹底的にやりましょう」

徹底的に、という返事に嘘はなかった。

飯田才蔵は自分のねぐらの跡に横になると、物音に気づいて目を覚ますところから、ひとつひとつ順を追って、事件の夜の行動をプレイバックした。細かいところを見過ごさないよう、いちいち自分の口で実況中継しながら、八日前の記憶を呼び起こし、できるだけ正確に再現しようとしているのがわかる。

「——こうやってブルーシートの垂れ幕を持ち上げて、中に誰もいないのをたしかめた後に、あっちの方からまた妙な音が聞こえたんです。梅雨時の布団をたたくような音だったな。それに押し殺したような荒い息づかい……。

それでこうやって（パチン！）自分で自分に張り手を食らわして、気合いを入れてから、懐中電灯で向こうの方を照らしてみた。五、六十メートルほど先に、バイクのヘルメットをかぶった人影が二つ——一瞬、動きが止まったんですが、すぐに姿を見失いました。それでボクは駆け出しながら、こう叫んだ。おまえら、そこで何しとるんじゃあ！」

堤防で犬を散歩させていた老婦人が足を止め、何の騒ぎかという顔でこっちを見る。綸太郎は人畜無害な表情をこしらえて、何でもありませんと手を振った。

その間にも飯田は、だいぶ先の方までひとりで突っ走って、後から追いかけるのが大変だった。何か叫びながら、途中で一度、地面に足を取られて盛大に転んだが、それもわざとらしい。完全に没入していて、周りのことなどいっさい目に入らない様子……。と思いきや、草むらの一角でいきなり足を止め、じっと固まって地面を見つめた。

綸太郎が追いつくと、飯田は肩で息をしながら、

「――ここです。ここにアリョーシャさんが丸くなっていて」

「犯人の二人組は？」

「走ってくる途中で、そっちの堤防の方へ」

「後ろ姿に、何か目立った特徴は」

「ヘルメットの表面が光っただけで、あとは何も」

「そうか。ぼくがアリョーシャさんの役をやろう」

草の上に寝転がり、飯田の記憶と重なるポーズで、膝を抱えて丸くなった。

飯田は及び腰で綸太郎の体にあちこち触りながら、アリョーシャさん、大丈夫ですか、アリョーシャさん、しっかり、今すぐ救急車を呼びますから、と呪文のように連呼する。せわしない手つきでジャケットの前を開け、懐《ふところ》から携帯電話を取り出した。

「口からガムテープをはがして、それからすぐ一一九番に」

今度は救急指令センターの係員とのやりとりを再現しながら、飯田は着ているジャ

ケットを脱ぎ始めた。犯人が持ち去ったスピーワック社のゴールデン・フリースとは別のブランドだが、似たようなタイプのミリタリージャケットである。

携帯を握っているせいで、飯田は袖から腕を抜くのに手こずっていた。両方の手が袖口に引っかかって、ジャケットが完全に裏返しになる。飯田はリバース状態のまま、脱いだジャケットを綸太郎の体にかぶせた。

「ちょっと待て。アリョーシャさんの時も、ジャケットはこうなっていたのか」

綸太郎が鋭く問うと、飯田ははっとわれに返ったように、

「——こうなってというと？」

「脱いだ時に、裏返しになっていたのか」

「ああ。それならこうです。完全に裏返しで、表の方を下に」

リバース。

ゴールデン・フリース。

い、牡羊座……。

「何てことだ！　名前があべこべになってたんじゃないか」

綸太郎は地面から飛び起きると、飯田の手から携帯をもぎ取って、

「ちょっと貸してくれ」

「え？　でも、自分のを使えば」

「持ってない」

ぽかんとしている飯田を尻目に、警視庁の番号を押して、捜査一課の法月警視を呼び出した。呑気そうな保留音のメロディが、じれったくてしょうがない。

「お父さんですか。荒川のホームレス殺しの件で、大至急調べてもらいたいことが」

6

荒川の河川敷で暮らしていた氏名不詳のホームレスを殺害した容疑で、旭同大学外国語学部三年生の坂井晴良《せいら》と、その兄である坂井謙太郎が逮捕されたのは、それから二日後のことだった。

坂井兄妹はその日のうちに、ホームレス殺しを自供した。犯行のあらましは、法月警視と綸太郎の想像から大きくはずれていなかったが、ひとつだけ予想外だったのは、坂井晴良と被害者のホームレスの間に、血縁関係が存在しなかったことである。

「――両親のいずれにも離婚歴はなく、娘の血液型もAB型だった。いくらシラミ潰しに調べても、見つかりっこないわけだ。旭同大学の学生課から手に入れたリストは、あらかじめAB型の女子学生をふるい落としたものだったんだから」

警視は自分の不明を恥じるように、深いため息を洩らすと、

「当たっていたのは、おまえの思いつきだけだったよ。坂井晴良は四月十二日生まれの牡羊座だった。晴良《せいら》という名前も、その星座にちなんだものらしい」

「ただのまぐれ当たりですよ」

綸太郎は奥ゆかしくかぶりを振ってから、

「血縁関係がないと判明した以上、アリョーシャさんはたまたま見かけた縁もゆかりもない他人を、自分のひとり娘だと思い込んでしまったことになりますね。やはり晴良という名前が、誤解の原因だったんですか？」

「そうだ。まちがいの始まりは、例のネーム入りのブックカバーなんだが、あれはもちろん、坂井晴良の持ち物だった。彼女がいた中学校では、職員室で使う生徒名のゴム印を、記念品として卒業生に渡す習慣があったそうだ。坂井晴良はそのゴム印を愛用のブックカバーに押して、つい最近まで大事に使い続けていた。ところが、ちょうど三か月ほど前、東武伊勢崎線の電車に乗っている時、降りる駅を乗り過ごしそうになって、読んでいた本をブックカバーごと、うっかり座席に置き忘れてきたというんだ」

「その文庫本とネーム入りのブックカバーを手に入れたのが、たまたま同じ車両に乗り合わせていたホームレスのアリョーシャさんだった。ゴム印で押された名前を見て、彼は運命的なものを感じたにちがいない——『晴良』というのは、生き別れになったひとり娘の名前だったからです。坂井という苗字に見覚えはなかったはずですが、それはきっと、母親が再婚して姓が変わったせいだとひとり合点してしまった」

「だろうな」

警視は娘への執着を断ち切れなかった被害者を憐れむような口ぶりで、

「偶然の一致を運命と信じたかった気持ちは、わからんでもないが……。ちなみに坂井晴良が『カラマーゾフの兄弟』を読んでいたのは、大学の比較宗教学ゼミの課題だったからでね。『大審問官』の章を読んで、レポートを提出することになっていたそうだ。間の悪いことに、大学生協の購買部で買い物をした時のレシートを、栞《しおり》のかわりに本にはさんでいたらしい。被害者はそのレシートを手がかりに、旭同大学のキャンパスに通い詰めて、とうとう彼女を捜し当てた」

坂井晴良の供述によれば、先月の中頃、大学の帰り道でいきなり見ず知らずのホームレスに声をかけられたという。その男は、十七年前に離婚して離ればなれになった本当の父親だと主張したが、彼女はすぐに人ちがいだとわかった。両親は二人とも実の親で、一度も離婚したことなどないからだ。

坂井晴良は誤解を正そうとしたけれど、男には何を言っても無駄だった。おまえはまだ小さかったから、再婚した今の父親にだまされているだけなんだ。「セイラ」と読ませる名前はめったにないし、「晴良」という漢字を当てるものはさらに限られる。年齢といい、顔だちといい、自分のひとり娘だとしか考えられない。男はそう言って譲らず、偶然の一致だと訴えても、聞く耳を持たなかったという。

その日はなんとか追い払ったが、それ以来、男はたびたび彼女の前に姿を見せるようになった。ひとり暮らしのマンションの場所まで知られ、怖くなった晴良は、都内でフリーター生活をしている兄の謙太郎に事情を話し、男のストーカー行為をやめさせてくれと頼んだ。二つ返事で引き受けた謙太郎は、妹のマンションの前から男を尾行して、荒川の河川敷で暮らしているホームレスであることを突き止める。

「相手は後ろ盾のない、老いぼれのホームレスだ。いっぺん痛い目に遭わしてやれば、それで懲りて、二度と馬鹿な真似はしなくなるだろう」

「しばらくは歩けないぐらいにしてやってよ。あたしも手伝うから」

坂井兄妹はそんな会話を交わして、深夜の襲撃を計画したという。

「――取調室では、二人ともずいぶんおとなしくて、とてもあんなことをするような人間には見えなかったがね。キレさえしなければ、ごく普通の今時の若者だった」

タバコに火をつけながら、法月警視がぼやいた。綸太郎は頰をすぼめて、

「縁もゆかりもないホームレスだから、死んでも平気だったのかな。たしかに被害者の側にも非はありますが、だからといって、あんなにむごい仕打ちを受けていいという法はない……。それはそうと、アリョーシャさんの身元はまだ不明のままですか？」

警視はタバコをくわえたまま、軽くうなずいて、

「ああ。ただ、新しい手がかりがある。坂井晴良の話だと、最初に会った時、男は有吉某と名乗ったそうだ。その苗字で調べ直せば、素性が明らかになるかもしれない」

「なるほど、有吉だからアリョーシャさんか。名前の入れ替わりの可能性を見落としていたのは、ぼくの考えが浅かったですね。公安のサカイさんが、坂井晴良《はるよし》という名前を聞いた覚えがないと言った時点で、気がつくべきだったんですが」

「まあ、それに関してはこっちの責任の方が重いな。飯田才蔵の証言を鵜呑みにしたのがまずかった。彼がネーム入りのブックカバーを見かけたのは、ごく最近のことなのに、被害者がずっと前から大事にしていると決めつけてしまったんだから。愛着があるように見えたのも、ひとり娘の持ち物だと思い込んでいたせいにすぎなかったのに」

「あいつの早とちりをあんまり責めないでやってくださいよ」

　綸太郎は柄にもなく、飯田才蔵の肩を持って、

「今度の事件が解決したのも、半分は飯田のおかげです。あとの半分は偶然ですが。彼が現場に居合わせて、ゴールデン・フリースのジャケットを被害者にかけてやらなければ、坂井晴良《せいら》が犯人の名前だということも明らかにならなかったかもしれない」

「偶然の一致が、必然に転じたというやつか？」

　綸太郎は口許に笑みを浮かべて、うなずいた。

　あべこべの羊。坂井晴良が犯行現場から飯田のジャケットを持ち去ったのは、リバース状態になったゴールデン・フリースが、自分の名前を露骨に示していると感じたせいだ。「セイラ」というのはありふれた名前ではないから、単なる偶然の一致だとわかっていても、あからさまな符合をそのままにしておくことはできなかったにちがいない。牡羊座生まれだった彼女は、ジャケットのタグに描かれた空飛ぶ金色の羊が、自分の星座のシンボルであることをよく知っていたからである。

　——そして、晴良（Seira）という名前が、牡羊座のアリエス（Aries）を逆から読んだものだということも。


（ジャーロ　冬号）

解説

小森健太朗

本書は、日本推理作家協会の編纂《へんさん》で、各年ごとの傑作短篇を収録したアンソロジー『ザ・ベストミステリーズ　推理小説年鑑』の二〇〇八年版を元にしたもので、文庫化にあたり二分冊にしたものの一冊である。収録されている作品は、二〇〇七年に発表された短篇作品の中からセレクトされたものである。毎年刊行されるこのアンソロジーを年代順にたどってみれば、収録された作品に、そのときどきの時勢や潮流が反映されているのを窺《うかが》い知ることができる。

二〇〇七年と言えば、アメリカでサブプライム・ローン危機が表面化した年であり、翌二〇〇八年秋には、リーマン・ショックと呼ばれる経済危機が世界を襲った。日本では、それ以前から不況やデフレに悩まされていたとは言え、世界史的な転機を促すこの事態において、世界を覆う、さらなる経済情勢の悪化や貧困化の波が大きく

東野作品単行本売り上げNo.1のベストセラー

待望の文庫化!

大反響!
続々増刷中

あの三兄妹にまた会える。

「俺たち三人はつながってる。
いつだって絆で
結ばれているんだ」

流星の絆

東野圭吾

講談社文庫　定価880円(税込)

ISBN978-4-06-276920-4

悲劇からの「希望」と「祈り」

——感動の声が止まらない。

大反響は「講談社BOOK倶楽部」に。

麒麟の翼

作家生活25周年特別書き下ろし

東野圭吾

ここから夢に羽ばたいていく、はずだった。

誰も信じなくても、自分だけは信じよう。

加賀シリーズ最高傑作

定価1,680円(税込)
ISBN978-4-06-216806-9
講談社

押し寄せてきた。経済情勢全般と連動して、出版業界、推理小説の出版情況もその波と無関係ではいられない。そしてまた、推理小説として刊行されている作品もまた、否応なく時勢を反映せざるをえず、書き手として作家は、セールスの多寡《たか》といった事柄は別としても、どの程度時代に呼応し、即時代的であるかは常に問われている。

一九八七年に『十角館の殺人』（講談社文庫）をもってデビューした綾辻行人《あやつじゆきと》以降、いわゆる〈新本格〉ミステリのムーブメントが勃興《ぼっこう》した。そこには多面的にさまざまな要素が加わっていて、このムーブメントを簡単に概観《がいかん》したり総覧《そうらん》したりするのは難しいが、推理小説に青春小説の味わいや要素をかなり持ち込んだ面があるのは、ひとつ指摘できるだろう。綾辻以降に登場した作家たちが概して若手だったこともあり、それまで栄えていたいわゆる〈社会派〉推理小説が、労働者、サラリーマンなどの社会人を主対象とする読み物であったのと、一線を画《かく》していた。

だが、そのムーブメントの勃興からかなりの時間がたち、初期に新進の若手として活躍した作家たちの年齢も上がってきた。初期の〈新本格〉派が色濃くもっていた青春小説としての側面は今や薄れ弱まり、他方、緒川怜《おがわさとし》作品に冠せられるような〈ネオ社会派〉とでも呼ぶべき作風の作家たちが登場してきている。一九九〇年代には〈本格〉派が若手・青春小説寄りだったという傾向が見られたが、二〇〇〇年代は若手作家の新規参入が減少した観もあって、現在はその特性はかなり薄らぎ弱まっている。
本書に収録された順序とは異なるが、青春小説の味わいを強く持っている作品から順に、仕事の現場に携わる大人たちが主役の、社会派的な色彩が強い読みものへと並び換えて、以下簡単に紹介していこう。

本書収録作品の中で、最も青春小説の味わいをもっているのは、作者が若手と言える初野晴《はつのせい》の「退出ゲーム」である。この作品は、高校で廃部の危機にさらされている吹奏楽部の部員であるフルート奏者・穂村《ほむら》チカとホルン奏者・上条《かみじょう》ハルタの〝ハルチカ〟コンビを主人公とする、連作の一篇である。このシリーズは、この「退出ゲーム」を表題作として第一作品集が刊行され、続いてシリーズ第二作『初恋ソムリエ』、第三作『空想オルガン』（いずれも角川書店）も発表されている。殺人事件のような血腥《ちなまぐさ》い事件は起こらず、毎回ユニークな謎や興味対象を提示しているこのシリーズの中で、本作は、サークル同士で部員をとりあいになり、互いに知恵を競わせて勝負するという趣向の異色作品である。米澤穂《よねざわほ》信《のぶ》らと並んで、現在気鋭《きえい》の青春ミステリの書き手と言える著者のこの作品は、ユニークな謎設定と、機知《きち》とひねりに富んだアイディアが盛り込まれている。

綾辻行人に続いて講談社ノベルスから〈新本格〉の書き手として登場してきた法月《のりづき》綸太郎《りんたろう》の「ギリシャ羊の秘密」が本書に収録されている。法月綸太郎のデビュー作『密閉教室』（講談社文庫）は、ハードボイルド風の本格推理小説であると同時に青春小説の味わいを濃く持っていた。それ以降法月は、エラリー・クイーンに倣《なら》って、作者と同名の名探偵・法月綸太郎が、父親の法月警視とともに事件を解決していくシリーズを書き継いでいて、これもその一篇。クイーンの十二本の連作短篇集『犯罪カレンダー』（ハヤカワ・ミステリ文庫）に倣って、十二星座にちなんだ〈犯罪ホロスコープ〉シリーズの第一作、牡羊座にあたるのがこの「ギリシャ羊の秘密」である。この作品を含んだ作品集『犯罪ホロスコープI　六人の女王の問題』（光文社文庫）は、十二星座の前六つの作品を集めて刊行されている。いずれ、後の六つの星座にまつわる第二集もまとめられて刊行されるはずである。この〈ホロスコープ〉シリーズの劈頭《へきとう》を飾るこの「ギリシャ羊の秘密」では、法月綸太郎の知り合いが巻き込まれた事件が持ち込まれる。その事件が、ホームレスの謎の死と結びつき、その被害者が、自分の娘の行方を追っていたらしいことがわかってくるが、その背後には意外な真相が秘められていた……。

本書に収められた「はだしの親父」の黒田研二《くろだけんじ》は、二〇〇〇年に『ウェディング・ドレス』（講談社文庫）でメフィスト賞を受賞してデビューした。メフィスト賞は、ミステリに特化した賞ではないものの、第一回受賞者の森博嗣《もりひろし》以降、ミステリのジャンルにさまざまな作家を送り出してきた新人賞として特筆されるべきものがある。黒田研二は、デビュー以降、主に講談社ノベルスより、軽い語り口の多彩なミステリ作品を精力的に刊行してきた。また、ゲーム『逆転裁判』シリーズのコミカライズの脚本を手がけ、二階堂黎人《にかいどうれいと》との合作長篇を刊行するなど幅広く活躍をしている。黒田のこの作品は、『本格ミステリ08』（講談社ノベルス）のアンソロジーにも収録され、現時点までの黒田の代表的短篇作品のひとつと言えるだろう。〈日常の謎〉タイプの謎設定と、心あたたまる解決をうまく嚙み合わせた好篇となっている。

本書に収録された作品には、この黒田作品だけでなく、犯罪絡みではない謎に、人情味ある真相や解決を組み合わせたものがいくつかある。柴田哲孝《しばたてつたか》による「初鰹」はそのひとつで、短篇集『狸汁《たぬきじる》　銀次《ぎんじ》と町子《まちこ》の人情艶話』（光文社）に収録されている一篇である。その作品集は、政財界の重鎮《じゅうちん》までもが通う「味六屋《みろくや》」の料理人の銀次と妻・町子を主人公とする連作集で、表題作の「狸汁」の他、「鯨のたれ」「九絵《くえ》尽し」「鱧《はも》落とし」「鮎うるか」といった題名の短篇が並び、いずれも料理や食材を絡めた謎解きを扱っている。『下山事件完全版　最後の証言』（祥伝社文庫）などノンフィクション作品で受賞歴のある著者は、この連作でも、実地の取材に基づく、実在の食材と味をめぐる謎解きを構築して見事に料理する手腕を発揮している。

「初鰹」が、一流の料理人の仕事現場を描いた作品なら、新野《しんの》剛志《たけし》による「ねずみと探偵―あぽやん―」は、旅行会社の社員として空港の窓口で働くトラブルシューター、通称〈あぽやん〉たちを主人公とする連作シリーズの一篇で、『あぽやん』（文春文庫）としてまとめられている。再入国許可がない日系ブラジル人をめぐる駆け引きや、なぜか出発しようとしない老婦人の謎などに直面する作品があり、この「ねずみと探偵」では、なぜか客がとったはずのフライト予約が消されていた謎が扱われる。一見したところ、内部の事情に通じたものにしかできない操作がなされているが、そんなことをやれた者がはたして社内にいるのかどうか……。旅行会社の内部事情と仕事の実態が、写実的かつ迫真的に描かれていて、その中での人間関係のもつれや恋愛模様を巧みに描きだしている好篇である。

沢村凜《さわむらりん》による「人事マン」もまた、会社勤めしている人たちの世界で起きた事件の謎を描いている。一線の仕事現場の世界を描いている点では、右の「初鰹」や「ねずみと探偵」と同様なのだが、それらの作品と違って、この作品では殺人事件が発生して、その下手人《げしゅにん》を探す推理小説となっている。年金支給年齢が引き上げられようとしている現状、会社で定年を迎える社員たちの継続雇用や生活費の確保は大きな問題となりつつある。その対応のために、社内でのガイドラインと制度をつくろうとする過程で、事件が発生する。会社内部の賞罰や懲戒《ちょうかい》の制度が、ストーリーのポイントとなる本作は、会社の内部事情に通じた者ならではのリアルな描写記述に裏打ちされている。

今野敏《こんのびん》の「薔薇《ばら》の色」は、テレビドラマ化もされている〈安積《あづみ》警部補〉シリーズの中の、〈東京湾臨海署〉篇の一作『花水木《はなみずき》』（ハルキ文庫）に収録されている一作である。刑事たちが主役のシリーズだが、この作品では、犯罪が扱われるわけではなく、バーの中で花の色が違うのはなぜかという些細《ささい》な謎が提示される。優秀な刑事がどちらか試されるという挑発を受けて、刑事たちが真剣にその謎解きに取り組み始める。

このシリーズは刑事たちが主役のドラマだが、「薔薇の色」での謎の形式は〈日常の謎〉派に属するものだ。

本書に収録された七作品を一読するだけでも、そのときどきの時勢を反映した、日本の推理小説界のさまざまな潮流や試みが、多彩に広汎になされているのが窺えるだろう。

Play《プレイ》 推理遊戯《すいりゆうぎ》　ミステリー傑作選《けつさくせん》

日本推理作家協会《にほんすいりさつかきようかい》 編

講談社文庫

定価はカバーに
表示してあります

2011年４月15日第１刷発行

発行者──鈴木　哲

発行所──株式会社　講談社

東京都文京区音羽2-12-21　〒112-8001

電話　出版部（03）5395-3510
　　　販売部（03）5395-5817
　　　業務部（03）5395-3615

デザイン―菊地信義

本文データ制作―講談社プリプレス管理部

印刷───豊国印刷株式会社

製本───株式会社大進堂

Printed in Japan

ISBN978-4-06-276946-4

講談社文庫刊行の辞

二十一世紀の到来を目睫に望みながら、われわれはいま、人類史上かつて例を見ない巨大な転換期をむかえようとしている。

世界も、日本も、激動の予兆に対する期待とおののきを内に蔵して、未知の時代に歩み入ろうとしている。このときにあたり、創業の人野間清治の「ナショナル・エデュケイター」への志を現代に甦らせようと意図して、われわれはここに古今の文芸作品はいうまでもなく、ひろく人文・社会・自然の諸科学から東西の名著を網羅する、新しい綜合文庫の発刊を決意した。

激動の転換期はまた断絶の時代である。われわれは戦後二十五年間の出版文化のありかたへの深い反省をこめて、この断絶の時代にあえて人間的な持続を求めようとする。いたずらに浮薄な商業主義のあだ花を追い求めることなく、長期にわたって良書に生命をあたえようとつとめるところにしか、今後の出版文化の真の繁栄はあり得ないと信じるからである。

同時にわれわれはこの綜合文庫の刊行を通じて、人文・社会・自然の諸科学が、結局人間の学にほかならないことを立証しようと願っている。かつて知識とは、「汝自身を知る」ことにつきていた。現代社会の瑣末な情報の氾濫のなかから、力強い知識の源泉を掘り起し、技術文明のただなかに、生きた人間の姿を復活させること。それこそわれわれの切なる希求である。

われわれは権威に盲従せず、俗流に媚びることなく、渾然一体となって日本の「草の根」をかたちづくる若く新しい世代の人々に、心をこめてこの新しい綜合文庫をおくり届けたい。それは知識の泉であるとともに感受性のふるさとであり、もっとも有機的に組織され、社会に開かれた万人のための大学をめざしている。大方の支援と協力を衷心より切望してやまない。

一九七一年七月

野間省一